АД НА ВСЕ ВРЕМЕНА

ЭМИЛИЯ АХМАДОВА

«Ад на все времена» – это сборник коротких историй, которые можно отнести к жанрам мистики, ужасов, паранормальной фантастики. Действующие лица в историях вымышлены. Любое сходство героев с живыми или умершими людьми совершенно случайно.

Ни одна часть из данной публикации не может быть воспроизведена, распространена или передана в любой форме, с использованием любых средств, включая фотокопирование, запись или другие электронные и технические методы, любых систем хранения и поиска информации без предварительного письменного разрешения издателя и автора, за исключением очень кратких цитат, используемых в критических обзорах и для некоторых других некоммерческих целей, разрешенных законом об авторском праве.

Перевод с английского: Екатерина Штауб
Напечатано в США
Издатель: Women's Voice Publishing House

БЛАГОДАРНОСТЬ

Я БЫ ХОТЕЛА ВЫРАЗИТЬ моей семьей и друзьям за искреннюю веру в мой талант, поддержку в моем развитии как писателя художественной и нехудожественной литературы, блогера и мотивационного спикера.

Еще хотелось бы выразить благодарность моему переводчику Екатерине Штауб.

Я благодарю Господа за руководство, заботу и преобразование моей жизни!

ПОСВЯЩЕНИЕ

«АД НА ВСЕ ВРЕМЕНА» посвящается каждому, кто ведет борьбу с негативными последствиями от занятия оккультизмом, кто пострадал от сил зла или собственных неправильных решений и допущенных ошибок.

Пришло время исправить свои ошибки и двигаться вперед, в светлое будущее. Не занимайтесь оккультизмом, не ищите ответы там, где их искать нельзя. Это повредит вашей жизни и вашей душе. Никто, кроме Бога, не знает будущего. Не верьте прорицателям, не тратьте жизнь впустую, ожидая, когда же сбудутся ложные предсказания. Ваше будущее зависит от промысла Бога и от того, какие усилия вы прилагаете, чтобы изменить свою жизнь.

Поэтому перестаньте обманываться так называемыми «предсказаниями», а вместо этого начните молиться и доверять Богу. Он является решением всех проблем и ответом на все ваши вопросы. В то же время не теряйте веры в собственные способности, работайте на достижение положительного результата и предпринимайте шаги, необходимые для того, чтобы ваша жизнь изменилась к лучшему.

СОДЕРЖАНИЕ

ПРОЛОГ

БЕЗУМЕН ТОТ, КТО ЖИВЕТ беспечно и никогда не задумывается о последствиях. Один неверный поступок может изменить жизнь настолько сильно, что об этом придется сожалеть до конца дней. Тогда, может быть, и захочется вернуть все назад, но будет уже слишком поздно. Иногда мы обманываемся ложными иллюзиями, фальшивыми надеждами. Порой за авантюрными идеями стоят демоны, которые пытаются нас соблазнить, предлагая нам нечто заманчивое и привлекательное.

Иногда мы желаем чего-то очень сильно, но, как только получаем желаемое, тут же начинаем жалеть. Весь вопрос в том, успеем ли мы исправить свои ошибки? Будет ли еще один шанс начать все сначала?

ВЗГЛЯД В БУДУЩЕЕ

Я ВЫРОС В НЕБОГАТОЙ семье на карибском острове Тринидад. Мой отец был индуист, а мать – католичка. Когда у родителей разные религиозные взгляды, это приводит к путанице, но не удивляет. Потому что в Тринидаде множество смешанных семей, где соседствуют мусульманские, индуистские и христианские воззрения. В моей семье праздновалось Рождество и зажигалась *дия*[1] на Дивали. По четвергам у нас было под запретом мясо, кроме рыбы. А говядину нам не разрешал есть отец. Так как корова была для него священным животным. На Рождество мама готовила жареную свинину и индейку, а во время Дивали у нас были *роти*[2] и овощи с карри.

Я не знал, какой религиозной системе мне следовать. С одной стороны, я вынужден был посещать индуистский храм на праздники и на молитвы, с другой – ходить на мессу по воскресеньям. Мама старалась не пропускать мессы, но папа отказывался ходить с нами. Он предпочитал совершать индуистские молитвы дома вместе с *пандитом*[3] и приглашать родственников, которые готовили индийские блюда и сладости. Когда все было готово, мы садились вокруг пандита и слушали его молитвы, а также подносили цветы и сладости индуистским божествам.

Если бы мог, отец обратил бы нас всех в индуизм и заставил молиться разным богам. Но, несмотря на его строгую приверженность определенному религиозному

---

[1] Лампада, которая зажигается во время индуистского праздника Дивали или Дипавали (санскр. «огненная гроздь»). Праздник символизирует победу света над тьмой, длится в течение пяти дней. (Здесь и далее примечания переводчика)

[2] Традиционный для индийской культуры плоский хлеб.

[3] Учёный брахман в индуизме (санскр. «учёный») помогает людям изучать основы индуизма и проводить ритуалы.

течению, о существовании Высшей Силы он никогда даже не помышлял. Всю свою жизнь он проводил, издеваясь над матерью, и попивая ром в забегаловках с друзьями.

Я был серьезным мальчиком, который упорно трудился над хорошими оценками, все потому что я хотел стать доктором. Вместо того, чтобы играть на улице с другими детьми, я оставался дома, читал приключенческие истории и проверял свою домашнюю работу. А еще я присматривал за двумя младшими сестрами, пока мама работала. На мне лежала ответственность за их безопасность, я следил, чтобы никто не выходил из дома и никого не пускал внутрь. Мама рассказывала нам множество историй о том, как маньяки домогаются до детей, она предупреждала нас, что никому не следует открывать дверь, даже соседям.

Как бы ни были мы бедны, мама всегда старалась обеспечить нас одеждой и школьными учебниками. Она надеялась, что благодаря хорошему образованию, однажды я вытяну нашу семью из нищеты. Мама была нашим единственным кормильцем, пока мы росли. Ее грубые мозолистые руки были доказательством того, как тяжело она трудилась домработницей, чтобы наша семья имела достаток.

Мой отец, напротив, был повесой. Он работал электриком и вечно был беден. Как только в конце недели он получал свою зарплату, тут же приглашал друзей и соседей в соседний бар, чтобы выпить по бокалу рома. Пока мама сидела с нами, он напивался. Домой отец возвращался, потратив большую часть заработанных денег, пьяный в стельку. Я не любил, когда он был пьян, потому что в таком состоянии он бил или ругал маму, а иногда кричал и на меня.

А еще он был страшным ревнивцем. К примеру, называл маму шлюхой, стоило ему увидеть ее беседующей с соседом. Ему не нравилось, что она работает, тогда как ему хотелось бы, чтобы она сидела дома. Каждый раз, когда он начинал эту тему, мать смотрела на него с широко раскрытыми глазами: «Но ты же никогда не приносишь деньги в дом. Если я буду сидеть дома, кто же будет содержать этих несчастных детей?»

«Послушай, женщина, не беспокойся о них. Они выживут», – кричал отец.

И так начиналась ссора. Я терпеть не мог наблюдать за руганью своих родителей, потому что практически всегда матери попадало. А потом она вынуждена была скрывать от всех свои синяки. В Тринидаде сплетни расходились очень быстро, и люди никогда не поддерживали женщин, которые подвергались насилию. Если бы окружающие, вместо того, чтобы сплетничать, сообщали в полицию о каждом случае домашнего насилия или домогательств до детей, женщины вроде моей матери, не оставались бы жить с тиранами. Вот почему моя мать продолжала молчать о жестоком отношении отца и восхвалять его перед другими, что меня по-настоящему раздражало.

Мне хотелось убежать прочь, только бы не слышать их, но я не мог оставить маму с пьяным отцом. Еще тогда я пообещал себе никогда не употреблять алкоголь, когда стану взрослым. Слыша ее крики по ночам, я удивлялся, почему мама просто не забрала нас и не ушла от него. Вспоминаю последнюю ссору своих родителей. Это было в Понедельник Карнавала[4], как раз перед смертью отца.

---

[4] Карнавал в Тринидаде – ежегодное мероприятие, проводимое в течение двух дней накануне Великого поста. Этот праздник напоминает бразильский карнавал, но отличается уникальной музыкой калипсо. Карнавал символизирует единение различных культурных традиций, которые уживаются на Карибских островах.

Мне было десять лет, я спал в своей постели и увидел странный сон.

Я видел себя, катающегося на большом синем велосипеде по зеленому полю, усеянному желтыми и белыми нарциссами и еще зелеными и розовыми ромашками. Я размахивал руками так, словно это были крылья. Ветер зачесывал мне волосы назад и хлестал по лицу.

«Я – орел!» – кричал я. Таким счастливым я себя уже давно не чувствовал. В моей душе было ощущение покоя.

Вдруг вдалеке я увидел черные тени. Они появились из-под земли и начали расти. Я попытался затормозить велосипед, но он не слушался меня и продолжал двигаться на большой скорости. Глаза мои были прикованы к этим теням, и они широко раскрылись, когда я увидел, что темные пятна приобретают человеческие очертания. Эти призраки стояли и смотрели на меня, глаза их светились красным светом. Страшные существа подняли руки, указали на меня и завыли: «Рамеш, мы так долго ждали тебя. Пойдем с нами!»

Их крики повредили мои уши, и я упал с велосипеда. Дрожа от страха, я спешно поднялся.

«Мама, где ты?» - закричал я.

Я снова сел на велосипед и начал крутить педали так быстро, как только мог, чтобы уехать подальше от этих страшных существ. Поле покрывал густой черный туман. Я всхлипывал и почти ничего не видел, но продолжал крутить педали. Не знаю, как я оказался на вершине утеса, прямо на краю. Соскочив с велосипеда, я посмотрел вниз, в плотную темноту.

Мне хотелось отпрянуть, но вдруг черная рука высунулась из пропасти под моими ногами и, прежде чем я успел закричать, схватила меня за футболку и потянула вперед. Потеряв равновесие, я упал вниз головой.

О Боже, сейчас я умру!

Я поднял вверх руки, пытаясь за что-нибудь ухватиться, но вокруг была только одна темнота и пустота. Вдруг я услышал холодящий кровь голос, который шептал мне на ухо:

«Рамеш, я иду за тобой».

Я не знаю, что напугало меня больше: падение с утеса или этот голос. Сердце билось так быстро, что я мог слышать его. Тук-тук, тук-тук... От испуга я сделал единственное, что мог – закрыл глаза и уши. Сделав это, я закричал: «Мама, пожалуйста, помоги мне!»

Я продолжал падать во тьму. И в тот момент, когда я почувствовал, что уже навеки пропал, я очнулся. Несмотря на то, что первыми звуками, которые я услышал, были громкий голос отца и шум падающих предметов, я никогда не испытывал такой радости при пробуждении. Моя пижама была мокрой, и тело мое дрожало от пронизывающего холода. Тем не менее, я был счастлив очнуться.

Я быстро выбежал из спальни, чтобы посмотреть, что происходит, но тут же замедлил ход и встал на цыпочки, надеясь остаться незамеченным. Медленно я подошел к кухонной двери и спрятался за ней, выглядывая через пространство между дверью и рамой.

Моя бедная мать стояла на коленях на полу, покрытом битым стеклом. Вокруг нее было множество осколков. Она поднимала с пола куски разбитых тарелок и банок. Я заметил, что с ее пальцев капала кровь и услышал, как она всхлипывает, вероятно, из-за порезов, которые получила, поднимая стакан. Капельки ее крови падали на пол, но она, на удивление, не замечала этого.

– Пожалуйста, останови это безумие. Ты же разбудишь детей, – сказала она отцу тихим голосом.

– Лучше заткнись, женщина! – возразил он ей.

– Я же не о себе забочусь, но на них твое поведение плохо влияет, – взмолилась мама.

Я смотрел на отца с ненавистью. Он стоял у кухонных шкафов в одних шортах цвета хаки. Его голая спина была покрыта грязью, и даже лицо было исполосовано и вымазано грязью. Сначала я смутился от его вида, но потом понял, что он, должно быть, собирается участвовать в Карнавале.

Отец продолжал что-то искать. Я видел, как он передвигал банки в шкафу. Вот он достал стеклянную банку с сахаром и бросил ее в раковину.

– Ну и где они? – сердито вскрикнул он.

Мама подняла голову и посмотрела на него:

– Я так долго работала, чтобы купить все это. Зачем ты все разбиваешь?

Отец игнорировал ее вопрос:

– Куда ты положила деньги? Мои друзья ждут меня!

– Забудь о друзьях и ложись спать, – огрызнулась она.

Он перестал рыться в шкафу и пристально посмотрел на нее.

– Заткнись, женщина, и отдай мне деньги.

Она отрицательно покачала головой:

– Тебе нельзя пить каждый день. Неужели ты не видишь, как алкоголь превращает тебя в животное? Дети нуждаются в тебе, но тебя никогда нет дома. Ты ведь мужчина, вот и веди себя соответственно.

Он медленно вытащил ремень из шорт, подошел к ней поближе и схватил за край ее блузки.

– Ты хочешь увидеть мужчину, дурочка?

Мама попыталась встать, но он толкнул ее на колени и порвал блузку. Отец взмахнул руку вверх, и я увидел, как ремень взлетел и опустился на голую спину моей матери. Мое тело сжималось и дергалось с каждым ударом ремня, который получала моя мать.

— Вот что значит мужчина в доме, тупица! — кричал он.

Он ударил мать несколько раз. Она повернулась и попыталась защититься, выставив перед собой руки. От каждого удара я вздрагивал так, будто он бил меня. О, как бы мне хотелось быть настолько сильным, чтобы остановить отца! Но я всего лишь беспомощно стоял за дверью и молча плакал, глядя на красную спину матери. Я чувствовал себя настолько слабым, что единственное, на что я был способен — стоять на том же месте, где я и был. Наблюдая за сценой, которая разыгрывалась у меня на глазах, я вдруг увидел бесформенную черную тень позади отца. Она отошла от него и исчезла в стене.

Мать смотрела на отца обезумевшими глазами:

— Фарзани, пожалуйста, прекрати меня бить! — умоляла она, поднявшись, наконец, на ноги. Он зарычал и поднял руку, чтобы снова ударить ее.

— Нет! — вскрикнула она, и ринулась прочь от него.

Но далеко ей уйти не удалось, она поскользнулась на каком-то мусоре, валявшемся на полу, и упала на колени. На этом все силы ее иссякли; она осталась сидеть на том же месте, потирая ушибленные коленки. Она стонала и дрожала, как лист на ветру. Отец подошел к ней и схватил за волосы.

— Слушай, женщина, дай мне денег!

Она поцарапала его руку.

— Нет! Ты не получишь никаких денег! Они нужны нашим детям, — сказала она. И ее голос звучал твердо, даже сквозь слезы. Ее нижняя губа была разбита и кровоточила, а на плечах остались красные следы от ремня. Мое сердце наполнилось гневом, я прикусил губу.

Мне хотелось взять тот же ремень и несколько раз ударить им отца, но страх парализовал меня.

Отец оглянулся назад и заметил копилку на кухонном шкафу. Он отпустил ее волосы и залез на табуретку, чтобы достать ее. Спускаясь со стула, он злобно ухмыльнулся, высыпая содержимое копилки на стол.

Мама быстро встала и подбежала к нему. Она схватила его за руку, пытаясь оттолкнуть от денег.

— Фарзани, не трогай их! Мне нужно купить Рамешу новую обувь! — отчаянно воскликнула мама.

Даже страдая, моя бедная мать всегда думала о нас. И сцена, которую я видел, была лишним тому доказательством; я осознал, что она любит нас больше всего на свете и даже готова за нас умереть. Мне было так жаль ее и хотелось помочь. И я почти даже нашел в себе мужество, чтобы закричать, но я понимал, что это может только прервать насилие, но не прекратить его.

Она оттолкнула отца, и он упал на пол, но тут же поднялся. Грубо обругав мать, он ударил ее по лицу.

— Идиотка, возвращайся-ка в свою спальню! — огрызнулся он.

Она приложила руку к лицу, морщась от боли, подошла, хромая, к посудному шкафу и опустилась на пол в углу. Она горько заплакала, склонившись так низко, что голова ее практически лежала на коленях.

Больше я не мог терпеть. Весь мой страх исчез, и я подбежал к отцу, исполненный ярости, не обращая внимания на осколки стекла на полу. Я ненавидел его за то, что он причинял боль самому дорогому человеку в моей жизни. Как мог он так ранить единственного человека, которому было до меня дело? Я пинал его ноги и бил его в живот своими тоненькими ручонками.

— Оставь в покое мою маму, пьяница! Слышишь? — кричал я.

Сначала он остолбенел и встал, как вкопанный. Я чувствовал от него запах алкоголя.

Потом он схватил меня за руки:

—Рамеш, прекрати! – сказал он, пытаясь оттолкнуть меня.

Я прищурил глаза и плотно сжал губы.

– Ненавижу тебя, отец! Я хочу, чтобы ты умер.

Он еще раз толкнул меня, но уже более грубо. Я упал на спину, ударившись головой. В этот момент мне показалось, что электрический ток прошел сквозь мой позвоночник, и я увидел крошечные золотистые огоньки, летящие передо мной.

– Рамеш! – закричала мама. Она подбежала ко мне и подняла мою голову с пола. Как только она убедилась, что я не порезался и не сломал себе ничего, она взяла меня за плечи и помогла присесть. После этого мама посмотрела на отца суженными от злости глазами.

– Ты не мужчина, ты животное! – закричала она.

– Издеваться надо мной тебе мало, теперь ты поднимаешь руку на своего родного сына, свою кровинку! И ты не боишься, что Бог накажет тебя?

– О каком боге ты говоришь? – засмеялся он.

Она покачала головой, не в силах поверить в происходящее.

– О том, который создал тебя.

Он приблизился к нам. Запах алкоголя душил меня. Я закрыл глаза, в страхе ожидая, что он ударит меня.

Но вместо этого он плюнул в лицо моей матери.

– Слушай, женщина. Не пугай меня своим богом. Я не боюсь твоего бога.

Она смотрела ему прямо в глаза, рукавом вытирая слюну с лица.

– Я знаю, почему ты не боишься Бога. Твой бог – это ром. Он сжигает тебя изнутри, проходя по твоим венам. В конечном итоге, он сожжет тебя дотла, и ты окажешься в аду.

Я открыл глаза и посмотрел на него. Глаза отца были красными и впалыми, а его черные волосы выглядели нечесаными и неопрятными. Он слегка покачивался и был обеспокоен, или, по крайней мере, казался таким.

— Господи, помилуй нас грешников, — взмолилась мать, глядя на небеса сквозь окно.

К моему облегчению, отец просто молча посмотрел на нас, взял деньги со стола и ушел.

— О, как же у меня болит спина, — простонал я. Мама обняла меня, и мы вместе начали горько плакать.

Она нежно потерла мою спину и сказала:

— Рамеш, не сердись на своего отца. Он пьян, и не понимает, что делает. Он просто никак не может найти свой путь к Богу.

Она поцеловала меня в лоб и глубоко вздохнула:

— Надеюсь, он найдет путь к Богу, пока еще не будет слишком поздно, — прошептала она.

Мои глаза расширились, и я нахмурился. Мне было не понятно, почему она пыталась оправдать поведение отца.

— Мама, не защищай его, он сам виноват, — сказал я, глядя ей прямо в глаза.

Она уныло посмотрела на меня:

— Пампушка, иногда люди ошибаются, а потом страдают от последствий. И эти последствия отражаются также и на нас.

— Мам, но я не хочу, чтобы отец снова тебя обижал. Пожалуйста, давай уедем от него куда-нибудь далеко-далеко, — упрашивал я.

— Рамеш, тебе легко говорить, но не все так просто. Куда, например, мы можем уехать, малыш? — спросила она.

Теперь я видел, как с ее губ капает кровь, поэтому я выбрался из ее объятий, чтобы встать и достать салфетку со стола. Медленно, стараясь не усугублять боль в спине, я снова опустился на колени рядом с ней. Потом я вытер кровь с ее губ и обернул салфетку вокруг ее порезанного пальца. Она слегка улыбнулась и забрала салфетку из моих рук, взяла мое лицо в свои ладони и подняла мою голову. Мама взглянула мне в глаза обеспокоенным взглядом.

— Сынок, пожалуйста, пообещай мне всего лишь три вещи, — умоляюще попросила она. — Во-первых, что ты никогда не будешь пить, во-вторых, что ты никогда не поднимешь руку на женщину. И, в-третьих, самое главное — пообещай, что будешь следовать Божьей воле и идти по праведному пути.

Я смотрел на нее, чувствуя себя несчастным от мысли, что она думала, будто я когда-нибудь последую его примеру.

— Мам, я никогда не стану таким, как отец, — сказал я, чувствуя ее боль. Мне никак не хотелось быть похожим на него.

Она обняла меня, и несколько минут мы просто сидели молча на полу. Потом мы встали, и она отправила меня спать. С наступлением ночи мама все еще подметала с пола осколки.

На следующий день, во Вторник Карнавала, моего пьяного отца сбила машина прямо на моих глазах.

Неподалеку от дома он выпивал со своими друзьями у обочины дороги и наблюдал за проходящим мимо маскарадным шествием. Я видел в окно его голую спину. На нем были потрепанные шорты, а на лице — маска. Ряженые мужчины и женщины маршировали по центру дороги. Кто-то пил пиво, а кто-то танцевал или прыгал. На женщинах были красочные костюмы, похожие на купальники из перьев, головные уборы их также были украшены перьями. Некоторые мужчины шли с голым торсом в тесных цветных шортах и кроссовках. Постоянно играла громкая музыка. Каждый раз, когда женщина проходила мимо отца, он плелся следом за ней и трепал по попке.

Среди всех участников маскарада я заметил одного странного человека. Он был одет в костюм, который делал его похожим на какого-то волосатого темно-коричневого зверя. Вместо обуви у него на ногах были копыта. На руках у него были перчатки, которые напоминали длинные когти. Вдруг он обернулся и посмотрел прямо в мое окно. Я быстро спрятался за занавеской, мое сердце бешено забилось от испуга. Набравшись храбрости, я снова выглянул, чтобы еще раз посмотреть на него.

Его маска была похожа на какое-то отвратительное существо. У него были красные глаза и длинные острые зубы. На голове красовались рога. В руке он держал цепь, присоединенную к шее ползущего рядом, словно животное, ряженого человека. Звероподобного участника окружал дым.

В довершении всего я утратил остатки храбрости. Нервно сглотнув, я почувствовал, как по коже ползают мурашки, и задернул занавеску. Спрятаться казалось мне самой хорошей идеей, поэтому я побежал в спальню и оставался там, пока музыка не затихла. Много позже, когда музыка перестала играть, я медленно подошел к окну и выглянул на улицу.

Там было пусто. Я вздохнул с облегчением и вышел поиграть во двор. Но мое счастье длилось недолго – пока отец не вернулся домой. Шатаясь, он подошел ко мне, от него разило спиртным.

–Эй, пацан, что ты там делаешь? – спросил он.

–Играю, – ответил я.

Он хмыкнул в ответ и вошел в дом. Через несколько минут он вернулся с деньгами в руках.

– Оставайся тут. Я иду за пивом, – сказал он и оставил меня одного во дворе, направившись в соседний паб.

Переходя дорогу, он обернулся и скорчил обезьянью рожицу, чтобы рассмешить меня. Отец оттопырил уши и высунул язык, что заставило меня рассмеяться.

Внезапно я заметил темную тень позади него. Послышался шепот, и я изо всех сил напрягся, чтобы расслышать слова. Человекоподобная тень отошла от отца и уставилась на меня злыми красными глазами. Я попытался закричать и убежать, но вместо этого стоял как парализованный, а мои ноги, казалось, стали цементными от страха. Отец не замечал ничего необычного и продолжал вести себя как дурак. Злобные глаза сияли, тень поморщилась.

«Рамеш, мы забираем твоего отца», – прошептал голос.

Я открыл рот, чтобы ответить, крикнуть, предупредить отца. Но не мог ни пошевелиться, ни издать какой-то звук.

Стоя безмолвно, внутри себя я кричал:

«Нет! Оставьте его в покое!»

Откуда ни возьмись появился черный автомобиль, который мчался прямо на моего отца. Он ударил его с такой силой, что тело взлетело в воздух. Пролетев несколько футов[5], тело отца упало на асфальт с тошнотворным хрустом. К моему ужасу следующая машина проехала прямо по голове, разбив его лицо. Я слышал, как трещали его кости. Мой несчастный отец умер мгновенно, а сбившие его машины умчались без остановки. Глядя на раздавленную голову отца и его

---

[5] 1 фут = 30.48 сантиметров.

растекшуюся кровь, я, наконец, почувствовал, как ожили мои конечности. Я рванул к нему быстро, как мог.

– Отец!

Я подбежал к нему, и меня чуть не вырвало от вида крови и раздавленного лица. Глаза отца лопнули, кровь сочилась из глазниц, ушей, носа и рта.

«О, Господи, его скальп просто разорван!»

Я опустился на колени, стараясь не смотреть ему в лицо, и встряхнул его руками.

– Папа, пожалуйста, вставай. Хватит притворяться! Вставай! – умолял я его в слезах.

Достав из кармана платок, я вытер сочащуюся изо рта кровь. Подняв глаза в поисках помощи, я закричал: «Пожалуйста, помогите мне, кто-нибудь!»

Наши соседи начали выходить из домов. Женщины отворачивались и заводили детей назад в дом.

– Кто-нибудь, позвоните в полицию и скорую помощь! Там на дороге человек! – крикнул сосед Рэй, подбегая ко мне.

Я снова посмотрел на отца. Мне не хотелось верить в то, что он был мертв. Я положил голову ему на грудь и горько заплакал.

– Папа, встань, пожалуйста! – кричал я. – Ты не можешь оставить меня! Прости меня! Пожалуйста, прости меня!

Кто-то нежно коснулся моего плеча. Это был Рэй.

– Рамеш, сынок, пойдем со мной. Я отведу тебя домой.

Я покачал головой, не глядя на него. Мне было сложно отвести взгляд от мертвого отца.

– Нет, я никуда не пойду, пока мой отец не встанет, – заявил я.

Рэй обнял меня за талию и заставил встать. Затем он взял меня за руку и оттащил от отца.

— Пожалуйста, пустите меня! — умолял я, пытаясь вырвать свою руку. — Мне нужно разбудить отца!

— Сынок, твой отец уже не встанет. Он на небесах, — ответил Рэй.

Я изо всех сил сопротивлялся ему, но это было бесполезно. Рэй был сильнее, и мне пришлось идти с ним.

— Нет, он просто без сознания. Пожалуйста, отпустите меня. Я хочу быть рядом с папой и ждать, пока он очнется, — возражал я почти в истерике. Я проклинал свою детскую слабость и лупил по мужчине второй свободной рукой, чтобы он отпустил меня. Это было бесполезно. С тем же успехом я мог биться о стену.

Я обернулся, пытаясь посмотреть на отца еще разок, но увидел странное явление, которое напугало меня еще больше.

Душа моего отца покинула его тело, это произошло на моих глазах. Он стоял и смотрел на меня. Я видел отчаянье и раскаянье в его глазах, тогда как две черные тени схватили его за руки и понесли за собой. Напрасно отец пытался оторваться от них. Вскоре показалась черная дыра, в которую скользнули тени, затащив туда и моего отца. После этого дыра исчезла вместе с моим отцом.

У меня снова началась истерика.

— Отец! Он провалился в какую-то дыру! Я должен спасти его! — закричал я, извиваясь и хромая. Мне казалось, что эта моя уловка ослабит хватку Рэя.

— Рамеш, послушай меня, — сказал Рэй, нежно встряхнув меня. — Твоего отца нет, и он больше не вернется.

Он опустился на колени и посмотрел мне прямо в глаза. Рэй заплакал, и я понимал, что его сердце плачет обо мне.

Проглотив свои слезы, я последний раз обернулся и кивнул ему. Рэй отвел меня домой, а потом позвонил маме.

– Милая, у меня плохие новости, – сказал мужчина, когда мама ответила на звонок.

– С моими детками все в порядке?

– С детьми все нормально, но Фарзани сбила машина, и он умер, – мягким голосом сказал Рэй. – Мне очень жаль, Диана.

В трубке повисла тишина на несколько мгновений.

– Диана, ты в порядке?

– Где это случилось? – услышал я ее вопрос.

– Рядом с домом, – ответил ей Рэй.

Телефон матери упал на пол, вместе с ее телом. По звуку в трубке мы с Рэем поняли, что она упала в обморок.

– Диана, ты слышишь меня? – спросил Рэй обеспокоенно. Ничего не услышав в ответ, он повесил трубку. Сосед повернулся ко мне, глядя тревожно.

– Телефон разрядился. Придется подождать, пока она перезвонит.

Но я-то знал, что на самом деле произошло. Потому что я слышал то же, что и он. Позже я узнал от своей матери, что, когда она упала, ее начальница подбежала к ней и начала трясти ее обморочное тело.

– Диана, что с тобой? – встревоженно спрашивала она.

Согнувшись, она приложила два пальца к маминому запястью, чтобы проверить пульс. Потом она поднесла руку ко рту, чтобы проверить мамино дыхание.

– Слава Богу, она жива, – произнесла женщина, вздохнув с облегчением. Она спешно ринулась в свою туалетную комнату и вернулась оттуда с бутылкой спирта и ватным тампоном. Смочив спиртом тампон, начальница поднесла его к маминому носу.

Мама тут же села и растерянно огляделась.

– Что случилось, Диана? – спросила ее начальница.

Мать сначала смутилась, но потом ее накрыло воспоминание о телефонном звонке, и она начала плакать.

– Моего мужа сбила машина, – произнесла она сквозь тяжелые рыдания. – Он... он мертв!

Женщина была потрясена, она села на стул, прикрыв рот рукой.

– Мне очень жаль, Диана. И как это случилось? – спросила она.

– Я не знаю.

Женщина взяла маму за руку и нежно ее сжала.

– Милая, если тебе что-то понадобится, обязательно попроси. И, пожалуйста, будь сильной ради своих детей.

– Спасибо, Триша, – сказала мама, вытирая глаза рукой. – Теперь я должна идти домой.

Голос мамы был тихим и потерянным.

– Хорошо, дорогая. Если тебе нужна будет помощь, пожалуйста, не постесняйся позвонить мне, – сказала Триша.

Мама взяла сумку и отправилась домой. К тому времени, когда она добралась до дома, снаружи уже была толпа людей, включая сотрудников полиции и скорой помощи. Медицинский персонал уже погрузил тело отца на носилки.

Мама быстро подбежала к машине скорой помощи. Увидев мертвое окровавленное тело отца на носилках, она упала на колени. Протянув руки к небу, она зарыдала и воскликнула:

– И за что у меня забрали мужа? Почему мои дети теперь остались без отца? – она дернула себя за волосы, продолжая кричать. – Почему он ушел? Что мне теперь делать?

Я стоял у окна, наблюдая за каждым ее действием. Мне хотелось подбежать к ней, но я был слишком шокирован. К тому же я больше не хотел видеть тело отца.

Наша соседка Саша подошла к маме. Она помогла ей встать и, обняв, сказала:

— Милая, успокойся ради детей. Ты сейчас так нужна своему сыну Рамешу.

— А что с ним случилось? Он в порядке? — обеспокоенно спросила мама, пытаясь взять себя в руки.

— Фарзани сбила машина прямо на его глазах. Рамеш кричал и вопил, желая остаться с отцом. Он говорил что-то о падении в дыру, и, с тех пор, как зашел в дом, он не сказал ни слова, — ответила Саша. — Рэй едва совладал с ним, чтобы отвести домой. Сейчас он настолько потерян, что даже не смог поговорить с полицией.

— Куда вы его повезете? — спросила мать.

— В морг при больнице, — ответил фельдшер.

— Спасибо, — ответила она.

Мама обернулась к соседке, чтобы обнять ее.

— Спасибо большое тебе, Саша, за поддержку.

Затем она собрала вещи и посмотрела в сторону дома.

— Мне нужно домой.

Не говоря больше ни слова, мама перешла дорогу. Дойдя до двери дома, мама увидела, что он был полон людей, живущих по соседству. Каждый из них обнимал маму и подбадривал. Я все еще прятался, наблюдая, как люди приходят и уходят. Когда все соседи ушли, мама села на диван, уставившись в пространство перед собой. Я бросился к ней и уткнулся лицом в грудь.

— Мама, это все я виноват! Он умер потому, что я желал ему смерти.

Она нежно погладила меня по голове.

— Сынок, это не твоя вина. Нерадивый водитель убил его, — сказала она и обняла меня. Я чувствовал, как ее слезы капают мне на голову.

— Надеюсь, они найдут того, кто это сделал, — прошептала она.

Несмотря на мамины слова, я чувствовал себя виноватым.

— Мама, я тогда злился, и я совсем не то имел в виду, — прошептал я.

Она глубоко вздохнула, и я притих. Сейчас был не лучший момент, чтобы настаивать на своем.

В ее объятиях я чувствовал себя в безопасности, но я не мог перестать видеть, как тело отца взлетает в воздух и приземляется на землю, словно тряпичная кукла, кем-то небрежно брошенная. Как только я вспомнил, как две тени забрали душу отца, мое сердце похолодело. Чувство страха заполнило все мое существо, когда я задался вопросом? Куда они его повели?

Я попытался рассказать об этом маме.

— Мам, машина разбила его голову прямо у меня на глазах.

— Сынок, не думай об этом, — прошептала она, приложив свои пальцы к моим губам.

— Но, мама, я видел кое-что ужасное, — сказал я, дрожа от страха.

Она потрепала меня по голове:

—Успокойся, сынок.

Нам не удалось долго пробыть вдвоем: вскоре в дом пришла еще одна порция сочувствующих соседей. Я чувствовал себя настолько разбитым, что мне не хотелось ни видеть, ни разговаривать с кем-либо, потому я оставил маму и ушел в спальню. Упав на кровать, я уставился в потолок. Мысленно я снова и снова воспроизводил сцену смерти отца, мне не удавалось отделаться от вида разбитого лица своего отца. Остаток дня я провел в тишине, обдумывая увиденное.

К вечеру все соседи, которые блуждали по дому, наконец, оставили нас в покое. Мои сестры вернулись, но они никак не могли понять, что произошло. Они спрашивали маму, когда отец вернется домой. И каждый раз она отвечала, что не знает.

После ужина мама отправила нас спать. Было уже поздно, а сестры все никак не могли угомониться. Они спорили друг с другом и мучили мать вопросами. Мама вошла в мою спальню и накрыла меня одеялом. Потом она села на кровать и молча уставилась на фотографию отца, висящую на стене. Несмотря на то, что мой отец был полным придурком, мама любила его. Глядя на ее лицо, я видел печаль в ее заплаканных покрасневших глазах.

Я сел и взял ее за руки, заставляя посмотреть на меня.

– Мама, я кое-что видел.

Мне действительно нужно было рассказать ей о тенях, забирающих отца.

– Не сейчас, Рамеш. Просто ложись спать, пожалуйста– умоляла она обреченным и усталым голосом.

Мама поцеловала меня в лоб, выключила свет и ушла. Потом я лежал в постели и слушал рыдания матери, доносившиеся из спальни. Я хотел успокоить ее, но чувствовал себя виноватым перед ней. Я винил себя в смерти отца. Если б я не пожелал ему смерти, он был бы жив.

На следующее утро мать организовала похороны и договорилась о сожжении тела. Она решила сначала провести церковную службу, а потом сжечь тело и развеять прах в море.

Когда мама совершала необходимые звонки, я в основном был в своей комнате, сидел молча и пытался играть своими игрушечными солдатиками. Картина того момента, когда я набросился на отца и ударил его, свирепо крича: «Я ненавижу тебя и хочу, чтобы ты умер!» – четко отпечаталась в моей голове.

Охваченный чувством вины и сожалением, я бросил солдатиков на пол, и они разлетелись во все стороны. Затем я кинулся на кровать, закрыл лицо одеялом и начал несдержанно реветь. В моем представлении я убил отца точно так же, как если бы я сам его сбил.

Внезапно я услышал какое-то жужжание, будто моя комната наполнилась пчелами. Я поднял голову и огляделся в поисках источника шума. Он шел откуда-то из потолка. Я посмотрел наверх и увидел туманную тень, которая, появившись, стала разрастаться больше и больше, пока не покрыла весь потолок. В середине тени появились светящиеся красные глаза. Я весь сжался, моя кровь превратилась в лед от этого пристального взгляда.

Вся комната наполнилась смехом. Высокая темная тень, похожая на человека, вышла из потолка и подлетела ко мне. Тень остановилась надо мной, зависла в воздухе лицом вниз. Мое тело налилось тяжестью, я чувствовал, будто что-то гигантское навалилось на меня и вдавило в матрас. Я пытался двинуться с места или закричать, но был парализован. Я закрыл глаза, чтобы больше не видеть это отвратительное существо.

«Мамочка, помоги мне!» – хотел я закричать, но губы, казалось, были склеены. Вдруг я услышал шепот летающего призрака в своих ушах.

– *Рамеш, я иду за тобой.*

Голос издевательски засмеялся. Когда я открыл глаза, тень полетела обратно к потолку.

Мое тело приподнялось и стало двигаться из стороны в сторону помимо моей воли. Я вытянул перед собой руки, чтобы схватиться за кровать, но это было тщетно. Все, что я мог делать, это молиться.

«Господи Иисусе Христе, помилуй меня!» – повторял я.

Когда жужжание прекратилось, я снова опустился на кровать. Темный туман исчез с потолка вместе с моим злобным гостем. Напуганный до смерти, сотрясаясь от дрожи, я быстро выбежал из спальни.

На следующий день рано утром мама помогла мне одеть черный костюм. Сестры были одеты в белые платья. Даже сейчас они не могли понять, что же происходит, и продолжали спрашивать про отца. Я пытался объяснить сестрам.

– Девочки, отца больше нет, – сказал я.

– А где он? – спросила моя четырехлетняя сестренка Джоэл.

– Далеко отсюда, – ответил я.

– А когда он вернется? – спросила сестра Гита, которой было три года.

Я огорченно посмотрел на них, стараясь не закричать.

– Он не вернется, – выдавил я сквозь зубы, изо всех сил пытаясь держать себя в руках.

Гита посмотрела на меня, ее глаза были влажными, будто она вот-вот заплачет.

– Почему? – спросила она, закусив губу.

– Потому что он на небесах, а оттуда никто не может вернуться, – ответил я, отвернувшись.

Он действительно на небесах? Я сомневался.

– Неужели Бог забрал его? – спросила Джоэл.

– Нет, Бог никого не забирает. Его убил неосторожный водитель, – объяснил я.

Гита потянула меня за штанину, все еще не понимая. Она смотрела на меня огромными голубыми глазами.

– А где находится рай? – спросила она.

– Я не знаю. Спроси маму, – сказал я раздраженно, убирая ее руку со своих штанов. Опустив взгляд, я больше не хотел отвечать на их вопросы. Они выбежали из комнаты, оставив меня одного.

Вскоре за нами приехал дядя Дипак и отвез нас в церковь. Он припарковал машину на стояке, а мы все вышли и направились к входу в церковь.

Я боялся увидеть отца лежащим в гробу, и от этой мысли мое сердце бешено колотилось. Злобный ночной посетитель занимал все мои мысли и усиливал беспокойство. Подойдя к двери, я не мог сделать шаг и войти внутрь, но мама подтолкнула меня.

Мы медленно шли к алтарю. Люди подходили к матери, ободряя ее словами поддержки. Она выглядела высокой и элегантной в своем коротком черном платье и шляпе. Всякий раз, когда кто-то приближался к ней, она улыбалась и говорила слова благодарности.

Мама усадила нас на скамью и медленно подошла к закрытому гробу, поддерживаемая своей сестрой. Она открыла крышку и посмотрела внутрь. Внезапно она закричала и рухнула прямо на гроб. Своим падением мама столкнула гроб с пьедестала, и он упал на пол.

Какое ужасное зрелище! Мама лежала на полу, а между ней и гробом валялось тело отца. Я вскочил со своего места и побежал, чтобы помочь матери подняться, но тут же остановился, не сделав даже одного шага, потому что почувствовал, как что-то сломалось под моей ногой. Я поднял ногу и увидел под ней глаз отца. Я не мог понять, как он оказался там. Потрясенный, я снова взглянул на него, а потом отпихнул, чувствуя тошноту.

Глаз скользнул и покатился обратно к телу моего отца. Я набрался смелости, чтобы посмотреть на его лицо и, к своему облегчению, обнаружил, что на него был нанесен макияж, так что отец выглядел почти так же хорошо, как до момента, когда его переехали. Его глаза были заменены на искусственные, и я заметил швы, пересекающие его лоб.

Внезапно на лице отца появилась улыбка, а его веко открылось и закрылось. Я снова услышал жужжание. Мои ноги ослабли, а руки дрожали. Я начал потеть, и мое сердце, казалось, вот-вот выпрыгнет из груди.

– Рамеш, помолись за меня, пожалуйста! – услышал я крик отца. – О, пожалуйста, хватит мучить меня!

Вся церковь заполнилась его криком. Я не знал, обвинял ли он меня в своих мучениях или обращался к демонам.

– Прекрати! – закричал я, закрывая уши и глядя на его лицо.

Гримаса на его лице исчезла, и тело отца внезапно окутал черный дым. И вот оно уже объято огнем. Отец поднял горящую руку и указал на меня. Я услышал его шепот: «Помоги мне».

Мои глаза метались, я не понимал, реально ли было то, что я видел, или это всего лишь галлюцинация? Казалось, никто, кроме меня, не видел ничего необычного; одни тихо разговаривали друг с другом, другие помогали матери подняться.

Кто-то схватил меня за левое плечо, так что я подпрыгнул. Казалось, мою кожу прожгло насквозь. Мое сознание стало совершенно пустым, и я отвернулся от суматохи, которая происходила на моих глазах. Медленно, шаг за шагом, я направился к выходу.

Именно в этот момент жуткий голос с усмешкой зашептал мне на ухо: *«Рамеш, тебе нравится эта* улыбка *на лице отца?*» И дальнейшие слова просто приковали меня к полу: «*Ты будешь следующим*».

Холодный озноб пронзил мое тело, вызывая мурашки на коже. Я попытался сделать шаг, но не сразу сумел. Собрав все свои силы, казалось, на это ушли часы, я, наконец-то, смог преодолеть паралич. Я быстро выбежал из церкви, надеясь оторваться от этого демонического голоса.

Мчась по дорожке, я споткнулся о какой-то черный предмет и упал, ударившись головой о что-то твердое. Лежа на земле не в силах пошевелиться я снова услышал знакомое жужжание, которое становилось все громче и громче. Все вокруг меня потемнело. Не знаю, сколько времени я так пролежал – секунды, минуты или часы. Я потерялся в темноте. В конце концов послышались голоса людей, бегущих мне навстречу. Мой дядя что-то говорил, но я ничего не мог понять. Я пытался поднять голову, но тело не слушалось меня.

Несмотря на весь этот переполох, я все еще слышал демонический смех. И кто-то зарычал мне прямо в ухо. «*Я иду за тобой. Твоя душа принадлежит мне*».

Вдруг все вокруг исчезло, и я уже не был тем маленьким мальчиком, который лежал без сознания на тротуаре. Я очнулся и обнаружил себя двадцатилетним мужчиной, который сидит в самолете, летящем в Англию. Сначала я был в смятении, потому что не мог вспомнить о прошедших годах, но потом мои воспоминания вновь ко мне вернулись.

«Уф! – сказал я про себя. – Это был всего лишь сон».

Остаток полета я провел, размышляя о том, что привело меня к этому моменту моей жизни. Я чувствовал гордость, осознавая, что заработал стипендию на обучение в лондонском университете.

По прибытии в Англию, я поселился в общежитии и почти сразу начал посещать занятия. Мне так хотелось стать врачом, что, вместо того, чтобы встречаться с новыми друзьями, я предпочитал оставаться в своей комнате и заниматься. Единственным исключением были праздники, когда я позволял себе ходить на дискотеку.

Именно там, на третьем курсе университета, я встретил высокую британку. Дело было так. Я разговаривал с друзьями, сидя за столом в клубе. Они пили виски, а я – лимонад. Насмотревшись на последствия от употребления алкоголя, которые во всей красе проявились в оскорбительном отношении отца к матери, зная, какой вред он ей причинил, я сохранил твердую решимость никогда не пить.

Потягивая лимонад, краем глаза я заметил какое-то движение. Я повернулся посмотреть, что именно привлекло мое внимание, и тут увидел, как она танцует. Я продолжал смотреть на нее в надежде, что она меня заметит. Ее светлые волосы колыхались от движений, а зеленые глаза сияли во время танца. Я был настолько поражен ею, что уже тогда точно знал, что должен встретиться с ней. Хотя бы ради того, чтобы просто купить ей что-нибудь выпить и немножечко поговорить.

Как только она вернулась за свой столик к друзьям, я заказал ей бокал шампанского и отправил с официантом. Официант принес ей и указал на меня. Девушка посмотрела на меня, усмехнулась и встала. С бокалом в руке она медленно подошла ко мне. Как же она была великолепна в своем красном платье и черных туфлях. Платье сидело на ней идеально, подчеркивая прекрасную фигуру. Красавица подошла к нашему столику и поставила на него бокал.

– Спасибо, но я не принимаю напитки от незнакомцев, – сказала она.

Я посмотрел ей в глаза и улыбнулся.

— Меня зовут Рамеш. А вас как? — она молча смотрела на меня, а я продолжал. — О, так вы и имя свое незнакомцам не называете?

Она ухмыльнулась:

— Я Каз.

Я подмигнул ей:

— Ну, теперь, когда мы знаем имена друг друга, мы больше не незнакомцы. Сейчас вы примете бокал шампанского?

— Нет, не буду, — она отвернулась и отошла. Но взгляд, которым она посмотрела на меня, сказал мне о том, что она не совсем меня отшила.

Когда заиграла медленная музыка, я поднялся со своего места.

— Вы бы согласились потанцевать с посторонним человеком? — спросил я ее.

Она остановилась, обернулась и наградила меня широкой улыбкой.

— Присоединяйтесь ко мне на танцполе, — сказала она и протянула мне руку. Мы вышли на площадку, девушка вела меня за собой. Я обнял ее за талию, и мы медленно двинулись в танце.

— Каз, вы встречаетесь с кем-то? — спросил я.

— Вы всегда задаете личные вопросы девушкам, с которыми только что познакомились? - ответила она.

— Хм... да вообще-то нет. Но вы очаровали меня.

— Ха! Я знаю, что вы, тринидадские мужчины, всегда любите мило беседовать с женщинами, чтобы потом затащить их в постель.

Ее лицо нахмурилось в игривой серьезности. Но потом она улыбнулась.

Когда песня закончилась, мы перестали танцевать и сели за столик.

— Так откуда вы так много знаете о тринидадских мужчинах? — спросил я, глядя в ее зеленые глаза.

— Я встречала немало женщин с вашего острова, поэтому я достаточно знаю о ваших мужчинах и культурных особенностях. Две мои приятельницы заставали своих мужчин в момент измены.

— О, так вы судите всех мужчин по рассказам тех женщин? Это не хорошо, — я сделал глоток своего напитка. — Тогда, наверное, я вас удивлю. Я не такой, как они. Я честный и верный.

В этот момент я положил руку на сердце в драматическом жесте.

Она засмеялась и убрала прядь волос, упавшую на глаза.

— Мужчины всегда стараются показать себя в лучшем свете, чтобы заманить женщину в свою ловушку.

Она взглянула на часы.

— Ничего себе, как много времени! — улыбнувшись, она продолжила. — Как бы то ни было, Рамеш, мне пора прощаться. Уже поздно.

Я по-настоящему наслаждался общением с ней и не хотел, чтобы она уходила.

— Почему бы вам не провести еще немного времени со мной, чтобы узнать о тринидадских мужчинах побольше?

— У меня есть гораздо более важные вещи для изучения. Я не могу тратить свое время на это, — она откинула голову и усмехнулась. — Тем не менее, вы мне довольно симпатичны, я буду поддерживать с вами связь.

Она встала из-за стола. Мы обменялись телефонами, и она вышла из клуба. На следующий день, надеясь, что это не слишком настойчиво, я позвонил ей. Так начались наши отношения.

Прошло несколько лет. Я закончил университет и сразу же получил работу в больнице общего профиля у себя на родине. Я не мог расстаться с Каз, и она чувствовала то же самое, поэтому мы поженились. Это была скромная свадьба, на которой присутствовали лучшие друзья. Потом мы сразу уехали.

Мы переехали в Тринидад и провели медовый месяц на Барбадосе. Первый свой день там мы решили провести на пляже Аккра. Я был удивлен увидев там такое количество туристов, а теплое отношение и дружелюбие барбадосского народа просто впечатлило меня.

Каз выглядела очень элегантно в своем черном купальнике и большой красной шляпе. Мы арендовали два раскладных кресла и расположились под солнцем. В то время, пока Каз лениво растягивалась в своем кресле, я ушел, чтобы купить рыбные палочки и картофель фри.

Прогуливаясь, я услышал необычный, но до странности знакомый жужжащий звук. Казалось, он исходит от огромного дерева неподалеку. Я подошел к нему, с любопытством разглядывая ветви, чтобы понять, что издает такой звук.

Тень от дерева, протянувшаяся по песку, казалась необычной. Я наклонил голову, пытаясь рассмотреть.

К моему удивлению и ужасу, тень начала двигаться. Я попятился, когда она на моих глазах превратилась в силуэт некоего существа с рогами, копытами вместо ног и длинными когтями на руках.

Рамеш... Рамеш... шептало оно. Затем раздался смех — отвратительный, неземной крик, который вернул мои самые ужасные и кошмарные воспоминания.

Страх сковал все мои движения. Ужас ледяными пальцами прокрался по моему позвоночнику. Я мог только стоять как вкопанный, и смотреть на исчадие ада, представшее передо мной. Возле моих ног разверзлась пропасть, и оттуда появилась какая-то субстанция. Прежде чем я успел закричать, существо втянуло меня в кромешную тьму. С криком я падал в никуда.

Внезапно я очутился в нашей старой церкви. Передо мной стоял гроб моего отца. Я сделал нерешительный шаг вперед и уставился на труп.

Он был одет в черный костюм, а глаза его были закрыты. Сделав еще шаг, я оказался достаточно близко, чтобы прикоснуться к нему. Не понимая, что делаю, я протянул свою руку и положил на него. В этот момент он сел и открыл глаза. О, ужас, он посмотрел на меня. Глаза на мгновение загорелись красным, а затем упали ему на колени. Кровь хлынула из пустых глазниц.

Я закричал от ужаса и отступил подальше от него. Отвратительный смех окружил меня, и я развернулся, чтобы убежать. Но что-то толкнуло меня, и я упал. Пытаясь подняться, я совершил ошибку – снова посмотрел на оживший труп своего отца.

Отец поднял руки и протянул их ко мне. На его лице отображалась мука.

– Сынок, помоги мне! Пожалуйста! – завизжал он.

Я бросился бежать из церкви. На тротуаре я упал, а когда очнулся, то снова оказался на пляже.

Я заморгал, смущенный, растерянный, и огляделся. Все было так, как и должно было быть: никаких следов зверя или дыры. Тень дерева была такой, как обычно, а люди двигались так, будто ничего не произошло. Я действительно все еще стоял на том же месте, где меня затащили в яму.

Я потряс головой и пошел дальше к киоскам с едой, размышляя о том, что только что произошло. Все это не имело смысла, и мне ничего не оставалось, как только выбросить это из головы. Далекие воспоминания моего детства сражались за то, чтобы снова заполнить мое сознание, но я отбивался от них.

Купив обед, я вернулся туда, где мы с женой расставили свои кресла, тщательно избегая того места, где находилось дерево и его таинственная тень.

Вернувшись, я увидел, что она все еще читает роман. Но, к моему удивлению, глаза ее были влажными, будто она плакала.

Я присел рядом с ней.

– Что случилось, моя дорогая? – спросил я, нежно поглаживая ее руку.

Она бросила на меня грустный взгляд.

– Я читала книгу, и, когда добралась до того, как эта девушка, Мария, умоляла Бога о помощи, чтобы выбраться из унизительных отношений, я так расстроилась. Ее положение такое тяжелое, а слова – полны боли. Поэтому я плакала.

Я мягко улыбнулся.

– Женщины всегда плачут, когда читают что-то грустное, – сказал я.

Каз села и убрала свою книгу.

– Да, это правда, хотя меня очень трудно заставить плакать. Но вот этот роман не только открывает мне глаза, но и наполняет мое сердце гневом по отношению к обидчикам. В нем показано бедственное положение женщин, которые постоянно борются за лучшую жизнь, ищут счастья, но никак не могут его найти.

– Каз, это проблема возникает не только у женщин, но и у мужчин. Это ужасно.

Я похлопал ее по руке, а затем достал наш ланч.

– Как бы там ни было, у меня есть чем нам подкрепиться, – сказал я ей.

Мы насладились едой, а вечером поужинали в стейк-хаусе.

Остаток медового месяца прошел гладко, и я успокоился. Мы оставались на Барбадосе в течение двух недель, а затем вернулись в Тринидад.

В самом начале наш брак был счастливым. Я работал допоздна, а потом возвращался домой, и мы замечательно проводили время с женой. Мы были настолько влюблены друг в друга, что почти каждую ночь занимались любовью. Она наполняла ванну теплой водой и аккуратно мыла губкой мне спину. Потом она целовала мою шею и массировала ноги под водой. А потом мы занимались любовью в ванной. Я испытывал с ней настоящее блаженство.

В течение четырех лет мы были счастливой парой, и я стал отцом двух мальчиков, вероятно, зачатых в ванной. У меня была хорошая работа, любящая жена, дети и двухэтажный дом. все было идеально.

Но моя жизнь изменилась после смерти старухи. Казалось бы, это обыденное событие во врачебной практике, но не тут-то было.

Память сохранила очень яркие воспоминания о произошедшем. Женщина лежала на операционном столе, покрытая по пояс белой простыней. У нее была опухоль в легких, и я оперировал ее, чтобы удалить. После удаления опухоли из легкого я зашил разрез, затем снял медицинские перчатки с рук.

— Мы сделали еще одну успешную операцию, — сказал я ассистенту, широко улыбаясь.

Мой ассистент был светлокожим кубинским врачом, около пяти футов ростом, с большим животом. Он улыбнулся мне в ответ, сняв перчатки.

— Почему бы нам не пойти в клуб Сэма, чтобы отпраздновать? — предложил он.

— Я предпочел бы поужинать с женой, — сказал я, подходя к раковине. Я вымыл руки, вытер их бумажным полотенцем и посмотрел на себя в зеркало.

На нем появились слова, написанные кровью чьей-то невидимой рукой:

«РАМЕШ, Я ЖДАЛ ТЕБЯ ОЧЕНЬ ДОЛГО».

Я быстро стер слова бумажным полотенцем, надеясь, что мой ассистент их не видел. Но на зеркале одна за другой появились новые кровавые буквы:

Т-В-О-Я Д-У-Ш-А П-Р-И-Н-А-Д-Л-Е-Ж-И-Т М-Н-Е

Буквы начали ползти и плавиться, растекаясь по зеркалу так, будто из раны хлынула кровь. Внезапно я увидел себя, лежащим в гробу и окруженным крысами и личинками, поедающими мою плоть. Я был слишком испуган, чтобы пошевелиться, поэтому мог только стоять и смотреть на ужасающую картину в зеркале. Волосы на голове у меня поднялись, а по телу пробежала холодная дрожь.

Позади меня в операционной появилась темная тень, она превращалась в волосатое отвратительное существо с большими рогами на голове и длинными когтями вместо пальцев.

Запах гари ударил мне в нос. Зверь схватил меня за плечи своими когтями. Я пытался отвернуться, чтобы не увидеть его уродливое отражение в зеркале.

Я слышал его смех и чувствовал горячее дыхание с запахом серы.

— Не отводи глаз от зеркала, — шептал он. Монстр высунул свой длинный окровавленный язык и лизнул мне ухо. Я вздрогнул и почувствовал, как желчь подкатила к горлу.

Зверь все сильнее сдавливал мои плечи, впиваясь когтями в плоть. Мои плечи словно горели огнем. Слезы боли и ужаса катились по щекам. Я не мог отвести глаз от зеркала, переводя взгляд со своего отражения на отвратительное существо и обратно.

На мое удивление отражение внезапно исчезло, вместо этого я увидел огромный пожар. Пламя полыхало, вздымаясь вверх, выплевывая яркие угольки. Огонь превратился в огромную скользящую змею. Увидев меня, змея открыла пасть и зашипела. То, что я увидел в этой пасти, заставило мою кровь заледенеть.

Она была заполнена огнем. Мало того, что пламя было внутри, казалось, что глотка змеи – это озеро огня. Кроме того, я мог различить в нем фигуры костлявых безволосых фигур.

Внезапно операционная за моей спиной наполнилась криками. В этот момент зеркало начало растрескиваться на две половины. Я попытался прикрыть уши, но змеиный взгляд, который теперь раздвоился в разбитом зеркале, не давал мне двинуться с места. Мой взор был прикован к несчастным обреченным душам в пасти змеи. Их лица изображали агонию, они толкали друг друга, пытаясь выбраться из огня, полыхающего за змеиными зубами.

Мне на глаза попалась одна фигура. Человек пытался перелезть через других, чтобы вырваться из огня, но его столкнули обратно в озеро. Он поднял голову и посмотрел на меня. Лицо его было черным от огня, и я мог ясно видеть только его темные, полные безнадежности глаза. Он протянул руку, будто пытался схватить меня.

– Сынок, помоги мне! Пожалуйста!

Это был мой отец! Он был заключен в пасти змеи между этими ужасными клыками, и выхода оттуда не было. Я продолжал смотреть на него, не в силах ему помочь, в то время как мое собственное тело чувствовало, что тоже горит.

— Ты видишь, как твой отец горит в аду? — шептало существо позади меня. — Скоро ты к нему присоединишься.

Чудовище провело лапой по моей спине, и я почувствовал жжение.

Медленно, буква за буквой, слова «П-О-М-О-Г-И М-Н-Е» начали складываться на треснувшем стекле. Как только появлялась новая буква, предыдущая исчезала.

Я закрыл глаза и прошептал: «Господи, помилуй меня!»

Рука коснулась моего плеча, и я вздрогнул. Я открыл глаза, чтобы увидеть комнату и ее обитателей в полном порядке, как ни в чем не бывало.

Мой ассистент стоял рядом со мной с обеспокоенным выражением лица.

—Доктор, с вами все нормально?

Я моргнул пару раз, а потом посмотрел в зеркало.

Чудовище исчезло. Я вздохнул с облегчением и слабо улыбнулся ассистенту, достав салфетку из стоявшей рядом коробки.

— Да, все в норме, — сказал я, вытирая пот с лица.

Внезапно кардиомонитор моей пациентки начал часто пищать, затем включился сигнал тревоги.

— Ее сердце перестало биться! — закричал ассистент, бросившись к ней.

Я схватил дефибриллятор и ударил ее по груди. Когда я включил его, ее тело содрогнулось несколько раз. Сердцебиение вернулось, но, как только мы подумали, что она выживет, оно снова исчезло.

— О, нет! Мы теряем ее! — сказал я, обезумев. Мое лицо напряглось, а кожа покрылась испариной. Я снова взял дефибриллятор, пытаясь вернуть ее.

– Давай, начинай биться! – умолял я. На кардиомониторе не было никакой динамики. Я медленно отсоединил дефибриллятор от тела.

– Мы потеряли ее, – сказал я угрюмо.

Посмотрев на пациентку, я заметил черную тень, удаляющуюся от нее. Тень обернулась и посмотрела на меня, скорчившись.

– Я вернусь, – услышал я шепот.

В один миг операционная наполнилась смехом. Я схватился за стул, пытаясь удержать равновесие. Мой ассистент, казалось, не заметил этого звука, который эхом разнесся вокруг нас. Он спокойно накрыл тело мертвой женщины простыней.

Внезапно я почувствовал, как кто-то схватил мою руку. Я посмотрел и чуть не закричал: на моей собственной руке была черная чешуйчатая рука! В ужасе я отстранился и попятился назад.

– Ты в порядке? – спросил ассистент.

Я повернулся к нему, мои глаза были вытаращены от страха. Мне хотелось крикнуть ему, чтобы он убежал от демона, пока тот не схватил его.

Но снова все затихло. Я сильно потряс головой.

– Да, мне просто нужно подышать свежим воздухом, – сказал я.

Он подошел ко мне и похлопал по спине.

– Не принимай ее смерть так близко к сердцу. Ты сделал все возможное, чтобы спасти ее.

Меня огорчило то, что я не смог спасти жизнь женщины, но кроме этого меня беспокоило демоническое посещение. Я оставил ассистента в операционной и решил сделать то, чего поклялся никогда не делать. Я нашел кабак и тут же принялся заказывать выпивку. Мне никак не хотелось думать о своих клятвах и обещаниях, которые я давал матери и своей семье. Сейчас самое главное было для меня — погрузиться в алкогольный туман.

Выпивая, я познакомился с несколькими пьяными мужчинами, сидящими недалеко от меня. Довольно скоро мы стали лучшими друзьями, как часто бывает у нетрезвых людей. Один из них заказал бутылку рома и поделился им со мной, и в моем замутненном восприятии это был самый добрый жест, который кто-либо когда-либо делал в мой адрес.

Сделав несколько глотков, я был уже запредельно пьян. Положив руку на плечо своего нового друга, я начал говорить:

— Знаешь, это я виноват в том, что она умерла. Я недостаточно старался, — произнес я заплетающимся языком.

Мужчина посмотрел на меня и засмеялся.

— Парень, забудь ты эту старушку, просто расслабься и хорошо проведи время.

Мои глаза наливались тяжестью, и мне было все сложнее держать их открытыми. Но мне казалось, что я должен был рассказать своим дорогим друзьям, что происходит. Я указал пальцем в воздух:

— Нет, я не могу забыть ее. Я все еще вижу ее безжизненное тело, а еще этот демон, который пришел за моей душой... я должен был постараться спасти ее. И то, что отец умер — тоже моя вина.

Я положил голову на стол, но сидящий рядом мужчина поднял ее.

—Мужик, ты о чем вообще? Ты убил своего отца? — спросил он.

Смеясь, я придвинулся к нему и указал на себя:

— Шутишь? Разве я похож на убийцу?

— Нет, — пробормотал он.

— Тогда как бы я смог убить его?

Я немного пошатнулся на ровном месте, а потом выпрямился.

— Но я хотел, чтобы он умер, — у меня подкатили слезы, и я начал плакать. — Его сбили две машины. Не одна, а целых две.

На этих словах я поднял два пальца.

— Они раздавили ему лицо. Я никак не могу забыть его безглазое лицо.

— Да, это серьезно, — сказал мужчина рядом со мной. Он налил еще рома в мой бокал, и я выпил его залпом.

— А моя мать тесаком отрезала пальцы отца прямо у меня на глазах, — сказал другой мужчина.

Он склонился ко мне и заглянул прямо в глаза. Даже в пьяном виде я ощущал, насколько ужасным было его дыхание.

— Знаешь, почему она его порезала? Он был лживым придурком. Как только мать узнала, что у него есть дети с другой женщиной, она просто сошла с ума и бросилась за ним с ножом.

Я уткнулся лицом в стол, продолжая громко плакать и стучать кулаком по столу. Мужчина рядом со мной взял со стола салфетку и подал ее мне.

— Парень, перестань плакать, как девчонка. Вытри лицо.

Я поднял голову и посмотрел на него. Вместо того, чтобы вытереть лицо, я высморкался в салфетку и положил ее в руку мужчины.

— Мужик, ты отвратителен, — сказал он нахмурившись и бросил салфетку на пол.

— Знаешь, ей надо было отрезать ему пенис, чтобы больше не изменял, — сказал высокий светлокожий мужчина, который сидел в углу и слушал нас.

К его столику подошла очаровательная официантка-дугла[6] с четырьмя бутылками пива. Он открыл одну, не сводя глаз с девушки, пока та не скрылась из вида.

– Черт, как же она хороша, – пробормотал он и начал пить.

– Бедный Микки. Когда от него ушла жена, он напился грамоксона[7]. Теперь он мертв, а она замужем за краснокожим. Я слышал, он крупный наркоторговец.

Устав слушать их сплетни, я встал и погрузил руки в карманы в поисках ключей от машины. На привычном месте их не было, я обшарил остальные карманы. Когда я понял, что они пропали, у меня началась паника.

Я шел, пошатываясь, к огромному широкоплечему человеку у выхода.

– Эй, ты не видел мои ключи от машины? – закричал я.

– Док, уноси свою задницу отсюда, пока я ее пинком не вышвырнул, – сказал он, скрестив руки.

Я ткнул в него пальцем, качаясь из стороны в сторону.

– Ты хочешь вышвырнуть мою задницу? А ты вообще знаешь, кто я такой? Я доктор Рамеш Кхан. Я могу вас всех здесь купить, – сказал я, указывая пальцем на остальных.

– Проваливай отсюда, хвальбун, – сказал он, глядя на меня прищуренными глазами и плотно сжав губы.

Я сделал пару шагов к двери, и вдруг вспомнил сквозь туман в голове о потерянных ключах.

– Я хочу вернуться домой! – крикнул я. – Где мои чертовы ключи?

Владелец бара, увидев меня пьяным, попросил присутствующих отвезти меня домой. Он подошел ко мне и попытался выкопать ключи из карманов моих брюк. Я

---

[6] Дугла – так в Тринидаде называют помесь африканцев с индийцами.
[7] Гербицидное средство.

оттолкнул его, возмущенный таким вольным обхождением.

– Не трогай мои карманы! Что ты делаешь, приятель? – воскликнул я раздраженно.

–Дай мне достать эти чертовы ключи, чтобы ты мог поехать домой, – сказал хозяин бара.

Наконец, он нашел ключ в кармане рубашки. Хозяин передал его молодому человеку, который стоял рядом с ним. Вдвоем они практически вынесли меня на стоянку. Молодой человек сел на водительское сиденье, а хозяин бара открыл пассажирскую дверцу, втолкнув меня внутрь. После этого я уже ничего не помнил.

Утром я проснулся с сильной головной болью. Жена приготовила мне завтрак и дала болеутоляющее, время от времени она поглядывала на меня неодобрительно. Из-за головной боли я решил не выходить на работу. Я понимал, что Каз очень разочарована мной, она не разговаривала со мной целый день. Я знал, что поступил неправильно, и дал обещание, что больше такого не повторится.

Однако спустя несколько месяцев у меня возникли сложности на работе. Я не мог освободиться от картинок пребывания моего отца в аду. Каждый раз, стоя перед зеркалом в операционной, я боялся, что это видение повторится снова. Кроме того, во время каждой операции я беспокоился, что мой пациент умрет. В то же время Каз жаловалась на то, что ей очень скучно и одиноко в Тринидаде, особенно когда я оставлял ее одну из-за работы в ночную смену. Ей хотелось бы заняться юриспруденцией и вернуться к той жизни, какая у нее была в Англии.

Она постоянно напоминала мне о своем желании вернуться в Англию, но я предпочитал жить в Тринидаде. Здесь можно было жить более спокойно, и мы могли делать все, что хотели. Здесь всегда тепло и зелено. Я ездил на пляжи Маяро и Маракас в любое время года. Я покупал рыбу и выпечку, ел мамины домашние роти, пил кокосовую воду, лайм или настойку. Мои любимые индийские деликатесы – *даблс*[8], *полури*[9] *и сахина*[10] – продаются здесь в каждом придорожном киоске. Дело в том, что в Тринидаде, если у тебя есть деньги, ты сам себе хозяин. А у меня были деньги.

По нескольким причинам, не особо существенным, я начал регулярно выпивать. Начал ходить по кабакам, возвращаться домой пьяным и ругаться с супругой. Я не помню большую часть того, что происходило во время моих пьянок. Но я помню, как ударил ее ремнем. Это единственное, что я никогда не забуду.

В ту ночь я пришел домой пьяным и очень разозлился, обнаружив, что жена меня не ждала. Она вернулась домой очень поздно и без детей. Я сидел на диване и курил, чувствуя тяжесть в теле. Она открыла дверь и тихо зашла внутрь. Я видел лишь ее силуэт, потому что в гостиной был сплошной мрак. Она взглянула на меня, постояла мгновенье и – закричала.

– Заткнись, Каз!

Когда она узнала меня, то вздохнула с облегчением.

– Ох, это ты. Я думала, тут грабитель, – она включила свет и приблизилась ко мне. – Почему ты сидишь в темноте?

Я не ответил. Так и сидел, скрестив ноги, положив руки на диван, с сигаретой во рту. Прищурив глаза, я посмотрел на нее, затем вынул сигарету и,

---

[8] Распространенная в Тринидаде закуска, которую можно купить в любой уличной лавке. Выглядит даблс как бутерброд, в котором между двумя булочками из пресного теста находится карри «чанна» (нут с приправой карри).

[9] Жареные шарики пряного теста с острым соусом.

[10] Жареный в кляре шпинат.

поморщившись, задымил ей в лицо. Глубокие морщины пересекли ее лоб, и она закашлялась.

– Рамеш, что с тобой происходит? – сказала она. – Ты так изменился. Тебя никогда не бывает дома, а когда ты приходишь, то ты пьян и грубо себя ведешь. Я просто больше не узнаю тебя.

«И почему ты позволяешь этой дурочке так с тобой разговаривать?» – сказал голос в моей голове. Я потряс ей, чувствуя, будто кто-то сжимал мой мозг в тиски.

«Лучше спроси ее, к кому она ходила. Бьюсь об заклад, она наставила тебе рога с белым мужчиной»

Я огляделся по сторонам в поисках обладателя этого голоса.

«Заткнись! Не хочу этого слышать» – сказал я про себя.

Каз тронула мою руку, но я оттолкнул ее.

– Почему ты молчишь?

Я снова выдул дым ей в лицо, не сказав ни слова.

– Твое пьянство плохо влияет на мальчиков. Они боятся находиться рядом с тобой, когда ты пьян. Я думаю, что наш брак не может продолжаться, если ты так будешь себя вести и дальше.

«Чувак, ты и правда с головой не дружишь. Почему ты позволяешь какой-то англичанке так неуважительно себя вести с тобой?» – сказал голос в голове. Я пожал плечами и прикусил язык.

«А что я должен делать?» – спросил я про себя.

«Накажи ее ремнем и заставь заткнуться, или просто отшвырни ее».

Я схватился руками за голову, пытаясь выдавить этот голос из сознания.

«Нет! Отстань от меня! Я не могу поднять на нее руку!» – прошептал я.

Жена посмотрела на меня как на сумасшедшего:

— Рамеш, с кем ты разговариваешь?

— Не лезь не в свое дело, — резко ответил я.

«Накажи ее. Ты должен показать, кто в доме хозяин»

Отстраненно, расфокусировано посмотрел я на свою супругу, а потом перевел взгляд на окно.

Там было что-то демоническое. Я наклонился вперед и вытянулся, пытаясь разглядеть, что там у окна. Вдруг я увидел две волосатые руки с когтями за окном и костлявое лицо с красными горящими глазами. Оно уставилось на меня со злой усмешкой.

Я усмехнулся в ответ.

— Рамеш, ты пугаешь меня своим молчанием и странной улыбкой, — сказала жена. Она казалась расстроенной и обеспокоенной, но это уже не имело для меня никакого значения.

Я встал, бросил сигарету на пол и наступил на нее. Затем я вытащил ремень из брюк. Каз посмотрела на меня с опасением. Она попятилась, почувствовав опасность.

— Что ты делаешь, Рамеш? — тихо спросила она.

— Собираюсь показать тебе, кто в этом доме мужчина! — зарычал я и поднял руку, пытаясь ударить ее ремнем, но промахнулся.

Она быстро отошла от меня, но споткнулась о журнальный столик и упала лицом вниз. Я подошел к ней поближе и снова поднял руку. Ремень взлетел и приземлился ей на спину. Я чувствовал, как что-то внутри меня управляет мной. Чем больше я бил ее, тем становился злее и сильнее.

Жена начала кричать и звать на помощь. Я стоял перед ней, злобно ухмыляясь и перекладывая ремень из одной руки в другую. Как только я остановился, она повернулась и ударила меня в промежность. Я уронил ремень и схватился за мошонку. Она быстро встала и выбежала из гостиной. Я попытался бежать за ней, но меня вдруг так затрясло, будто что-то пытается покинуть мое тело. И потом я отключился.

Когда взошло солнце, я проснулся, чувствуя слабость и сильную головную боль. На лбу у меня была шишка.

— Милая, мне нужно обезболивающее, — прокричал я из гостиной, потирая лоб. Не услышав ответа, я попытался встать и сделать несколько шагов, но из-за слабости упал на пол. Я встал и пошел очень медленно, держась за стену — так я поднялся наверх в поисках членов своей семьи. Никого не найдя, я решил позвонить матери, думая, что, возможно, они сейчас у нее.

Я поднял трубку дрожащими руками. Когда она ответила, я сказал:

— Мама, доброе утро. Каз у тебя?

Мать помолчала секунду. Я услышал ее вздох.

— Да, она здесь, сынок, — ответила она грустным голосом.

— Что-то случилось? — спросил я ее.

— Сынок, вчера ты зашел слишком далеко. Я разочарована тобой, — ответила она.

— О чем ты вообще говоришь? — нахмурился я, пытаясь вспомнить хоть что-то. У меня болел лоб. Я дотронулся до него и почувствовал шишку. *Как, черт возьми, она появилась?*

— Я не хочу говорить об этом по телефону. Тебе нужно прийти и посмотреть самому, — сказала она.

Я положил трубку, не понимая, о чем она говорит. Опираясь на стену, я прошел в ванную. Бросив одежду на пол, я включил душ и встал под струю воды. Только я начал мыть голову, как пальцы почувствовали что-то необычное. Вдруг что-то коснулось моих ног.

Я отпрыгнул назад и посмотрел вниз. Из-за недавних событий я был уверен, что по моим ногам ползет гигантская гусеница. К счастью, это было не так, но, к сожалению, причина была не лучше. На ногах и на кафельной плитке я увидел огромное количество собственных волос. Потрясенный, я отошел и прислонился к стене, потом медленно сполз по ней и заплакал. Я почувствовал нестерпимое желание удариться головой о стену. Один раз, а потом еще и еще. Я просто не мог остановиться, продолжая биться головой о стену с криком: «Что со мной творится?»

Как только я почувствовал изнеможение и чуть не потерял сознание, я остановился и выключил душ. После этого я посмотрел на себя в зеркало, только чтобы убедиться, что выгляжу нормально – никаких проплешин, синяков и кровоподтеков.

Довольный, я оделся и ушел. Когда я добрался до дома своей матери, я увидел мальчиков, игравших во дворе.

– Папа, что с твоим лбом? – спросил один из сыновей, глядя на мою шишку.

Я улыбнулся и сказал:

– Упал в темноте.

Я оставил их одних и вошел в дом. Жена сидела на диване. Ее лицо распухло, у нее под глазами были темные круги. На руках виднелись царапины.

Я быстро подбежал к ней:

– Милая, что с тобой случилось?

Она отодвинулась от меня, я видел страх в ее глазах.

– Держись от меня подальше, чудовище. Разве ты не помнишь, как бил меня?

Я сел на пол, чувствуя себя разбитым. Мне было так же плохо, как если бы мне сказали, что кто-то умер. Я вытаращил глаза, закрывая рот рукой:

– Я... я ничего не могу вспомнить.

Она встала и повернулась ко мне спиной, задирая кофту:

– Посмотри, что твоя выпивка сделала с моей спиной! – рявкнула она.

«О, Боже!» Я чуть не задохнулся, увидев красные пятна на ее коже. Мне сложно было поверить, что я причинил боль своей жене.

Я покачал головой, а затем крепко сжал ее руками.

– Нет, я не мог этого сделать, – повторил я несколько раз.

Она взглянула на меня и снова села. Я подполз к ней на коленях и обнял руками.

– Каз, я действительно ничего не помню. Прости, что причинил тебе боль, – я положил голову ей на колени. – Прошу тебя, прости меня, пожалуйста.

Она оттолкнула меня.

– На этот раз ты зашел слишком далеко. Пожалуйста, оставь нас с детьми в покое. Мне нужно время, чтобы все обдумать.

Я встал и, почувствовав тошноту, выбежал из дома.

Две недели я не пил, и мне казалось, что у меня с плеч свалился тяжелый груз. Каждый день я ходил в дом матери и умолял жену вернуться. Я обещал ей стать другим и даже обещал переехать с ней в Англию. Наконец, мои старания убедили ее вернуться домой.

Несмотря на то, что я бросил пить, странные мысли в моей голове продолжали меня одолевать. Все время я слышал голос, который повторял мне, что у жены есть любовник. Он настаивал на том, чтобы я убил ее.

Однажды ночью мне приснился очень тревожный сон. Я видел, как поднимаюсь по лестнице, ведомый звуком смеющихся голосов, доносящихся из моей спальни. Я открыл дверь и увидел свою жену, обнаженную, в постели с другим мужчиной.

«Убей ее! Она наставила тебе рога!» – слышал я шепот.

– Отстань от меня! – крикнул я и проснулся. Я посмотрел на Каз, мирно спящую рядом. Я видел, как она улыбалась во сне и что-то шептала.

«Ей, наверное, снится любовник...» – нашептывал мне голос. Я потряс головой, стараясь прогнать его.

«Нет, у нее нет любовника», – подумал я.

«А чем, ты думаешь, она занимается, пока ты на работе? Она, наверное, занимается с ним любовью в твоей постели», – шептал голос.

Я сел и схватился за голову, пытаясь заблокировать голос и его ненужные послания.

– Хватит! – прошептал я.

Я встал с кровати и отправился в ванную, там включил кран и умылся.

«Господи, что со мной происходит?» - задался я вопросом.

Я принял обезболивающее, медленно забрался в постель и обнял жену, испытывая потребность

почувствовать ее близость, ее реальность. Мне приходилось прилагать усилия, чтобы прогнать своего невидимого спикера вместе с его отвратительными догадками.

«Возьми подушку и положи ей на лицо», – сказал голос.

Я сжал руки в кулаки, отказываясь его слушать. Сначала мне казалось, что я выиграю этот бой, но вдруг, к моему ужасу, мои руки стали двигаться как бы сами собой. Они подняли подушку и застыли в воздухе, будто бы в ожидании.

Помимо своей воли я вдруг почувствовал острое желание опустить подушку на лицо моей жены. Капли пота проступили у меня на лбу – так сильно я сопротивлялся. Мои руки дрожали, потому что я боролся изо всех сил, но все, что я мог, это наблюдать, как подушка медленно опускается на лицо Каз.

Как только она коснулась лица жены, я вдруг нашел в себе силы отогнать это наваждение и бросил подушку на пол.

– Нет! – выплюнул я в темноту. – Я не убийца! Ты не можешь заставить меня убить ее!

С этими словами я встал и вышел из спальни, предпочитая спать в другом месте, а не рисковать, ставя под угрозу жизнь жены.

Спустя какое-то время я стал сомневаться в Каз, и мне не хотелось, чтобы она выходила из дома. Каждый раз, когда она уходила, я ссорился с ней по возвращении.

– Куда ты ходила? С кем ты встречалась? – кричал я на нее. А она только смотрела на мое бешенство, не в силах поверить в происходящее.

Я начинал ревновать всякий раз, когда она с кем-то заговаривала. Я не понимал, что со мной происходит, и мне казалось, что я не могу себя контролировать. Чтобы справиться с этим, я снова начал посещать забегаловки, и на работе вновь начались проблемы из-за моих трясущихся рук. Однажды мне даже пришлось отказаться от операции из-за того, что меня шатало. Я просто ушел и отправился домой.

В один из особо жарких летних дней я пошел выпить с друзьями, а вернулся домой только в час ночи, совершенно пьяный. Я вставил ключ в замок и попытался открыть дверь, но не смог.

– Каз, открой! – крикнул я.

Ад на все времена

Подняв с дорожки маленькие камушки, я начал бросать их в окно. Стекло разбилось, и повсюду разлетелись осколки.

Я слышал, как сильно она ругалась, открывая дверь. Если бы я был трезв, я уверен, что заметил бы боль и гнев на ее лице. Но я все видел размыто, как в тумане. Я зашел в дом, не сказав ей ни слова.

— Рамеш, ты же обещал больше не пить, но вот ты снова пришел домой поздно и пьяный. Ты же позоришь и меня, и детей.

Я подошел к ней и ткнул пальцем в грудь.

— О! Так я позорю тебя, тупая британка? — крикнул я, брызнув на нее слюной. — Собирай вещи и возвращайся в свою дурацкую страну!

Она ничего не сказала, просто отвернулась и оставила меня в гостиной одного. Я пробормотал про себя что-то, чего не понимал сам. Но краем сознания я почувствовал голод. Прошагав на кухню, я открыл холодильник в поисках чего-то, что могло бы привлечь мое опьяневшее восприятие. Но я не увидел ничего, кроме яблок. Разгневанный, я побросал их на пол: одно за другим.

— Женщина, где моя еда? — крикнул я.

Она пришла на кухню:

— Ты можешь заткнуться? Соседи могут услышать тебя, к тому же дети спят.

Я разозлился и снова закричал:

— Мне нужны мои роти с цыпленком карри! Где они?

Она неодобрительно покачала головой. Каз смотрела на меня вызывающе смело, но я видел, что она слегка дрожит.

— Я готовлю только британскую еду, поэтому я не знаю, с чего ты взял, что у нас будет цыпленок карри с роти. Думаю, сегодня выпивка была твоим ужином, и ты уже наелся. Иди уже ложись спать.

Я подошел к ней и ударил по лицу. Ее глаза слезились, щеки покраснели, но она не отступала, несмотря на страх. Каз посмотрела на меня с ненавистью и ударила в ответ, прямо по лицу, с такой силой, что я попятился назад. Затем я попытался снова ударить ее, но, когда поднял ногу, то упал, стукнувшись головой об пол. Меня вырубило, и Каз оставила меня там одного на всю ночь.

Проснувшись утром, я поднялся наверх, чтобы разбудить жену, но увидел только пустую кровать. Я пошел в детскую спальню, но и там было пусто. Я позвал жену, но никто не ответил. Озадаченный их исчезновением, я вошел в гостиную и уселся на диван, гадая, куда могла подеваться вся моя семья. И вот я увидел конверт на кофейном столике.

Я взял его трясущимися руками, вынув письмо из конверта и начал его читать:

"Рамеш, после того, что произошло прошлой ночью, я решила вернуться в Англию. После нашего переезда в Тринидад, ты превратился в тирана и пьяницу. Ты делаешь мою жизнь и жизни наших детей невыносимыми. Если ты хочешь, чтобы мы снова стали одной семьей, продавай свой дом и приезжай к нам в Англию. Там ты сможешь посещать собрания анонимных алкоголиков и найти какое-то решение, как избавиться от зависимости. Если ты не способен даже на это, я подам на развод в Англии и возьму на себя опеку над детьми. Я больше не потерплю никаких унижений от тебя!»

С каждым прочитанным словом мое сердце сжималось все больше и больше. Я чувствовал себя обманутым. Как она могла забрать детей и оставить меня?

Держась руками за голову, я чувствовал боль во всем теле, словно меня избили палками. Голова так разболелась, что я пошел в ванную за аспирином.

Отражение в зеркале пугало меня. Впервые я смог увидеть призрак, в который превратился.

В тридцать пять лет я выглядел на пятьдесят. Глаза стали красными и запавшими, окруженными темными кругами. Кожа на лице отвисла, обнажив мою тощую челюсть. У меня было несколько седых волос, а также шрам на лбу, происхождение которого я не мог вспомнить. Я поднял дрожащие руки, покрытые синяками, и посмотрел на их отражение.

Недовольный увиденным, я ударил кулаком по зеркалу и разбил его. Капли крови стекли в раковину, оставляя ярко-красные пятна. Я поспешно достал аптечку и принялся искать бинт.

Увидев себя в таком состоянии, я понял, что не смогу пойти на работу. Я позвонил ассистенту и сообщил ему, что возьму несколько выходных. Потом я позвонил матери и расплакался, зачитывая ей письмо.

Она тут же приехала. Глядя на меня грустными глазами, мать качала головой:

– Сынок, я разочарована. Сколько раз я тебе говорила и предупреждала о таком исходе, но ты не слушал. Несколько раз я была свидетелем твоего непорядочного и некрасивого поведения. Раньше я не говорила тебе, но временами, когда ты бил Каз, ты задевал ремнем и меня тоже.

Я удивленно посмотрел на нее, меня пронзило леденящим холодом. Как я мог поднять руку на свою мать? Я не мог вспомнить, как ударил ее и даже не мог вспомнить, чтобы она была в нашем доме. Я не знал, как можно забыть такое. Пристыженный, я сел на диван и опустил голову. У меня не получалось поднять глаза на мать.

– Мама, я ничего этого не помню, – прошептал я, чувствуя себя виноватым. – Не понимаю, что на меня нашло.

Она присела рядом и погладила мое плечо. Ее голос дрожал от слез:

– Я так боялась, что ты пойдешь по стопам отца. И вот мои страхи сбылись.

Внезапно я разгневался, услышав ее слова.

Я не такой, как отец. Как она может сравнивать меня с ним?

–Нет, я совсем на него не похож! – резко ответил я.

Она грустно посмотрела мне в глаза:

– Ты стал хуже, чем твой отец. Самое ужасное то, что ты не можешь вспомнить большую часть того, что ты сделал.

Некоторое время я сидел молча, чувствуя сожаление и беспомощность. Потом я положил голову ей на колени и заплакал.

– Что же мне делать, мама? – спросил я.

Она снова погладила меня по голове:

– Сын, поговори со священником. А потом езжай в Англию и попытайся все изменить, пока не стало слишком поздно, – сказала она.

Я поднял голову и посмотрел ей в глаза.

– А что, если Каз откажется принять меня обратно? – спросил я.

– Тогда тебе придется столкнуться с последствиями своего неправильного поведения и начать все сначала, – ответила она.

– Ох, мама, мне вообще не следовало возвращаться в Тринидад, – всхлипнул я. – Я стал тем, кого я ненавидел больше всего!

Мне не хотелось потерять семью. Как только мама ушла, я позвонил в авиакомпанию и забронировал рейс в

Англию. Я был внутренне готов измениться ради жены и детей.

В этот момент я твердо решил бросить пить навсегда. Почувствовав легкость на душе, я начал собирать чемоданы.

Но пока собирал вещи, я снова услышал знакомый голос в голове. В комнате стало холодно от леденящего шепота:

«Рамеш, ты не можешь вернуться в Англию. Ты принадлежишь только мне».

Сам голос и его намеки наполнили меня страхом и ненавистью. Я сел на кровать и закрыл уши, стискивая руками голову.

— Прекрати! Я больше не хочу тебя слышать! — крикнул я.

Моя голова начала болеть, как после удара об огромный камень.

«Нужно выпить», — послышался голос.

— Нет, отстань. Я не собираюсь больше пить, — ответил я.

Боль сконцентрировалась в области за глазными яблоками. Я встал и быстро принял обезболивающее.

— *Она не пройдет*, — рассмеялся голос. — *Тебе нужен ром.*

— Нет! Оставь меня в покое! — крикнул я и стукнулся головой о стену, пытаясь выбить из черепа этот голос. Все мое тело затряслось, и я потерял сознание.

После этого эпизода у меня в голове все было как в тумане. Казалось, что какая-то часть моей памяти была у меня украдена. Я вспомнил, что мне не хватает моей семьи, но, вместо того, чтобы поехать в Англию, я остался в Тринидаде и продолжил работать — до тех пор, пока меня не уволили. Мои руки дрожали так сильно, что я больше не мог оперировать, поэтому у руководства не было выбора, кроме как расстаться со мной.

Из-за потери семьи, а потом и работы, я чувствовал себя настолько подавленно, что прямиком направился в бар. Там я попытался залить свою печаль таким количеством алкоголя, которое я только мог вместить.

Я вернулся домой пьяным, около двух часов ночи. Шатаясь, я поднялся по лестнице в спальню и упал на кровать. Стоило мне задремать, как в ушах снова появился знакомый жужжащий звук. Я лежал на спине и слушал его, в то время как глаза мои блуждали по сторонам в поисках источника этого звука.

Из потолка выплыла темная тень и медленно приблизилась ко мне. Я попытался убежать, но, когда тень стала ближе, я, казалось, был прикован к постели. Теперь она парила надо мной. Парализованный страхом, я мог только смотреть на нее. Глаза существа горели огнем, а уши были длиной как у осла. Тело чудовища покрывала чешуя, а на руках у него были длинные когти. Когда существо потянулось ко мне, я попытался оттолкнуть его лапы, но оно было намного сильнее меня.

Когда оно задрало мою футболку и надавило мне когтем в грудь, я ахнул. Оно расцарапало мою грудь, и я почувствовал острую боль. В агонии и страхе я закричал. Из царапин полилась кровь. Я почувствовал, как она потекла по моим бокам. Я посмотрел на грудь и ужаснулся. Там были нацарапаны слова: Д-О-Б-Р-О-П-О-Ж-А-Л-О-В-А-Т-Ь В А-Д!

Я собрал все свои силы и поднялся с кровати. Когда я побежал к двери, то ужасный зверь преградил мне дорогу. Он взял меня за руки и крепко сжал. Казалось, что-то хочет вторгнуться в мое тело. Я содрогнулся и снова потерял сознание.

Очнувшись, я оказался на больничной койке, кожа моя обгорела и покраснела. Все тело изнывало от боли, а на руках и на груди были повязки. Я не помнил, что привело меня сюда и почему.

В комнату вбежала медсестра. Я спросил ее, откуда у меня эти ожоги, а мне ответили, что дом мой полностью сгорел, и что сосед спас меня.

– Помните, что произошло? – спросила медсестра.

Я пребывал в состоянии шока от услышанного и мог только безмолвно покачать головой. Она посмотрела на меня с пониманием, а потом отправилась к доктору, чтобы сообщить, что я пришел в себя.

В мою палату пришли полицейские, чтобы задать мне некоторые вопросы, но я не мог на них ответить, потому что в памяти не осталось ничего.

Когда они ушли, я решил покинуть больницу и отправиться домой. Одетый в больничный халат, я вышел из комнаты. Так как я работал раньше в этой больнице, мне были хорошо знакомы все ходы и выходы, чем я и воспользовался, чтобы уйти незамеченным. Так я покинул больницу, и никто меня не остановил.

Дальше было тяжелее – снаружи я был очень заметным из-за больничного халата. Я шел, надеясь, что никто меня не остановит. Раза два я оглядывался, чтобы убедиться, что за мной никто не следит.

Водителя такси я смог убедить, что не сумасшедший, и он согласился отвезти меня домой. Там он меня высадил, покачав головой.

Я повернулся и посмотрел на свой дом. Точнее то, что раньше было моим домом. Вместо здания я увидел только пепел и несколько кирпичей, которые остались нетронутыми.

Мне казалось, что часть меня умерла. Я сидел на земле, обезумевший от горя, перед сгоревшим домом.

Именно тогда я и признал, что стал алкоголиком. Из-за этого я потерял работу, дом и семью. Я не мог понять, как позволил себе докатиться до такого.

Я пытался вспомнить все, что сделал. Неторопливо, пока я сидел там, где некогда была моя лужайка, воспоминания вернулись ко мне. Я вспомнил, как напивался, бил жену и кричал на детей. Из глаз моих потекли слезы.

Что случилось с моим домом? Я надавил двумя пальцами на переносицу. *Думай! Ты должен вспомнить!»* – сказал я самому себе.

Внезапно мой разум прояснился, и я увидел себя пьяным, стоящим в гостиной с большой канистрой бензина. В голове моей звучал голос: *«Рамеш, сожги дом».*

Я попытался выбросить канистру с бензином, но она словно приклеилась к моим рукам.

– Почему ты не оставляешь меня в покое? – закричал я.

«Потому что мне нужна твоя душа», – ответил мне голос.

Внезапно его рычание переросло в крик:

«Сейчас же сожги этот проклятый дом!» – вопил голос.

Я пытался сопротивляться, но какая-то невидимая сила подталкивала меня, чтобы я подчинился демону. Я разлил бензин по стенам и кроватям, а потом поднялся наверх и поджег газеты, затем бросил их на кровать. Исполнив приказания, я стоял и наблюдал, как огонь распространяется по дому, и слышал навевающее ужас дьявольское ликующее хихиканье.

Дальше я поплелся вниз по лестнице, облил занавески и поджег их.

Как только эти воспоминания всплыли, ужас, который я изначально испытывал, сменился тошнотой и ненавистью к себе. Я завыл и, катаясь по земле, несколько раз ударился головой о бетон.

Внезапно раздался чей-то смех. Я встал и огляделся.

— Кто это смеется? — крикнул я.

— Это Я, — ответил голос и снова захихикал.

Я упал на землю, мои ноги слишком ослабли от страха, чтобы держать меня.

— Рамеш, твоя душа теперь принадлежит мне.

— Кто ты? — воскликнул я.

— Я владелец твоей души, Дьявол, — произнес демонический голос.

Когда я услышал это, тут же вскочил и побежал, ослепленный страхом, неизвестно куда. Я направился прямо к проезжей части.

Послышался визг тормозов, и машина врезалась в меня. Я чувствовал, как мое тело поднимается, а затем падает, а потом я ощутил острую боль, когда мои кости треснули.

Сбив меня, водитель врезался в дорожный столб. Я лежал на земле, изо рта и из носа у меня текла кровь. Я пытался двигаться, но мои мышцы были скованны болью и онемением. Мне так не хотелось умирать, как собака, лежа на земле, но я знал, что смерть моя близка. Все, что я мог: просто смотреть перед собой и ждать.

Лежа там и сожалея о своих ошибках, я снова услышал жужжание. Мое сердце упало. Я взмолился, чтобы смерть забрала меня до того, как я увижу то самое неизбежное, что надвигалось на меня. Но я не умер. Прямо перед моими глазами возникло облако темного дыма. И я ничего не мог сделать, как только беспомощно смотреть на эти миазмы.

К моему ужасу, из дыма возникло демоноподобное существо. У него были огненные глаза и большие рога, торчащие из головы. Все его тело покрывала шерсть, а вместо пальцев я видел длинные черные когти. Когда зверь приблизился ко мне, я увидел копыта у него на ногах.

Он сел рядом со мной и окинул меня взглядом. Демон злобно ухмыльнулся, и я увидел его длинные острые зубы.

— Рамеш, хочешь ли ты вернуть свою жизнь? — спросил он меня.

Я попытался кивнуть головой, но вместо этого я мог только моргнуть, чтобы ответить «да».

Он протянул ко мне свою лапу, в которой была зажата бутылка рома.

— Возьми и выпей, и тогда ты сможешь подняться и ходить.

Я посмотрел на бутылку с отвращением. Мне было понятно, что именно алкоголь так повлиял на мою жизнь, поэтому пить мне больше не хотелось.

— Нет, — сказал я едва слышным шепотом.

Демон схватил меня за руку и сказал:

— Смотри, что я дам тебе, если ты выпьешь.

В тот же миг перед моими глазами возникло видение, в котором я сидел в своем доме с женой на диване, а рядом бегали дети. Потом я увидел себя успешным доктором.

Однако призрак рассеялся, и я вернулся к реальности, в которой я лежал на земле и истекал кровью. Я измочил весь асфальт слезами, думая об ужасных обстоятельствах своей жизни. Мне очень хотелось вернуть свою жизнь и свою семью, но моя жизнь постепенно ускользала от меня.

— Ты можешь вернуть мне мою жизнь? — прошептал я с оттенком надежды в голосе.

Зверь улыбнулся.

– Я могу дать тебе все, что ты хочешь. Просто выпей, – он в очередной раз протянул мне бутылку.

На этот раз, к своему удивлению, я смог поднять руку. Взяв бутылку, я медленно поднес ее ко рту.

Вдруг в ушах у меня зазвучал голос матери: «Господи Иисусе Христе, помилуй моего сына!»

Моя рука с бутылкой застыла на полпути, и я слушал ее голос. Я слышал, как она повторяла молитву Господню снова и снова.

Я посмотрел на демона, а потом на бутылку. В моем мозгу зародилось сомнение. *А что, если Дьявол пытается одурачить меня? Он ведь уже обманул столько душ*.

Голос моей матери становился громче. И зверь тоже услышал его.

Его глаза запылали при виде моих колебаний. Он стал кричать:

– Выпей сейчас же или ты умрешь!

В этот момент я посмотрел на зверя с другой стороны. Это существо разрушило мою жизнь, начиная с того момента, когда оно отняло у меня отца. Зверь обманывал меня все это время!

Мое сердце наполнилось яростью:

– Я больше не позволю тебе обманывать меня! Ты уже причинил достаточно вреда!

Мое тело становилось сильнее, хотя я и не понимал, как это возможно. Я поднял руку и разбил бутылку об асфальт. Демон взревел и схватил меня за горло, пытаясь задушить. Его когти вонзились в мою плоть, так что потекла кровь. Я не мог дышать, но мысленно начал молиться: «Господи Иисусе Христе, помилуй меня!»

Осколком бутылки я ударил демона по ноге. Он освободил мою шею, отскочив в сторону. Прыгая на одной ноге, зверь ревел от злости и боли. Вопли его сотрясали землю, заставляя ее трескаться.

Чудовище подхватило мое тело, а затем бросило его обратно на землю. Из него вышел дым, он схватил меня за голову, сжимая ее почти до предела. Я пытался вырваться из его лап, и слезы боли текли по моему лицу.

– Господи Иисусе Христе, помилуй меня! – кричал я.

Вдруг раздался раскат грома, и яркая голубая молния разрезала небо и ударила в землю. Откуда ни возьмись появился яркий свет. Я пытался присмотреться, чтобы понять, что я вижу перед собой. Из-за сильной головной боли мне удалось это с трудом. Наконец, я смог разглядеть, что свет источает какое-то неземное существо. Ангел? В руке он держал меч. За плечами у него были огромные крылья. Через несколько мгновений ангел оказался рядом, взмахнул мечом и ударил демона сзади. Зверь отпустил мою голову и завыл от боли и ярости. Но очень скоро он начал бороться с ангелом, используя при этом вырванный из асфальта столб. Взлетая в воздух, ангел уворачивался от демона и продолжал наносить удары. Внезапно чудовище нанесло сокрушительный удар, сломав крыло ангелу. Тот упал на землю, уронив меч рядом со мной. Чудовище угрожающе приближалось к нам. В этот момент ангел посмотрел на меня и воскликнул:

– Рамеш, встань и ударь демона!

Я собрал все свои силы и, к своему удивлению, смог встать. Не теряя времени, я схватил меч и побежал к зверю. Уверенной рукой я ударил его в грудь, и меч пронзил его тело насквозь, так что лезвие показалось из спины. Я быстро вытащил меч и застыл в изумлении, наблюдая происходящую на моих глазах сцену.

Черная, вонючая, кипящая субстанция сочилась из раны демона. Он прикрыл лапами грудь, ревя и крича.

Вдруг демон вспыхнул ярким пламенем, из него повалил густой дым.

Внезапно земля под ним разверзлась, и я увидел огромную дыру. Изнутри поднимался бушующий огонь, пожирающий все, к чему мог прикоснуться. Невидимая сила затянула монстра в дыру. Он пытался выползти наружу, как змея, но дыра засосала его и закрылась.

Я посмотрел в противоположную сторону, желая увидеть ангела. Но он исчез. Я упал на колени, чувствуя глубокое сожаление обо всех своих ошибках. Печально я возвел свой взгляд к небесам.

— Господи, я так много грешил. Пожалуйста, прости меня! —взывал я в мольбе о пощаде.

В этот момент я увидел ангела на облаках, а в руке его был меч. Он посмотрел на меня и улыбнулся.

— Рамеш, ты спасен. Живи своей жизнью и держись подальше от алкоголя.

Видение растворилось в темноте, и я снова проснулся на больничной койке. На этот раз я уже не был тридцатипятилетним стариком, который потратил впустую большую часть своей взрослой жизни. Я снова был мальчишкой.

Потом я вспомнил обморок в церкви. Озадаченный, я лежал в кровати, казалось, долгими часами. Что же было настоящим: эта жизнь или та, другая - взрослая? Прожил ли я все те годы или я все еще молод и способен достичь зрелости?

Наконец, я осознал, что все, увиденное мною, было нереальным. Это всего лишь предчувствие будущего, которое я мог предотвратить. Я глубоко вздохнул с облегчением и позвал маму. Она оказалась рядом и тут же нежно обняла меня.

— Сынок, ты вернулся! Ты был в коме почти неделю. Я молилась, чтобы ты вернулся ко мне.

Чувствуя себя в безопасности в ее объятиях, я хотел рассказать ей о своем ужасном видении, но она приложила палец к моим губам, успокаивая меня:

– Все будет в порядке.

Я был так рад, что все это мне привиделось, и, убаюканный в руках моей матери, я задремал сном невинного младенца.

**

Шасси ударились об асфальт, пробудив меня от крепкого сна. Я проснулся и увидел аэропорт Хитроу. Наконец, прибыв в пункт назначения, я улыбнулся. Передо мной открывалось мое собственное будущее.

ВИЗИТ В ПРЕИСПОДНЮЮ

ЭТО БЫЛО ВЬЮЖНОЙ зимней ночью в Москве. Опустевшую дорогу покрывал толстый слой снега высотой в три фута. Было так холодно, что даже бездомные кошки и собаки не решались выйти на поиски пищи.

На самом деле, большинство из них были настолько худыми и голодными, что едва могли ходить даже в хорошую погоду. А снег и гололедица заставляли их прятаться под мусорными контейнерами, потому что у этих животных не хватало сил даже для поисков пропитания. По большому счету, любой, кто видел эти слабые существа, замечал в них только шерсть, обтягивающую тонкие кости.

Даже уличные попрошайки рассеялись, оставив улицы пустыми, так что воющий ветер свободно гулял по ним, не встречая препятствий.

В ту ночь я ехала на красном ниссане, подаренном мне бывшим бойфрендом-британцем по случаю моего двадцать восьмого дня рождения.

Это было все, что у меня от него осталось, но это меня не волновало. Все случилось тогда, когда у него начались финансовые проблемы, которые повлияли и на его состоятельность, и на нашу постельную жизнь. Тогда я и избавилась от него, как от старой больной собаки. Я любила получать дорогие подарки, ходить по клубам, ужинать в модных ресторанах, но, когда у него начались денежные сложности, все прекратилось. Поэтому сразу после встречи с богатым мужчиной по имени Бруно несколько месяцев назад я ушла без оглядки.

Надо сказать, с моей привлекательной внешностью и сексуальными изгибами у меня не было проблем с парнями, и я пользовалась ими как могла. Проживая жизнь на полную катушку, я немедленно расставалась с теми, с кем наши пути расходились, и оставляла их в прошлом. Я курила, пила и занималась безудержным сексом, не задумываясь о том, куда ведет меня такой образ жизни.

Общественная мораль? Ха! Это для других. Порой я так напивалась, что меня рвало прямо на танцполе, и даже это не останавливало мои безумные шатания. Были ночи, когда я танцевала до тех пор, пока уже не могла пошевелиться.

Бруно был высоким французом тридцати пяти лет от роду. Он поселился в России после женитьбы на женщине по имени Катя, и основал юридическую фирму. Я слышала, что его жена была из богатой семьи. Ее отец управлял фабрикой по производству алкоголя, а она помогала ему вести бизнес.

Мы познакомились с Бруно, когда моя подруга Наташа, сотрудница его фирмы, организовала день рождения своего мужа и пригласила туда меня. Я чувствовала себя подавленной, потому что за несколько дней до этого мой бывший парень забрал мое кольцо с бриллиантами и вернул его ювелиру. Вот поэтому мне нужно было как-то развлечься.

Я была счастлива пойти на день рождения друга и искренне надеялась, что смогу подцепить одного из богатеньких наташиных друзей. Я намеренно одела короткую черную юбку, красную блузку и черные туфли на высоком каблуке, чтобы не упустить свое новое большое приключение.

Когда я пришла на вечеринку, Наташа познакомила меня со своими друзьями. После того, как мы всех обошли, она отошла побеседовать с высоким мужчиной европейского вида, оставив меня в одиночестве. Его светлые волосы, голубые глаза, часы Раймонд Вейл и широкая улыбка заинтересовали меня.

Кто он? Я посмотрела на его руки и заметила обручальное кольцо. *Ах, так он занят.*

Я глубоко вздохнула.

Он повернул голову и посмотрел на меня, что-то сказав Наташе. Я улыбнулась от души, надеясь, что он подойдет ко мне. Вместо этого, подмигнув, ко мне направилась Наташа.

— Идем со мной. Я хочу тебя кое-кому представить.

Я прогулялась с ней до ее знакомого, испытывая волнение.

— Бруно, это моя лучшая подруга, Валерия.

— Очень приятно, Валерия, — ответил Бруно. Он осмотрел меня с ног до головы, вероятно, думая, что я слишком хороша для него.

— И мне очень приятно, — ответила я, широко улыбаясь.

Наташа улыбнулась нам и отошла в сторону.

— Прошу внимания! — крикнула она. — Чтобы сделать эту вечеринку более увлекательной, я приготовила для вас несколько игр. Сейчас у нас будут танцевальные состязания. Лучшая пара получит в награду ужин в ресторане «Мария Сьютс».

Заиграла музыка, и гости начали танцевать.

— Бруно, ты можешь потанцевать со мной? — спросила я его с ослепительной улыбкой на лице.

— Я не умею танцевать, — ответил Бруно, смущенно улыбаясь, в то время как глаза его блуждали по моей груди.

— Не волнуйся, я помогу тебе, — скромно сказала я.

Мы присоединились к остальным гостям. Я встала напротив Бруно и потерлась об него попкой. По его движениям я догадывалась, что Бруно был возбужден и получал удовольствие. Я чувствовала его мужское достоинство своими ягодицами.

Пока мы танцевали, все гости глазели на нас. Никогда раньше они не видели подобного танца. А я научилась этому у своего бывшего парня из Тринидада, когда мы ездили в его страну.

Бедняга Акаш пригласил меня на родину в надежде, что я выйду за него замуж, но я не хотела связывать себя браком с индусом, да еще вегетарианцем. Я любила свою свободу и независимость не меньше, чем говядину.

После этого танца Наташа объявила:

— Победителями становятся Бруно и Валерия!

Все зааплодировали. Некоторые гости подошли и поздравили нас. Я улыбнулась и радостно посмотрела на Бруно. Наташа подошла к нам и отдала Бруно конверт.

— Вот ваш ужин на двоих.

— Спасибо, Наташа, — сказал Бруно, забирая конверт. Он бросил на меня оценивающий взгляд, вероятно, задаваясь вопросом, должен ли он пригласить меня на ужин.

Как только Наташа отошла, Бруно сказал:

— Валерия, раз уж ты танцевала со мной, ты заслуживаешь один билет. Ты пойдешь со мной на ужин? — он озарил меня улыбкой.

— Да, я бы с удовольствием пошла, — ответила я. Это была замечательная возможность сблизиться с ним.

Позже Наташа подошла ко мне с обеспокоенным видом.

— Надеюсь, ты отказалась с ним встречаться, — прошептала она.

«И почему бы ей не заняться своими дурацкими делами?» — подумала я, нахмурившись и натянув при этом фальшивую улыбку.

— Почему я должна отказываться от такого?

Наташа тайком взглянула на Бруно:

— Он женат, и отец его жены связан с мафией. Тебя запросто могут убить, поэтому послушай моего совета, не связывайся с ним, — предупредила она меня.

Я продолжала смотреть на Бруно в то время, как он разговаривал с другой женщиной. Мне казалось, он стоял слишком близко к ней.

— Я точно знаю, что я делаю. Пожалуйста, не пытайся управлять моей жизнью, — сказала я, направившись к Бруно.

В конце вечеринки Бруно взял мой номер телефона и поклялся, что позвонит мне, чтобы пригласить на ужин. К моему разочарованию, за день до намеченного ужина он позвонил мне и отменил его. Позже я узнала, что он просто боялся, что люди увидят его со мной и расскажут его жене. Бруно знал, что слухи в России распространяются очень быстро, поэтому старался избегать всего, что могло бы пагубно повлиять на его брак или стать причиной его убийства от рук семейки его жены. В конце концов, он любил Катю, но она не могла удовлетворить всех его потребностей, поэтому он получал то, что нужно, от других.

Позже, когда мы остались одни, Наташа рассказала мне о нем кое-что еще.

Бруно владел двумя объектами недвижимости в Москве. Уже из этого я сделала вывод, что мне нужно узнать его получше. Ну а что убедило меня окончательно, так это то, что, по словам Наташи, у него были ненасытные сексуальные аппетиты. Прекрасно!

Он просыпался ночью, целовал свою жену и теребил ее грудь, чтобы разбудить, но его изможденная и скучная жена отталкивала его со словами: «Бруно, я устала. Мне нужно немного поспать. Оставь это до завтра». Это вообще великолепно!

Насколько мне было известно, Катя была такой неудачницей, что просто даже не знала, как сделать мужчину счастливым. Когда женщина не знает, как удовлетворить своего мужчину, тогда другая женщина типа меня забирает его!

Бруно был разочарован в супружеской жизни и пытался найти утешение в самоудовлетворении, чем частенько занимался по ночам. Но его духовник объяснил ему, что рукоблудие – это грех. И, несмотря на это, Бруно не мог справиться с зависимостью.

Катя вечно была занята на работе или гуляла со своими богатыми друзьями. Ну а раз его телка отказывалась от секса, а он не хотел больше мастурбировать, ему пришлось выйти за пределы своего брака, чтобы получать удовольствие с разными женщинами, несмотря на предупреждения священника о последствиях подобного греховного поведения.

После работы он, вместо того, чтобы идти домой, шел в забегаловки. Там он подбирал женщин с черными волосами и отвозил их в самые дешевые гостиницы, где никто бы не узнал его. К блондинкам он также питал слабость. Бруно говорил жене, что все это время он проводил на деловых встречах.

Откуда это было известно Наташе, меня не волновало. Возможно, она обладала еще более серьезными знаниями о нем. Что ж, знание – сила.

Мы с Бруно начали встречаться тайно, в маленьких гостиницах или саунах. Проводя время в сауне, мы ели кебаб, черную икру, пили водку и занимались любовью. Бруно был хорош в постели – может быть, даже лучший партнер из всех, кто у меня когда-либо был. И я не могла понять, как его жена могла пренебрегать таким человеком, как он. Я же просто таяла, стоило ему прикоснуться к моему телу.

Как-то во время нашего секса телефон Бруно начал звонить без остановки. Сначала он проигнорировал звонок, но телефон не умолкал. Эта придурочная Катя продолжала звонить, пока он не ответил. В тот момент я была сверху, он застонал и потянулся к телефону.

—Полегче, котенок. Мне нужно ответить, – сказал он, скидывая меня с себя.

— Да пусть звонит, просто не обращай внимания, – сказала я раздраженно.

— Я не могу не ответить, она может что-то заподозрить.

Отвечая на звонок, Бруно случайно нажал на кнопку громкой связи. Поэтому у меня была «счастливая» возможность послушать их разговор.

— Бруно, уже полночь. Что ты делаешь так поздно в офисе? – настороженно спросила его жена.

— У меня были встречи с клиентами, а потом мы решили выпить. Сейчас мне нужно собрать некоторые бумаги, и я буду дома, – сказал Бруно, не моргнув и глазом.

Я наклонилась, чтобы поцеловать его в шею. Он оттолкнул меня, приложив палец к губам, призывая меня молчать. Я откинулась на кровать, скорчив обиженную гримасу.

— Тебе не следует так поздно работать. Я достаточно зарабатываю, чтобы содержать нас обоих, – сказала Катя.

Бруно взглянул на меня. Я наблюдала за ним, лаская свою грудь.

— Я мужчина, и я должен сам зарабатывать, – сказал он, потирая лоб.

— Поторопись, пожалуйста, я пойду спать, – сказала Катя зевая.

— Хорошо, скоро буду, – ответил он и отключился.

Бруно лег на кровать.

— Эй, блондиночка, залезай-ка обратно, — приказал он.

И вот я снова сидела верхом, и мы продолжили начатое.

Бруно сказал мне, что жена заметила в нем изменения, и я поняла, почему. С тех пор, как мы начали встречаться, Бруно стал больше пить, и почти всегда приходил домой поздно. Однажды она заметила розовый след от губной помады, который я намеренно оставила на его рубашке, желая положить конец его браку. Тем не менее, Бруно сказал жене, что этот след оставила супруга его друга во время приветственных объятий. После этого инцидента он стал тщательно проверять одежду и принимать душ после наших свиданий.

Снег продолжал падать на лобовое стекло. Я пыталась не спускать глаз с дороги, но было так темно, что мне были видны только стволы высоких сосен, которые тянулись по обе стороны дороги. Они выглядели, как великаны, покрытые снегом. У меня дрожали ноги и зубы стучали от холода.

— Черт возьми! Ненавижу зиму, — пробормотала я. Мне хотелось прибавить печку в машине, но регулятор уже и так был вывернут на максимум.

Пока я проклинала свой обогреватель, мысли мои возвращались к уютной квартире, большой двуспальной кровати и толстому одеялу. Как бы мне хотелось провести остаток ночи в этом уютном гнездышке, но я была слишком далека от дома.

«И почему я поехала к нему?» — думала я. Это был не первый раз, когда я спрашивала себя об этом во время поездки. И чем сильнее становился снегопад, тем настойчивее звучал в голове этот вопрос, превращаясь в проклятие.

Несмотря на гололедицу, я ехала со скоростью 120 километров в час, моя аудиосистема взрывалась песнями Аллы Пугачевой. Мне нравится скорость и чувство опасности. Во время вождения на большой скорости, у меня всегда поднимается кровь к вискам, заставляя меня чувствовать себя на вершине мира.

В теплое время года я езжу с открытыми окнами, включаю музыку на полную громкость и еду так быстро, что волосы развеваются, а ветер бьет мне прямо в лицо. Конечно, меня ни раз останавливали и выписывали штрафы за превышение скорости, но мой недалекий бывший ухажер платил за них, а мне-то что?

Внезапно моя магнитола замолчала. Что еще хуже, я вдруг поняла, что не имею ни малейшего представления о том, где я нахожусь. Вглядываясь в дорогу, я пыталась рассмотреть хоть какие-то указатели, но эта чертова буря так замела все снегом, что было крайне трудно что-либо увидеть.

«Да где я, черт побери?» – зарычала я. Мои глаза метались в поисках хоть какой-то знакомой достопримечательности. Но через заснеженные окна было почти ничего не видно.

Я попыталась включить музыку, но безрезультатно. Мне нужна была моя музыка! Я не люблю водить машину без своих песен.

Со злостью я ударила магнитолу:
– Что с тобой сегодня, черт тебя дери?
Магнитола продолжала молчать.
– Ну и черт с тобой!

Метель усилилась, и дорогу было почти не видно. Я смотрела на снежинки, падающие передо мной. Слава Богу, дворники мои работали, так что они помогали мне увидеть дорогу. Иначе я оказалась бы в ловушке до окончания бури. Я чувствовала холод и сильно дрожала.

– Эта зима хуже предыдущей, – сказала я вслух.

Я ненавидела зиму и не понимала, почему некоторые мои друзья так очарованы ею. Не первый раз я сказала себе, что мне следует выйти замуж за кого-то с Карибов или Багамских островов, чтобы убежать от морозов и попасть в рай. Я слышала, что на Багамах есть не только прекрасные пляжи, но еще там разные знаменитости имеют свою недвижимость.

«Мне бы очень хотелось, чтобы моим парнем был богатый актер», – размышляла я про себя.

Я знала, что это бесполезно, но все же снова попыталась настроить обогреватель, чтобы стало теплее. Но в итоге просто полностью вырубила его.

В то же время мое тело пронзил холод, отличный от того холода, который я испытывала раньше. Я начала трястись как лист. И почему это дерьмо отказывается работать?

Мой автомобиль был новым и раньше прекрасно функционировал. Я взглянула на приборную панель, озадаченная поведением моей машины. Мне было непонятно, почему все вдруг перестало работать. Мои боковые окна покрылись инеем.

Не сумев запустить обогрев, я на какое-то время сдалась, смирившись с тем, что температура в машине начала стремительно падать. К счастью, па пассажирском сидении у меня лежало небольшое одеяло, которое я бросила себе на колени.

Я ехала около часа, пытаясь найти поворот в Светловское. Меня настолько шокировало то, что произошло со мной, что я никак не могла сосредоточиться. Я ездила кругами, проезжая одни и те же места с невыносимой настойчивостью. Плюс ко всему, та водка, что была выпита вместе с Бруно – как раз перед нежданным визитом его настырной бабы – начала действовать на мой мозг.

Что со мной происходит? Почему я никак не найду этот дурацкий поворот? Ведь я не первый раз здесь нахожусь.

Я взглянула на часы и увидела, что уже наступила полночь. И это было нехорошо – ведь утром мне нужно рано вставать. Снова я ругала себя за то, что так припозднилась на дороге, хотя знала, что надвигается буран.

Внезапно меня подрезала черная тойота, едва не врезавшись в мою машину.

– Смотри, куда едешь! Идиот! – закричала я и выставила средний палец вверх, чтобы водитель мог его видеть.

Потрясенная, я продолжила движение. Шок от того, что я едва убереглась от аварии, быстро рассеялся, и я смогла расслабиться. К сожалению, меня начала одолевать сонливость.

Я с трудом могла удерживать глаза открытыми. В одно мгновенье я чуть не задремала, и машина немного съехала с дороги, но я вовремя вырулила.

– Не закрывай глаза! – сказала я вслух, похлопав себя по щеке.

Внезапно дворники автомобиля резко остановились прямо посреди лобового стекла, облепленные сосульками. Стоило мне снизить скорость, ветровое стекло покрылось инеем, и, к тому времени, когда я остановилась, видимость уже была на нуле.

Дверь моей машины была покрыта льдом, и мне пришлось приложить усилия, чтобы открыть ее. Я проклинала все на свете, пробираясь к передней части автомобиля. Ничто не укрылось от моих ядовитых ругательств: ни машина, ни погода, ни мой любовник, ни его телка, ни его проклятая водка – я винила все вокруг в происходящем со мной.

Конечно же, у меня не было с собой никакого скребка, чтобы почистить стекла, и потому я проклинала своего бывшего парня, который не сумел предвидеть подобную ситуацию. Когда я наклонилась, чтобы попробовать оттереть стекло шарфом, краем глаза я заметила чьи-то следы на снегу. Мое воображение, помутненное спиртным, разыгралось, и, подпитываемая возрастающим страхом, я вглядывалась в темноту под деревьями, ожидая встретить какое-то страшное привидение. Но в результате я получила только жгучую боль в глазах, залепленных снегом. Теперь я проклинала свое необузданное воображение и потирала больные глаза. Но когда я снова открыла их, то непроизвольно ахнула от увиденного.

Из неоткуда возник призрак босоногой женщины в длинном белом платье. Она вышла из вьюжной темноты, всего в десяти футах от моей машины. Ее длинные черные локоны волочились по снегу. Она повернулась ко мне спиной, и я удивленно уставилась на нее.

Откуда она взялась? Кто она? Почему она оказалась в такую ледяную ночь в такой легкой одежде?

Мне не хотелось рисковать – я запрыгнула обратно на водительское кресло, воскликнув перед этим:

– Эй, сумасшедшая, убирайся отсюда, пока тебя не убили!

Она вывернула голову практически полностью, в то время как тело ее оставалось неподвижным. Под ее взглядом я не могла пошевелиться.

Как, черт возьми, она смогла повернуть голову на 180 градусов, не двинувшись телом?

Вдруг тело повернулось вслед за головой, и она протянула ко мне руку. Я подалась назад на своем сидении, когда она указала на меня длинным костлявым пальцем. В следующий миг женщина поднялась в воздух с криком: «Валерия! Валерия!»

Ее голос раздавался, как гром, заставляя дрожать окна автомобиля. Я не могла ничего поделать, как только смотреть, как ее голова крутится вокруг своей оси со скоростью быстроходного поезда.

Наблюдая за ее неистовым кружением в метели, я почувствовала, как что-то еще, помимо страха, заполнило мое сознание. По какой-то причине ее лицо показалось мне знакомым. Мне было любопытно, но страх был сильнее любопытства. Я была слишком напугана, чтобы думать о том, где я видела ее раньше.

Наконец, этот безумный круговорот прекратился, и, казалось, она собирается исчезнуть. Я вздохнула с облегчением и включила первую передачу.

Но вдруг она пошла в сторону моей машины. Страх просто взорвал мой разум, но, прежде чем он заморозил меня и сковал ледяным ужасом, я снова дернула рычаг и вдавила в пол педаль газа. Как только я к ней приблизилась, женщина воспарила в воздух и бесследно исчезла.

Мои руки дрожали, а зубы стучали друг о друга. Холодный озноб прошел сквозь сердце, и я мчалась дальше в снежную неизвестность.

– Что, в конце концов, это было? – задышала я. Что бы ни было, я надеялась, что оно меня не преследует.

Через короткий промежуток времени я успокоилась и мой разум переключился на другие события, которые произошли ранее. Больше всего я думала о том событии, которое заставило меня мчаться в темноте в неизвестном направлении без малейшего понятия о том, где я нахожусь.

«Эта овца чуть не убила меня. Мне придется оставить Бруно и вернуться к Джону. Ни за что не хочу еще раз встречаться с его женой».

После нескольких месяцев общения Бруно пригласил меня к себе домой, будучи уверенным, что его жена все еще в отпуске и вернется только через четыре дня. Он попросил меня остаться с ним на несколько дней и был рад, когда я согласилась. Я же очень обрадовалась его приглашению. Мне хотелось убежать от бывшего парня, который внезапно появился в городе и начал преследовать меня, желая, чтобы мы снова были вместе. Вот почему я решила спрятаться от него у Бруно.

Полдня я готовилась к свиданию: упаковала несколько платьев и новое белье. Потом я накрасила ногти, сделала красивую прическу и провела полчаса в пенной ванне. Когда все процедуры были завершены, я влезла в свое красное мини-платье и села в машину. Посмотрев на свое лицо в зеркало, я припудрила его, а потом двинулась в Маренку.

Я хорошо знала дорогу в Маренку, потому что раньше ездила туда со своим бывшим, но я ненавидела долгую дорогу. С Джоном этот путь занимал, казалось, целый день, и из-за его непрерывной болтовни я очень скучала.

На мое удивление, уже через полтора часа я припарковала свой ниссан перед трехэтажным домом Бруно. Видимо, я ехала намного быстрее, чем Джон.

Накрасив губы красной помадой, я вышла из машины и впервые взглянула на дом. Мои глаза широко раскрылись из-за удивления его размеру. Я осознавала, что остаток жизни смогу провести в этом особняке как королева.

Дом был кремового цвета, с огромным крыльцом, на котором стояли причудливые коричневые стулья и круглый металлический стол бронзового цвета. Недалеко от него я заметила фонтан со статуей обнаженной женщины посередине. Вода в фонтане замерзла, забавно изменив фигуру статуи. Все вокруг было заснежено, включая огромную сосну, которая стояла в нескольких футах от фонтана. Если честно, повсюду здесь были заснеженные деревья, но именно эта сосна привлекла мое внимание. Мне вдруг показалось, что это ангел-мститель с поднятым мечом. Я почувствовала себя некомфортно.

Я осмотрелась по сторонам и заметила две машины: Бентли Бентайго и Рендж Ровер Спорт.

У этого человека куча денег. Я, пожалуй, останусь с ним надолго.

Готовая нажать пальцем на звонок, я услышала звук падающего снега. Обернувшись, я осмотрела территорию вокруг особняка. И вот – снова этот звук, он доносился откуда-то рядом с сосной. Я уставилась на дерево, почувствовав на коже странное покалывание. За стволом сосны я заметила что-то белое. Мое любопытство заставило меня подойти и посмотреть, что там прячется. На снегу я заметила следы. И что было очень странно – на том человеке (поскольку это были человеческие следы) не было обуви.

– И кто может здесь ходить босыми ногами по снегу? – проборомотала я себе под нос.

Я видела, как следы огибали дерево, а потом исчезали. Крадучись подошла я к дереву, и вдруг его ветви начали двигаться сами по себе. Не успела я убежать, как меня завалило снегом.

Я выкрикивала грубую брань, потому что холод проскользнул за воротник моего пальто. Посмотрев на дерево с недовольством, я быстро убежала к двери и позвонила.

Дверь открыл Бруно.

– Привет! – сказал он с улыбкой.

Я ворвалась внутрь, не сказав ни слова.

– Все в порядке? – спросил он.

– Да. Я просто немного устала, и на улице очень холодно, – ответила я. Он подошел ко мне и, не произнося ни слова, мы страстно поцеловались.

– Ты легко нашла это место? – спросил он, когда мы вышли на воздух.

– Да, но поездка была тяжелой и долгой. Я устала, – ответила я, озираясь по сторонам. После этого я отдала Бруно свое пальто, и он повесил его у двери.

– Не беспокойся, моя соблазнительница. Я сниму твою усталость, – сказал Бруно, увлекая меня за собой в огромную гостиную. Тут же он повернулся ко мне и притянул к себе, схватив за ягодицы.

–Проказник, оставь мою задницу в покое, – пошутила я.

Взглядом я блуждала по комнате. Белые стены, черно-белая плитка и горящий в камине костер радовали глаз. Пол был похож на шахматную доску.

Я села на мягкий черный диван, скрестила ноги и соблазнительно провела рукой по колену.

– Что будешь пить, котенок? – спросил Бруно.

– Водку, пожалуй, – ответила я.

Он стоял у бара рядом с диваном и разливал напитки. Бруно налил мне водку и Джонни Уокер Блэк – себе, затем присоединился ко мне на диване.

– Спасибо, – сказала я, принимая выпивку.

Вдруг в голову мне пришла пугающая мысль. Я посмотрела на него встревоженно:

– Где твоя жена?

– Она в Нью-Йорке, гостит у подруги, – ответил Бруно, сделав глоток виски.

– Как давно вы женаты? – я продолжала задавать вопросы, чтобы завязать разговор.

– Пять лет. Но, пожалуйста, не задавай мне больше вопросов о моем браке, – сказал Бруно, он был заметно раздражен.

После этого он подошел ко мне поближе, намереваясь поцеловать.

– Я бы предпочел, чтобы мы сосредоточились на нас.

Я оттолкнула его, смеясь:

– Дай мне допить до конца!

Он сделал еще один глоток, а затем поставил стакан на столик с серьезным выражением лица. Наклонившись, Бруно поцеловал мои губы и положил левую руку мне на грудь.

– Подожди! – взмолилась я. – Я все еще не допила.

– Нет, Валерия. Я не могу ждать, пока ты опустошишь рюмку, – воскликнул он.

– Нет! – игриво возразила я. Поставив рюмку на стол, я встала и отошла от него.

Он быстро схватил меня за руку и притянул к себе. Наши губы сомкнулись, и мы снова оказались на диване. Бруно целовал меня в шею, параллельно расстегивая свою рубашку. Потребовалось немало времени, чтобы сбросить всю одежду на пол, а затем он помог мне расстегнуть платье. Я также бросила его на пол и легла на диван, соблазнительно улыбаясь. Бруно застыл надо мной на мгновение, и у меня захватило дыхание от вида его обнаженного тела.

Бруно выглядел очень сексуально и в одежде, но голый он был просто Адонис! У меня был всего лишь миг, чтобы полюбоваться им, как он тут же оказался на мне. Его губы скользнули по моей шее к груди, возбуждая мою страсть, и я не хотела, чтобы он останавливался. Когда он целовал мою грудь, я гладила его по спине.

После непродолжительных игр я уселась на него сверху. Ощущать его внутри себя было удивительным наслаждением. Я громко стонала, полностью поглощенная нашим совместным удовольствием.

Мы были настолько увлечены друг другом, что даже не заметили, что кто-то еще есть в комнате – стоит и наблюдает за каждым нашим движением. Внезапно мое внимание привлек звук – кто-то откашлялся. И тогда я подняла глаза и увидела женщину, направившую на меня пистолет.

При виде пистолета я замерла, как олень, ослепленный светом фар. Я не знала, что делать.

– Бруно, твоя жена здесь, – наконец, прошептала я, медленно слезая с него.

Подняв свое платье с пола, я осторожно отошла от разъяренной женщины, стоявшей передо мной.

Бруно вскочил и подобрал с пола штаны.

– Оставь штаны и продолжай делать то, что делал! – приказала жена, наставив на него дуло пистолета.

– Катя, пожалуйста, позволь мне все тебе объяснить! – умолял Бруно.

– Тут нечего объяснять. Продолжайте делать то, что делали, или я застрелю вас обоих, – приказала Катя. Ее рука дрожала, а лицо ее выражало глубокое отчаяние. Она переводила пистолет с него на меня и обратно, глядя на нас с ненавистью и презрением.

Когда я смотрела на нее, мое внимание привлекло что-то странное. Позади нее возник черный силуэт. Он завис на мгновение, а затем как бы вошел в нее. Она тут же начала трястись, ее глазные яблоки закатились вверх, демонстрируя нам сияющие белки.

Затем дрожь прекратилась, и она уставилась мне в глаза с нескрываемой ненавистью. На лице ее появилось торжествующее выражение. На мгновение мне показалось, что глаза ее стали черными.

– Валерия.

Я дрожала, словно лист на ветру, стуча зубами.

«Откуда она, черт возьми, узнала мое имя?» — подумала я.

Потом она подошла к бару: и взгляд ее, и пистолет при этом все еще были направлены на нас. Одну за другой она брала бутылки с алкоголем и бросала на напольную плитку. Осколки стекла разлетались повсюду, капли спиртного брызнули мне на кожу. Когда она заметила телефон Бруно на столе, то также с силой бросила его на пол, а потом раздавила ногой.

— Ты негодяй и обманщик! Мне не следовало выходить замуж за такого идиота, как ты! — закричала она.

Я перевела взгляд на Бруно и увидела, что он был заметно потрясен. Его прищуренные глаза внимательно наблюдали за движениями жены, и вдруг они увлажнились, словно он вот-вот расплачется. От обличающих слов жены он съежился.

Катя перевела пистолет на меня и страшным глубоким голосом закричала:

— Валерия! Разве ты не усвоила урок?

Вся жизнь промелькнула у меня перед глазами.

Господи. Вот он, мой конец.

Тело мое тряслось, а ноги были настолько слабыми, что я едва могла стоять. Медленно я надела платье и посмотрела на дверь, стараясь не выпускать из вида Катю. Мне хотелось бежать, спасая свою жизнь, но я понимала, что, если побегу, она выстрелит мне в спину.

— Катя, остановись. Ты не в своем уме! — воскликнул Бруно, дрожа от ужаса.

Женщина нажала на курок и выстрелила в телевизор позади меня. Я услышала оглушительный треск, когда стекло телевизора разбилось и осколки полетели на пол. Я чуть не упала в обморок, понимая, что целилась она в меня. Мне хотелось спрятаться за диван, но я боялась пошевелиться.

– Бруно, слушай меня. Я не шучу. Не заставляй меня стрелять в тебя и в эту шлюху, – она приблизилась ко мне, насквозь пронзая ненавистным взглядом.

– Мало тебе было разрушать другие браки? – зарычала она. – Теперь ты портишь мою жизнь!

Она холодно рассмеялась, увидев удивление на моем лице.

– О, я знаю, кто ты. Меня предупреждали разные люди. Ты и правда думаешь, что сможешь убежать на этот раз?

Я недоумевающе уставилась на нее, в это время она подняла с пола большую вазу и без предупреждения бросила ее в меня.

Я уклонилась, испытывая страх за свою жизнь. Ваза приземлилась на пол и разбилась на мелкие кусочки. Осколок вонзился мне в лицо, пронзив его жгучей болью, и я почувствовала, как тонкая струйка бежит по моей щеке.

– Вы оба – просто куски дерьма. Сейчас же возвращайтесь на диван и продолжайте делать то, что вам сказано, пока я не снесла вам головы! – угрожала она.

Мы с Бруно были глубоко потрясены. Мы понимали, что у нас нет другого выхода, как продолжать заниматься сексом у нее на глазах. Я была просто в ужасе и надеялась, что эта безумная и сердитая женщина не убьет меня.

Катя продолжала истерически смеяться, пока мы занимались сексом. Она даже фотографировала нас на свой мобильный телефон. Когда неловкость и бесполезность наших телодвижений стала очевидной, Бруно медленно слез с меня и посмотрел на нее, не моргая.

—Размещу ваши фотки на Фэйсбуке, – сказала она с усмешкой.

– Катя, пожалуйста, дай мне одеться. Прекрати это безумие, – умолял Бруно, пытаясь подойти к ней.

Она засмеялась, и я снова заметила темную тень, покидающую ее. Медленно тень приблизилась к стене и исчезла в ней.

– Ты просто ублюдок, Бруно! – закричала его жена, наставляя на него оружие. – все это время ты обманывал меня. Вместо того, чтобы ходить на деловые встречи, ты спишь с каждой встречной шлюхой!

Она говорила, обходя гостиную с пистолетом в руке. Взяв несколько стаканов из бара, Катя с ненавистью разбила их об пол.

– Ненавижу тебя, Бруно!

Потом она подошла ко мне и направила пистолет мне в грудь. Мне было так страшно, что я обмочилась, оставив лужу на полу.

Катя презрительно посмотрела на пол:

– Совсем как собака, – она перевела свой злобный взгляд на меня. – Ты дрянь, и ты заслуживаешь смерти. Я вот думаю: стоит ли мне покончить с твоей жизнью или оставить тебя в живых?

Она хихикнула на грани истерики, переложив пистолет из одной руки в другую.

Я опустилась на колени в собственную мочу и начала умолять ее. Мои колени были мокрыми, но я не сходила с места.

– Пожалуйста, отпусти меня. Я не знала, что он женат, – лгала я, глядя ей в глаза и проливая свои крокодиловы слезы.

Она посмотрела на меня с ненавистью и злобно рассмеялась:

– Какое жалкое зрелище – ты на коленях, в луже собственной мочи, умоляешь меня. Вставай и убирайся из моего дома, пока я не передумала!

Я схватила ботинки, накинула платье и убежала. Когда я подошла к двери, что-то заставило меня оглянуться, и я была поражена, увидев человеческую тень, стоявшую прямо передо мной. Из-за этого я помчалась к своей машине так быстро, как только могла.

Я сидела в машине, пропитанная собственными телесными выделениями.

Мои руки дрожали, и я предприняла очень много попыток, чтобы вставить ключ в зажигание. Посмотрев в зеркало заднего вида, чтобы убедиться, что Катя меня не преследует, я завела машину и уехала, оставив Бруно драться с собственной женой.

Такие драки я привыкла видеть. Это было не первый раз, когда я попадала в такую ситуацию, с женатым мужчиной. Но раньше мне никогда не угрожали оружием. И я никогда не писала под себя.

Внезапно у меня стало покалывать кожу, и я ощутила, что позади меня кто-то есть. Я потерла затекшую шею, и мои волосы встали дыбом. Вновь переполнившись страхом, я заставила себя посмотреть в зеркало заднего обзора, чтобы убедиться, что сиденье позади меня пустое. Мурашки побежали по коже, и я почувствовала, как страх придавил меня тяжелой плитой.

Что, черт побери, творится?

Вдруг я почувствовала, как что-то холодное коснулось моего плеча. Я взвизгнула и съежилась, посмотрев в зеркало.

«Что это? – спрашивала я себя. *– Мой мозг, должно быть, играет со мной в игры».*

Я с силой тряхнула головой: *«Мне нужно перестать пить».*

Прищурившись, я пыталась рассмотреть сквозь замерзшее лобовое стекло дорогу, идущую впереди. На небольшом расстоянии что-то двигалось. И я потерла глаза, чтобы рассмотреть, что это такое.

Когда я немного приблизилась, то совершенно потеряла самообладание от увиденного.

Это была босоногая женщина, и она плыла ко мне. Летела примерно в двух футах над землей. У нее были длинные черные волосы, струившиеся вокруг лица. Казалось, из ее тела текла вода, оставляя след на земле.

Вдруг волосы у нее встали дыбом и открыли лицо. Оно было отвратительно: серо-зеленого цвета, на него было страшно смотреть. Когда она подлетела чуть ближе к машине, я почувствовала, как мое сердце словно сжимают в тиски. От этого ощущения я стала кашлять и задыхаться, чувствуя спазмы в груди.

Еще немного и мы бы столкнулись. Я надавила на тормоз, пытаясь избежать этого.

О, нет! Сейчас я врежусь в нее!

Не понимаю, как это случилось, но внезапно я потеряла контроль над машиной. Будто какая-то невидимая сила захватила ее. Я пыталась повернуть руль влево, но он не слушался. Автомобиль продолжал мчаться, и столкновение казалось неизбежным. Я мчалась вперед и ничего не могла поделать с этим.

– Отойди! – закричала я. Не то, чтобы она не слышала меня. По ее взгляду я поняла, что прошло очень много времени с тех пор, как она слышала живой человеческий голос.

Внезапно моя машина наехала на нее и сразу же покрылась водой. Тем не менее, столкновения не произошло: я просто прошла сквозь нее, будто у нее не было какого-то твердого каркаса. Мои пальцы начали покалывать так, будто в них вставляли иголки.

«Что это было?» – задумалась я. Посмотрев в зеркало заднего вида, я увидела только темную дорогу. Женщины там уже не было.

Я так обрадовалась, что дорога была пуста, но воспоминание о внезапном появлении плывущей женской фигуры все еще пугало меня. Она была призраком или человеком? Я не знала этого. Продолжая ехать, я бодрилась, мечтая остановиться где-нибудь и поспать.

Странный шум раздался с заднего сиденья моей машины, и я вздрогнула, услышав шепот в левом ухе:

– Валерия, надо было приставить пистолет к твоему виску и нажать на курок.

– Что тебе нужно от меня? – закричала я от ужаса.

Я снова посмотрела в зеркало. Сначала перед моими глазами было только пустое сиденье. Однако, к моему ужасу, вскоре там появилось бледное женское лицо. Ее черные сверкающие глаза смотрели на меня. Длинные черные волосы шевелились, ниспадая у лица, а черные губы были покрыты зеленоватой жидкостью. Эта жидкость постоянным потоком выходила изо рта и стекала на сиденье сначала тонкой струйкой, а затем – мощным фонтаном. Вся моя машина вдруг наполнилась зловонием канализации.

Она схватила меня за шею своими тонкими бледными пальцами и начала душить.

Внезапно я увидела себя под водой, будто я смотрю на поверхность воды снизу вверх, не в состоянии дышать. Человек стоит над водой и топит меня. У него длинный подбородок и острые уши. Я умоляюще смотрю в его обезумевшие глаза, искрящиеся от возбуждения, вызванного тем, что он душит меня. Он злобно улыбается, ожидая моей смерти. Я задыхаюсь, царапаю его руки, пытаясь воспрепятствовать ему. Открываю рот, чтобы закричать, но вода наполняет мои легкие. Он сжимает мою шею, так что кости трещат.

Потом все меняется. И, вместо того, чтобы увидеть свое лицо, я вижу ее. Я видела смерть на ее красивом, но испуганном лице, когда она задыхалась. Она освободила его руки и пустыми глазами посмотрела на насильника. Ее тело начало погружаться в воду. И я поняла, что эту женщину убил тот мужчина!

Внезапно видение исчезло, и я вернулась к реальности, снова столкнувшись с ее призраком в моей машине.

Я посмотрела в зеркало. Внутри меня все взорвалось от вида воды, стекающей по ее лицу. Моя душа страдала от осознания ее несчастливой судьбы, но у нее был такой взгляд, что я не могла выразить никакого сочувствия по отношению к ней.

Она завизжала, уставившись на меня. Мое сердце забилось с бешеной скоростью, и я тоже открыла рот, чтобы закричать. Я старалась больше не смотреть в зеркало. Все мое естество заполнилось страхом. Мне казалось, что я сейчас потеряю сознание. Несмотря на то, что я осознавала бесполезность своих действий, единственное, на что я была способна – это изо всех сил давить на педаль газа. Своим истеричным разумом я все еще пыталась убежать от нее.

Вода быстро заполняла машину, теперь она уже была мне по пояс.

– Валерия, ты умрешь! – кричала она мне в уши. Руки плотно легли мне на шею и сжали ее. Я закашлялась, хватая ртом воздух. Она смеялась, ее волосы упали мне на лицо. Я знала, что, если не вырвусь из ее рук, моя жизнь кончена.

Я не могла ни смотреть, ни дышать. Ее липкие волосы пахли канализацией, что усиливало мои страдания. Я давила еще сильнее на педаль газа, прибавляя скорость, и изо всех сил отталкивала ее от себя. Вдруг ее хватка ослабла.

Призрак завизжал и попытался снова схватить меня. Ее черные волосы росли и росли, наполняя мою машину. Она обхватила руками мое лицо, крепко нажимая на глаза.

В ужасе я отпустила руль и попыталась оторвать ее руки от моих ноющих глаз. Внезапно раздался какой-то шум, и я ощутила взрыв.

Из ниоткуда вдруг возник большой грузовик и врезался в мою мчащуюся на большой скорости машину, от чего она начала вращаться на ледяной дороге. И в конечном итоге остановилась, врезавшись в электрический столб.

Удар был настолько сильным, что переднее стекло разбилось, и я вылетела на заснеженную трассу. Я ударилась головой, и от этого кровь мгновенно пропитала белый снег. Я пыталась дышать, но мне казалось, что кислорода просто не хватает. Хотелось закричать или хотя бы пошевелиться, но я не могла. Боль и страх парализовали меня, и я лежала неподвижно. Взглянув на машину, я увидела, как дух парит над ней, с визгом нависая над бампером.

Водитель грузовика бросился ко мне, пытаясь помочь. Он вызвал скорую и сообщил о случившемся. Я лежала на земле, беспомощно глядя на призрак женщины в ожидании того момента, когда она убьет меня. Слезы катились по моему лицу, смешиваясь с кровью.

Бесплотная женщина прыгнула на заснеженную землю и поползла, как животное. Волосы ее заскользили в мою сторону. Я пыталась кричать, но голос мой молчал. В панике смотрела я на мужчину, а затем на нее. Я пыталась поднять руку, чтобы указать на нее. Но, так и не сумев этого сделать, я потеряла сознание, и уже была не в состоянии что-то видеть или слышать.

Лежа без сознания я ощущала, что поднимаюсь. Каким-то образом я увидела свое неподвижное тело, лежащее внизу, на окровавленном снегу. Я была связана с телом золотой нитью. Мне было сложно понять, что со мной происходит. Я смотрела на свое тело, вспоминая каждую деталь случившегося со мной. Воспоминание о странном существе в моей машине вызвало сильный испуг.

Господи, это существо пыталось убить меня! Я видела кровь, сочащуюся из моей головы и рта, и в то же время могла слышать голоса говорящих людей.

«Она отключилась», – произнес мужской голос.

Я отошла от своего тела и оказалась по другую сторону дороги. Не понимая, что происходит, я горько заплакала. По крайней мере, моя мучительница исчезла, и я больше не видела ее. Но сквозь слезы я все продолжала оглядываться, чтобы убедиться, что она действительно ушла.

Голос позвал меня по имени:

«Валерия!»

Осознавая, что эта тварь нашла меня, я закричала:

– Оставь меня в покое!

– Успокойся, Валерия, ты в безопасности, – сказал мне голос.

Наконец, я обернулась и испытала огромное облегчение. Не страшное привидение пыталось покончить со мной, позади меня стоял старик в белой одежде.

– Что происходит? – спросила я его. – Как я могу быть здесь, когда мое тело истекает кровью по ту сторону дороги?

– Дитя мое, ты попала в аварию, и твоя душа покинула тело, – ответил мужчина.

– Я мертва?

– Нет, еще нет. Твое время пока не пришло, – ответил он.

– Тогда почему я здесь?

Незнакомец грустно взглянул на меня:

– Валерия, ты много нагрешила. Ты спала с женатыми мужчинами и разрушала браки. Как христианка ты должна была знать, что одна из божьих заповедей гласит: «Не прелюбодействуй». Но ты ее нарушила.

В его голосе было столько разочарования!

– Но Бог милостив, Он решил дать тебе еще один шанс, чтобы исправить свои ошибки. Тем не менее, чтобы быть уверенным, что ты попытаешься все изменить, Он хочет, чтобы ты увидела, что произойдет с твоей душой, если ты ничего не предпримешь.

Я попыталась отойти от него, потому что мне не хотелось больше никаких потрясений. На сегодня их было уже достаточно. Тем не менее, он схватил меня за руку, и в мгновение ока мы оба оказались летящими через туннель, заполненный белым светом.

Я почувствовала себя так спокойно, что мне захотелось остаться там навсегда. Я слышала голоса, поющие: «Аллилуйя!» Это было так прекрасно, что сердце мое переполнилось радостью.

Однако в туннеле становилось все темнее, внезапно воздух наполнился ужасающими криками. Я слышала крики гнева и отчаяния, они становились все ближе и ближе. Я прикрыла уши, чтобы отгородиться от этого звука, но мне это совсем не помогло. Крики, казалось, глубоко пронзали мою душу.

–Пожалуйста, хватит кричать! – умоляла я, не в силах больше выносить этот звук. – Куда ты меня ведешь? Откуда доносятся эти крики?

Мое сердце охватили страх и грусть, и я громко рыдала.

– Господи, я не могу вынести этих воплей!

– Я веду тебя в ад, дитя мое, – ответил проводник.

– Нет! Пожалуйста! Позволь мне вернуться в свое тело! Я изменюсь. Пожалуйста, дай мне шанс, – умоляла я, пытаясь вырвать свою руку из его руки.

Тем не менее, он тянул меня дальше, в пропасть, которая открылась перед нами.

Мы оказались на самом краю большого озера из огоньков – красных и оранжевых. Там было так жарко, что я едва могла дышать. Завороженно смотрела я на озеро мучений и видела в нем миллионы горящих душ. Все они пытались перелезть друг через друга, чтобы выбраться, но огонь тянул их обратно. Их глаза были впалыми и преисполненными тоской. На их лицах я видела боль, гнев и отчаяние. Души людей широко раскрывали рты, крича от боли. Когда одни пытались перелезть через другие, некрасивые черные высокие существа с рогами и копытами толкали их назад, в озеро.

Эта ужасающая сцена заставляла меня еще сильнее плакать и молить о прощении. Мне было так жаль и эти несчастные души, и свою собственную. Я опустилась на колени, сложила руки и начала молиться.

Господи, я много грешила, но Ты милосерден. Умоляю Тебя, пожалуйста, прости меня. Я не хочу присоединяться к этим несчастным душам.

Дрожа, я поднялась на ноги, умоляющими глазами глядя на своего проводника.

– Разве вы не видите, как страдают эти души? Почему Бог не может их простить? Разве Ему их не жалко?

— Дитя моё, Бог любит всех. Он посылал людям пророков, чтобы обратить их к Себе и научить их праведной жизни. Он даровал людям свободу воли и возможность покаяться и получить прощение. Однако они использовали свою свободную волю во зло и не покаялись и не последовали Божьим заповедям, — произнёс мой проводник.

— Но сейчас они каются, — сказала я.

— Покаяние предназначено для земной жизни. После смерти приходит Суд. После смерти человек уже не может покаяться.

Я была сильно опечалена этими словами и боялась, что присоединюсь к ним. Усевшись на землю, я положила голову на колени и горько заплакала от жалости к себе.

– Что со мной будет? – спросила я.

– Дитя мое, ты сможешь вернуться, но тебе придется измениться, иначе тебя постигнет та же участь, что и эти заблудшие души, – объяснил он.

Это место было настолько ужасным, что я ни за что не хотела бы сюда возвращаться. Я посмотрела ему в глаза и сказала твердым голосом:

– Я изменюсь.

– Это мудрое решение, – сказал мой проводник. Он взял меня за руку и повел обратно в туннель белого света.

Пройдя сквозь это удивительное место полного покоя, я снова оказалась в нашем мире, перед своим телом, и увидела людей, пытающихся реанимировать меня.

– Она все еще жива, но у нас мало времени. Мы можем потерять ее в считанные секунды. Нам нужна скорая помощь, чтобы перевезти ее в больницу, – распоряжался кто-то.

— Возвращайся в свое тело, пока не поздно, — сказал старик. Я повернулась к нему, но он уже исчез из поля зрения.

Я вошла в свое тело, и боль накрыла меня. Мне показалось, что меня переехал большой грузовик. Кашель вырывался из легких при каждой моей попытке вздохнуть, веки дрожали.

— Слава Богу, она жива! Она открывает глаза, — услышала я чей-то голос.

Я видела людей вокруг себя и чувствовала, как на мое лицо падает снег. В панике я поняла, что все еще не могу двигаться. Воспоминания о моем путешествии в ад снова нахлынули на меня. В ужасе я закричала:

— Помогите мне, пожалуйста! Я не хочу умирать! Я должна все изменить, пока не стало слишком поздно!

— Успокойтесь, вы не умираете! — сказал человек, стоящий рядом со мной. Он нежно держал меня за руку.

Снег продолжал падать, и дул сильный ветер, посылая волны хлопьев и рисуя рябь на снегу. Я смотрела на небо и, к своему удивлению, на небе я увидела своего проводника. Еще более удивительным было то, что тот призрак стоял рядом с ним, держа его за руку. Однако теперь та женщина выглядела красивой и умиротворенной. Она помахала мне и прошептала: «Спасибо».

Я снова попыталась вспомнить, где видела ее раньше. На сей раз моя память восстановила изображения в газете, которую я как-то давно читала. Статья начиналась так: «27-летнюю женщину нашли задушенной. Соседи говорят, что муж ошибочно подозревал ее в измене».

Я вспомнила, как читала статью. Но я не могла понять, почему она пыталась запугать меня до смерти. Как будто прочитав мои мысли, женщина-призрак прошептала: «Я пыталась спасти тебя от той же беды.

Прости, что напугала, но я не могла справиться с яростью. Ты проявила сострадание ко мне и показала готовность измениться. И тем самым освободила меня от власти этого мира».

И призрак женщины, и старик-проводник замерцали надо мной, их черты стали неразличимы. В последний раз я услышала женский голос:

– Мне пора, – сказала она шепотом.

После этого они оба исчезли.

Когда скорая приехала, медсестры подбежали ко мне:

–Ее немедленно нужно перенести в машину. Становится все холоднее, нужно поторопиться, пока метель не разбушевалась еще сильнее, – сказала одна из медсестер.

Пока машина скорой помощи ехала в больницу, у меня было достаточно времени, чтобы подумать о своей жизни. Я поняла, что любовью к материальным вещам и телесным удовольствиям я навредила своей душе. Вся моя жизнь была наполнена грехами. Я видела, как развлекалась, напивалась, занималась сексом, причиняла боль другим женщинам.

Потом я стала думать о тех душах, которые я увидела в аду. Я чувствовала раскаяние в своих поступках, и мое сердце наполнилось печалью, страхом и сожалением. Подняв глаза наверх, я слабо прошептала: «Отче, я каюсь в своих грехах. Пожалуйста, прости меня. Я умираю?»

Медбрат посмотрел на меня с улыбкой: «Девушка, вы будете жить целую вечность».

Он сделал мне укол, и я заснула.

МЕСТЬ

У КАТРИНЫ БЫЛИ большие планы на жизнь. Энергичная американка только-только перешла новый рубеж и вступила в подростковый возраст. Миловидная четырнадцатилетняя девочка, с миниатюрной фигурой, она посещала американскую епископскую среднюю школу в Нью-Йорке.

Двухэтажное здание школы представляло собой постройку из красного кирпича, с огромными окнами, открывающими прекрасный вид на сосны, покрывающие прилежащую территорию. Здание окружал забор, внушающий Катрине и ее одноклассникам чувство безопасности в этом безумном и ненадежном мире.

В самом начале Катрина имела множество друзей и не только с удовольствием посещала школу, но и ходила на занятия в драмкружке. Она увлеклась теннисом и регулярно принимала участие в соревнованиях.

Жизнь Катрины начала рушиться холодной зимой. В тот несчастный день все началось с того, что учитель покинул класс ради участия в собрании факультета. Пока Катрина вместе с одноклассниками спокойно занималась под наблюдением ученика-помощника, на улице стало происходить что-то страшное.

Мать Катрины в сильном подпитии каким-то образом пробралась в школу, что уже само по себе было катастрофой. Однако этот день, а по мнению Катрины, и вся ее жизнь были испорчены из-за того поступка, который совершила мать, попав в здание школы. В распахнутом пальто, под которым не было ничего, кроме красного нижнего белья, она, шатаясь и петляя, вошла в класс. Дети встретили ее шоком и молчанием.

Ничего не подозревая, Катрина подняла голову, чтобы понять, от чего в классе возникла странная суматоха. В одно мгновенье девочка уронила и челюсть, и ручку, когда увидела свою мать, полуголую, стоявшую в дверях в распахнутом пальто, под которым не было ничего, кроме трусиков и лифчика. Спустя секунду все уже смеялись над ней. Катрина сидела неподвижно, уставившись на свою мать. Она чувствовала, как ее щеки запылали, когда одноклассники начали переводить взгляд с ее матери на нее саму.

– Катрина, дорогая, пойдем домой, – промямлила мать, слегка пошатываясь.

Катрина встала со своего места, взяла тетради и торопливо пошла к двери, стараясь ни на кого не смотреть.

– Эй, леди, а где ваша одежда? – насмешливо спросила Лиза. Услышав слова подруги, Катрина нахмурилась.

– Катрина, почему ты не научила маму правильно одеваться? – спросил Джим; от смеха, напоминающего лошадиное ржание, он стучал руками по парте.

Катрина смотрела на мать, чувствуя смущение. Она хотела бы провалиться под землю. Добравшись до матери, Катрина схватила ее за руку и потянула к двери.

– Мама, идем!

– Отведи ее домой, пока она полностью не разделась! – крикнула Лиза ей вслед.

– Заткнись! – чуть не закричала Катрина, удивленная предательским поведением подруги и едва сдерживая слезы.

– Вы, мелкие букашки, прекратите смеяться! – кричала пьяная мать Катрины.

Затем она распахнула пальто пошире.

– Что, никогда раньше не видели голую женщину? – подозрительно спросила она.

Ученики засмеялись еще громче. Катрина с силой потянула мать за руку, выводя ее из класса.

Лиза скомкала бумагу и швырнула ее Катрине в спину. Девочка обернулась, сверкая гневным взглядом.

– Неудачница! Забери свою пьяную мать домой! – крикнул Оскар.

Катрина сжала руку в кулак и прикусила губу, едва сдерживаясь, чтобы не ударить его. Она покинула класс, ни разу не оглянувшись. Гогот одноклассников преследовал ее и в коридоре, и у парадной двери. Как только они вышли на улицу, Катрина остановилась и застегнула пальто своей матери.

– Где твоя одежда? – спросила она.

Маргарет засмеялась и пошатнулась. Она сжала пальцами подбородок дочери.

– Я забыла ее надеть, и, вероятно, оставила ее у своего любимого.

Катрина сердито посмотрела на мать и покачала головой.

– Если бы ты не пила так много, этого бы не случилось. В школе уже все говорят о тебе и о твоих пьянках. А только что ты сделала мою жизнь еще хуже.

Они пошли дальше, а снегопад усилился. Хлопья снега падали на непокрытую голову Катрины. Ее ботинки проваливались на десять дюймов[11] в снег. Она заметила несколько автомобилей, припаркованных на тротуаре и уже наполовину скрытых под снегом. Также она увидела людей, расчищающих сугробы у входных дверей.

Она шла чуть позади матери, глядя на нее и думая о предательстве отца. Они были счастливой семьей, пока отец не познакомился с лучшей подругой матери Джейн и не начал изменять с ней Маргарет. После неприятного

---

[11] 1 дюйм = 2,54 сантиметра.

развода и долгих споров отец оставил их и переехал в Сан-Франциско.

Маргарет начала пить, чтобы утопить свои печали в вине. И это стало для нее важнее всего остального, и теперь она по большому счету пренебрегала заботой о дочери.

Добравшись до дома, Катрина сняла пальто и сапоги. Мать тем временем заползла на диван и отключилась там в своем пальто, наглухо застегнутом дочерью до самой шеи. Катрина направилась прямиком в свою комнату. Казалось, ничто не способно было разорвать этот замкнутый круг ее мучений, поэтому ей хотелось просто забыться сном.

Она вспомнила свой седьмой день рождения, когда отец еще был с ними. В тот день Маргарет пригласила Джейн помочь ей украсить дом для вечеринки. Катрина недолюбливала подругу матери уже тогда, хотя видимых причин тому не было. Перебирая в памяти события того дня, девочка увидела себя в кругу одноклассников, задувающую свечи на торте. Отец стоял рядом с матерью и держал ее за руку. Они оба посмотрели на нее и улыбнулись. На самом деле, ей казалось, что они часто улыбались друг другу. Дом всегда был полон улыбок и любящих взглядов.

Когда все попробовали торт, детей начал развлекать клоун. Пока клоун кривлялся и смешил детей, Катрина отлучилась ненадолго. Она незаметно проскользнула наверх, унося с собой милую плюшевую собаку, которую ей подарили родители. Ей хотелось поиграть с ней в своей комнате, подальше от всех остальных.

Проходя мимо родительской спальни, она услышала шепот. Из любопытства Катрина подошла к приоткрытой двери и заглянула внутрь. То, что она увидела, заставило ее ахнуть. Она отошла подальше, надеясь, что ее не услышали.

Джейн стояла у стены, а отец Катрины целовал ее!

– Когда ты собираешься рассказать ей о нас? – услышала Катрина вопрос Джейн.

– Дай мне еще пару месяцев, – ответил отец.

К своему ужасу, Катрина безошибочно определила звук расстегивающейся ширинки. Уронив свою пушистую игрушку на пол, Катрина убежала в полной растерянности и глубоком потрясении. Она мчалась вниз по лестнице, жалея о том, что поднялась по ней.

Уж точно она никогда больше не могла вернуться к той невинной вере в благополучие своих родителей. В этот день она похоронила часть себя.

Мысли Катрины вернулись к дню сегодняшнему, когда ее полуголая мать заявилась в школе.

«Как же я теперь вернусь в школу после такого?» – подумала она.

Катрина сощурила глаза, чувствуя, как сердце наполняется ненавистью и отвращением. *Все это из-за отца.*

Девочка остановила взгляд на прикроватной лампе и застыла без движения. Она пыталась освободиться от разных мыслей и успокоиться настолько, чтобы суметь заснуть. Но воспоминания продолжали вторгаться в ее сознание. Катрина упорно пыталась отбиться от них, неотрывно глядя на лампу. Пока глаза не устали, и лампа не стала размытой.

Внезапно ее тело наполнилось странным ощущением. Казалось, будто оно стало легким, как перышко. Она удивленно наблюдала, как поднимается к потолку. Однако, опустив глаза, Катрина увидела вместо пустой кровати себя, лежащей на ней. Тут же она замерла от испуга и, как только это случилось, девочка почувствовала, что она падает с большой высоты. Она закричала и вдруг снова оказалась в постели. Она быстро встала и выбежала из комнаты, не понимая, что произошло.

Катрине было невыносимо стыдно из-за появления матери в школе, поэтому она на несколько дней осталась дома, симулируя болезнь. Наконец, вернувшись, она узнала, что слухи о пьянстве матери и о ее странном поведении уже разошлись по всей школе.

После этого инцидента с матерью все изменилось в жизни Катрины. Девочки, которые когда-то были ее подругами, теперь подвергали ее остракизму. Другие школьники тыкали в нее пальцами, шушукались за спиной. Катрина чувствовала себя настолько подавлено и одиноко, что начала ненавидеть школу. Оценки ее резко упали. Она чувствовала, будто весь мир опустился ей на плечи. Ее больше ничего не интересовало, девочка перестала участвовать во внеклассных мероприятиях, предпочитая убегать домой и не задерживаться в школе ни на минуту больше положенного.

Рой был единственным школьником, который все еще разговаривал с ней, потому что он любил Катрину и знал, что она талантливая и добросердечная девочка. Ему было непонятно, почему одноклассники были так враждебно к ней настроены.

Прошла зима и началась весна, на деревьях появились маленькие зеленые листочки. Сладкий аромат цветов распространялся по всей школе.

Однажды утром на перемене Катрина стояла на улице недалеко от своего класса, стараясь держаться подальше от одноклассников. Тут подошла Лиза и остановилась примерно в футе от нее, наградив Катрину холодной и злой улыбкой.

Ее глаза сверкали, а крошечные веснушки, казалось, стали более яркими. Видя такую нахальную улыбку, Катрина догадалась, что очередная грубость готова вырваться из уст Лизы.

– Эй, Катрина, а почему бы и тебе не напиться, как твоя мама? Как напьешься, приходи в школу также, как она – почти без одежды.

Катрину ошеломило такое непристойное поведение бывшей подруги, она смотрела на Лизу молча.

– Яблоко от яблони недалеко падает, – продолжала насмехаться Лиза.

–Хватит, Лиза! Довольно уже! – сказала Катрина. Она попыталась уйти, но Лиза последовала за ней, а к ней присоединились и другие одноклассники.

– Знаешь, что говорят о твоей матери? Что она проводит время в кабаках и спит с разными мужчинами.

– Оставь в покое мою мать! – крикнула Катрина, сжимая руку в кулак.

– Говорят, ты скоро пойдешь по ее стопам, – продолжала Лиза, издавая противный смешок. Несколько человек поддержали ее.

Последние слова просто вывели Катрину из себя. Каждый день Лиза издевалась над ней, но чаша терпения переполнилась. Девочка повернулась к Лизе и изо всех сил отвесила ей оплеуху.

– Не трогай мою мать! Меня уже тошнит от твоих шуток! – крикнула Катрина. Потом она обвела взглядом других школьников. Ее сердце стало биться чаще, и она почувствовала, как кровь стучит в голове. Ей хотелось кричать и лупить их всех.

– Почему вы не можете оставить меня в покое? Вы – гнилушки, настолько глупые, что ни на что не способны, кроме как источать яд и сплетничать!

Девочки продолжали смеяться. Катрина подняла с земли камень, ее тело дрожало.

– Убирайтесь отсюда, идиоты!

Девочки убежали, опасаясь удара камнем. Катрина выбросила камень и с ненавистью посмотрела на Лизу, которая все еще стояла неподвижно, потрясенная не только пощечиной, но и неожиданной яростью Катрины. Она никогда не думала, что эта девочка способна не просто ответить, но и ударить кого-то.

Видя, как другие дети глазеют на них, Лиза понимала, что ей нужно что-то сделать, чтобы сохранить свою репутацию. Она никак не могла позволить какой-то серой мышке одержать над ней верх – поэтому Катрину пришлось поставить на место. Она схватила Катрину за волосы, завязанные в конский хвост, и потянула их, надеясь, что девочка упадет в лужу грязи.

– Отпусти мои волосы! – крикнула Катрина, схватившись за руку Лизы.

Но та тянула ее за волосы все сильнее.

– Ааа, больно! – взвизгнула Катрина, морщась от боли. Она схватила Лизу за руки и вонзилась ногтями ей в кожу.

Теперь вскрикнула Лиза. Она выпустила волосы Катрины и толкнула ее в грязь лицом.

– Ну держись, гадина! Сейчас ты получишь! – крикнула Катрина, принимая сидячее положение. Она была полностью вымазана грязью.

Увидев случившееся, девочки начали хохотать. Они окружили Катрину, высмеивая ее и потешаясь ее несчастью. Всякий раз, когда Катрина пыталась подняться, кто-то снова толкал ее в грязь.

Услышав шум и перепалку, учительница Катрины, мисс Сьюзан, вышла из класса. Когда она увидела, что происходит, то сразу же поспешила к толпе девочек.

— Что здесь такое? — спросила она, приблизившись к ним.

Девочки затихли и расступились, и тогда мисс Сьюзан увидела Катрину, сидящую в грязи.

Учительница ахнула от ужаса.

— Катрина, почему ты здесь сидишь? Почему все твое лицо в грязи?

— Меня толкнула в грязь вот эта хулиганка! — закричала Катрина, указывая на Лизу.

— Нет! — промямлила Лиза. — Она споткнулась и упала! Разве не так, девочки?

Лиза окинула всех окружающих злобным взглядом, чтобы никто не посмел опровергнуть ее слова. Все быстро закивали.

— Пожалуйста, никаких обвинений! — строго сказала мисс Сьюзан. — Лиза! Катрина! Идите в класс.

Она помогла Катрине подняться, и они втроем вернулись в класс.

Мисс Сьюзан дала Катрине влажные салфетки и сказала:

— Вытри лицо.

Голос ее звучал строго, но в глазах ее читалось понимание.

Пока Катрина вытиралась, старательно, как только могла, мисс Сьюзан села за свой учительский стол и посмотрела на обеих девочек.

— Что между вами происходит? — спросила она, скрестив руки на груди.

Лиза взглянула на Катрину:

— Она начала драку.

Катрина посмотрела на девочку с ненавистью:

— Она лжет! Я стояла неподалеку от классной комнаты. Лиза высказала несколько оскорбительных шуток о моей матери, и я дала ей пощечину за это.

— Она не только ударила меня, но и расцарапала мне руку, как животное! — Лиза продемонстрировала руку учительнице. На ней было несколько кровавых царапин.

Учительница покачала головой и посмотрела на Катрину:

—Ты не должна применять насилие вообще.

Из глаз Катрины упала пара слезинок.

— Мисс Сьюзан, она это заслужила. Я сыта по горло этим поддразниванием и издевательством. Почему они не могут просто оставить меня в покое?

Мисс Сьюзан перевела взгляд на Лизу. Ошибки быть не могло: она знала правду — ей было известно все об этой ситуации с самого начала.

— Лиза, на этот раз ты зашла слишком далеко. Мне придется позвонить твоим родителям.

Глаза Лизы широко раскрылись:

— Пожалуйста, не звоните им. У меня будут большие неприятности, — взмолилась она.

— Так, девочки, пожмите друг другу руки, — сказала мисс Сьюзан. — Больше никаких драк и издевательств. Если так будет продолжаться, Лиза, то тебя могут исключить из школы.

Лиза протянула руку Катрине. Та заколебалась на несколько секунд, потом протянула свою руку, схватив руку Лизы и сжав ее изо всех сил. Девочка вырвала свою руку и сердито нахмурилась. На глазах ее от боли выступили слезы.

— Катрина, теперь ты можешь пойти умыться и привести себя в порядок. Лиза, идем в кабинет директора, я позвоню твоему отцу.

С этими словами учительница встала и пошла к выходу.

Лиза замерла на мгновенье, а потом вдруг расплакалась.

– Мисс Сьюзан, я умоляю вас! Пожалуйста, не звоните ему! – она схватила учительницу за руку и крепко сжала ее.

Мисс Сьюзан опустила глаза и отстранилась.

– Отпусти мою руку. Ты дралась и с другими девочками, и твой отец должен это знать.

– Ну пожалуйста! Только не ему! Он будет... – Лиза резко замолчала и задрожала всем телом, как испуганный ребенок.

Катрина смотрела на эту сцену с презрением.

Несмотря на просьбу Лизы, учительница продолжала шагать к директору. Лиза последовала за ней, не переставая умолять ее. Ее громкие просьбы о пощаде нарушали дневную тишину школы и заставляли других детей выглядывать из своих классов. Нахмуренные лица и любопытные глаза по всему коридору наблюдали за шествием из двух человек, пытаясь понять, что происходит. Учительница и ученица вошли в кабинет директора, звонок все-таки был сделан.

Некоторое время Катрина стояла у своего опустевшего класса и смотрела в сторону директорского кабинета. Затем, вздохнув, она вошла и устроилась за партой. Она положила голову лицом вниз на скрещенные на столе руки, наслаждаясь тишиной и одиночеством.

Вскоре перерыв закончился, и, когда одноклассники вошли в комнату, уровень шума серьезно возрос. Ребята болтали друг с другом и, похоже, уже не вспоминали об эпизоде с Лизой. Тем не менее, Катрина продолжала слышать рыдания Лизы и видеть ее слезящиеся умоляющие глаза.

«Что же в нее вселилось?» – задумалась Катрина.

Сковавшее ее ранее напряжение внезапно ослабло, и она закрыла глаза. На миг она расслабилась, но вдруг с ней произошло нечто странное и тревожное.

Внезапно Катрину охватило чувство легкости. Она почувствовала, будто плывет. Казалось, что душа покинула ее тело, и она воспарила над партами. Одолеваемая любопытством, Катрина открыла глаза. Увидев себя практически у потолка, девочка вскрикнула от ужаса.

– Помогите мне! Пожалуйста!

Не в силах остановиться, она беспомощно наблюдала, как подплывает к кучке девочек, сидевших за партами рядом с ее физическим «я». Они что-то шептали друг другу, глядя на бездушное тело Катрины.

В следующий миг девочка приземлилась рядом с ними и испытала шок от услышанного.

– Это из-за нее Лиза попала в неприятности, – сказала девочка с китайской внешностью.

– Если бы моя мама пришла в школу в таком состоянии, я бы даже не осмелилась показаться, – сказала высокая брюнетка.

– Моя мама сказала, что мать Катрины – разгульная, и я должна держаться от нее подальше.

– Вы, овцы, прекратите говорить о моей маме! – закричала она. Девочки хихикнули, даже не подозревая о присутствии Катрины, парящей рядом с ними.

Внезапно цвет девочки начал омерзительно меняться. Лицо ее стало серым, а ногти почернели. Она вскрикнула, пролетая над ними; ее глаза стали черными, как ночь.

Но одноклассницы ничего не слышали. Только китайская ученица почувствовала, как ее щеки коснулся ветерок. Она взглянула на неподвижное тело Катрины с серьезным выражением лица.

Вдруг Катрину пронзил электрический шок, и она почувствовала, как ее тянет обратно к ее телу. И вот уже девочка резко подняла голову, встала и побежала в туалетную комнату, не понимая, что с ней случилось.

Проходя мимо стаек детей, она слышала их шепот:

– Она дала пощечину Лизе.

– Уверен, что они еще подерутся.

Глаза Катрины сузились.

«Надеюсь, что они не правы. Может, я и не смогу ее побороть, но я не пойду ко дну так легко. Или не пойду одна».

Войдя в туалетную комнату, она посмотрела на себя в зеркало. Девочка умылась и снова посмотрела на себя.

Это какой-то кошмар?

Ее трясло от всего произошедшего. Но ребята уже достаточно посмеялись над ней, и теперь она пыталась просто не думать о том, что с ней случилось.

Она насухо вытерла свое лицо и вернулась в класс, демонстрируя равнодушие ко всей этой ситуации.

В пору летних каникул Катрину пригласил на день рождения Рой. Она не хотела идти, зная, что все ее мучители соберутся там. Но ей также не хотелось разочаровывать единственного друга.

За день до вечеринки Катрина вместе с мамой отправилась в торговый центр, где они купили три футболки для Роя. Упаковав подарок, Катрина отправилась в гости к Рою.

Она прошла мимо нескольких кирпичных домов, окрашенных в зеленый, синий, желтый и белый цвета. Напротив каждого из них были красивые зеленые лужайки с цветами. Там были и розы, и ромашки, и нарциссы. Перед некоторыми домами стояли автомобили, а также большие мусорные баки. Дом Катрины был ярко-зеленого цвета, вокруг него росли красные и желтые розы.

«Такие симпатичные домики, – думала она про себя. *– Интересно, их жильцы счастливы? Или у них так же*

много проблем, как у меня? Глядя снаружи, никогда не узнаешь, сколько мрака может быть внутри».

Катрина подошла к двери дома, в котором жил Рой, и в этот момент всякий энтузиазм, который она испытывала по поводу вечеринки, покинул ее. Ее рука на какое-то время зависла над дверным звонком, так как девочка никак не решалась позвонить в него. Наконец, Катрина нашла в себе мужество, чтобы позвонить. И тут же развернулась, чтобы уйти.

Как только она сделала первые шаги, Рой открыл дверь. Она вздохнула и, развернувшись назад, улыбнулась ему счастливой улыбкой, подходящей к данному случаю.

– С днем рождения, Рой! – сказала она, снова направившись к дому. И вот она уже вручила ему подарок.

– Спасибо тебе, Катрина. Входи, пожалуйста, – сказал Рой, принимая красивый сверток.

Катрина молча смотрела на него, не двигаясь с места.

– Не знаю, стоит ли мне входить. Может, я лучше вернусь, когда все твои гости разойдутся, – наконец, сказала она.

Рой улыбнулся и взял ее за руку.

– Нет, не будь такой. Ты не можешь постоянно прятаться из-за страха столкнуться с грубиянами. Подними голову повыше и повернись к ним лицом.

Катрина глубоко выдохнула. Рой был дорог ей, и она хотела верить, что также дорога ему. Ее уход мог разрушить их дружбу.

– Хорошо, я встречусь с ними лицом к лицу.

Она последовала за Роем в просторную гостиную, наполненную людьми. Кого-то она знала, а кто-то был ей не знаком. В одном конце комнаты стоял шведский стол, заставленный едой, повсюду были уютно расставлены диваны и кресла. Из стереосистемы гремела музыка.

Катрина подошла к компании одноклассников и поприветствовала их, но никто не потрудился ей ответить. Они продолжали болтать друг с другом, делая вид, что не замечают ее.

Как только она отошла от них, начался шепот.

– Вы знали, что Рой собирается пригласить и ее? – спросила Бриджит, поглядывая на Катрину.

– Нет, я не знала. Если б я знала заранее, то не пришла бы, – ответила Лиза.

– Рой влюблен в нее, – сказала Бриджит со смешком.

– Я не знала! – сказала Таррени.

– А почему, ты думала, он постоянно за нее заступается? – спросила Бриджит.

Когда Катрина услышала то, о чем они шепчутся, ее сердце учащенно забилось от гнева. Она тут же решила, что просто уйдет, и уже готова была уйти, но к ней подошел Рой.

Увидев ее опечаленное лицо, он спросил:

– Что случилось?

– Эти девочки говорят обо мне. Но я ведь ничего не сделала. Почему они не могут просто оставить меня в покое?

– Ты умная, красивая, а они не выносят этого. Просто не обращай внимания на подобных жалких людей.

Его лицо осветила улыбка, и музыка сменилась с быстрой на медленную.

– Давай потанцуем, – сказал он, усмехнувшись.

– Хм, я не знаю, – глаза Катрины устремились на стайку девочек, стоящих в нескольких футах от нее.

– Не обращай на них внимания, – сказал ей Рой. – Я пригласил тебя и хочу, чтобы ты хорошо провела время.

Он обнял Катрину за талию, и они начали танцевать. Естественно, шепот усилился.

–Теперь он танцует с ней. И что он только в ней нашел? – спросила Надя.

– Спроси его! – смеясь ответила Лиза.

Что-то в тоне ее голоса было такое, что заставило ее друзей посмотреть на нее с тревогой.

– Лиза, что с тобой случилось? – спросила Силье. – Я думала, вы с Катриной были подругами.

Лиза взглянула на Силье и приподняла одну бровь:

– Занимайся своими делами!

Видя, как девочки перешептываются, Катрина чувствовала себя неловко. Она знала, что они говорят о ней, но при виде доброго и улыбающегося лица Роя у Катрины получалось не обращать на них внимания какое-то время.

Когда музыка перестала играть, одна из девочек поднесла им стакан фруктового пунша. Катрина выпила его, но после этого она ощутила во рту странный привкус. Она сердито взглянула на свой стакан.

– Что случилось? – спросил Рой, слегка приподнимая брови.

– Что-то не так с соком, – Катрина провела языком по слизистой поверхности рта, сделав озадаченное выражение лица.

Рой посмотрел на стакан Катрины:

– Что ты имеешь в виду?

– Вкус какой-то необычный... – она заморгала, чувствуя легкое головокружение. – Рой, ничего, если я сяду на диван?

– Конечно, Катрина, иди, – он смотрел, как девочка уходит. В его глазах застыло беспокойство.

Катрина уселась на черный кожаный диван. Звуки вокруг становились размытыми, они сливались в одну какофонию. Она прищурилась, пытаясь сосредоточить внимание на том, что происходит вокруг. Чтобы не заснуть, она глазела по сторонам. Так Катрина заметила, что гостиная Роя была просторна и оформлена со вкусом. Ее украшали картины с природой и лодками.

Девочки болтали с мальчиками, а Лиза смотрела на Катрину. Она наклонилась к Мартину и что-то прошептала ему на ухо. Катрина потянулась поближе к ним, чтобы услышать, но громкая музыка заглушала шепот Лизы. Примерно через двадцать минут Катрина, наконец, проиграла битву с подавляющей ее сонливостью. Глаза девочки начали закрываться, и ей не удавалось противодействовать этому. И вот Катрина уже не смогла подавить зевок.

– Почему мне так хочется спать? – задумалась она. Девочка легла на диван и вскоре уснула.

Она летела по воздуху, словно птица. Парила высоко над землей, пытаясь коснуться облаков.

– Ого! Я могу летать! Это же так здорово! – крикнула девочка. Она расправила руки, как крылья.

Катрина посмотрела вниз и заметила маленькие тени домов. Они выглядели такими крошечными отсюда. Ветер сдувал ее длинные волосы с лица.

Внезапно и совсем неожиданно она начала стремительно падать на Землю.

– Что происходит? Почему я падаю? – закричала она. Катрина закрыла глаза, ужасаясь от мысли, что вот-вот упадет и разобьется насмерть.

Катрина проснулась от звука хохота. Она открыла глаза и увидела, что одноклассники столпились вокруг нее и, жуя, показывают на нее пальцем. Девочка все еще была настолько сонной, что не могла понять происходящего.

Она слышала, как девочки говорили: «Такая же, как ее мать!»

Лиза фотографировала ее.

Катрина резко вскочила и взбешенно закричала:

– Что случилось? Почему вы все стоите тут возле меня?

Внезапно она почувствовала, что что-то не так. Она опустила глаза и ахнула от потрясения и удивления.

Они сняли с нее всю одежду, оставив только нижнее белье, и надели на нее пальто!

Катрина растолкала девочек и выбежала на улицу. Униженная, она умчалась домой в слезах. Там она прошла прямиком в спальню и бросилась на кровать.

Долгое время она провела просто заливаясь слезами или безучастно глядя в потолок. Все это время ее мобильный телефон звонил без остановки.

Наконец, она взглянула на него и увидела номер Роя. Она приставила телефон к уху.

– Да, Рой, – в голосе девочки звучал свинец, который сковал ее сердце.

– Катрина, как ты? – спросил мальчик.

Она не ответила.

– Мне так жаль. Я пытался остановить их, но они не слушали.

– Завтра вся школа увидит мои фотографии, – вздохнула Катрина. – Я так устала, Рой.

Тут девочку посетила новая мысль, которая, казалось бы, должна напугать ее, но вместо этого Катрина встретила эту идею как дорогого друга.

– Я думаю, что не хочу больше жить.

Когда Рой услышал эти слова, сердце его застыло в груди. Он боялся, что она сделает какую-нибудь глупость.

– Я позвоню твоей маме, – ответил он торопливо и напряженно. – Просто не делай глупостей. Дождись ее.

– Ладно, – сказала она, положив трубку.

Однако ждать свою мать Катрина не собиралась. Она так устала от издевательств, что твердо решила положить этому конец.

Она вытащила из стола кусок бумаги и ручку и начала писать письмо матери. Слезы маленькими жемчужинками капали на бумагу, оставляя мокрые следы.

Дорогая мамочка!

Я не рассказывала тебе, что происходит в школе, но, думаю, ты и так должна знать. После твоего появления в школе в полуголом виде надо мной стали издеваться не только мои одноклассники, но и вся школа. Они перестали со мной разговаривать и дразнят меня практически каждый день. Те, кто были раньше друзьями, стали насмешниками. Я чувствовала себя настолько одинокой и униженной, что начала просто ненавидеть посещение школы.

Сегодня на дне рождения одна из моих одноклассниц дала мне снотворное. Когда я заснула, ребята сняли с меня одежду, пытаясь выставить все так, будто я подражаю тебе, и опозорить меня. Я понятия не имею, почему люди так жестоки, но я больше не могу это выносить. Я люблю тебя и ни в чем тебя не виню. Пожалуйста, скажи Рою, что это не его вина.

Написав письмо, Катрина поместила его в конверт и положила на кровать. Она пошла в комнату мамы, достала ее таблетки из флакона у кровати и разом проглотила их. Затем она легла на кровать, начала плакать и ждать, когда смерть одержит победу и заберет ее.

Через некоторое время у нее заболел живот и все поплыло перед глазами.

Катрина держалась за живот, ее рвало, она начала кашлять. Попытавшись встать, девочка снова упала на кровать, чувствуя себя совершенно без сил. Она лежала на левом боку с открытым ртом, подогнув колени к животу. Белая жидкость капала из ее рта, а тело неудержимо дрожало.

После звонка Роя Маргарет поспешила домой. Она взбежала вверх по лестнице, выкрикивая имя дочери. Не найдя Катрину в ее спальне, женщина забежала в свою собственную.

Тяжелый вздох вырвался у нее из груди, когда женщина увидела Катрину, лежащую на кровати. Маргарет заметила рядом с ней флакон с таблетками и бросилась к дочери.

– Катрина, ты приняла мои таблетки?

Катрина не ответила, а просто пристально смотрела на мать. Маргарет подняла флакон и увидела, что он пуст.

– Ты выпила все, что было?

Катрина слабо кивнула. Маргарет схватилась за голову, потрясенная случившимся.

– Почему ты это сделала? За что ты наказываешь меня? – спрашивала мать сквозь рыдания.

Когда она поспешно доставала телефон и набирала номер 911, рука ее дрожала.

Как только оператор ответил, Маргарет выпалила:

– Меня зовут Маргарет Уилсон. Я живу на Квинс Авеню, 3. Моя дочь приняла мои таблетки и сейчас без сознания!

– Что именно она приняла?

– Хальцион[12], – сказала Маргарет.

---

[12] Снотворное

– Как много таблеток она выпила? – поинтересовался оператор.

– Около двадцати. Пожалуйста, поторопитесь! Она сейчас умрет! – умоляла Маргарет.

– У вас есть активированный уголь?

– Есть, – ответила она.

– Растворите его в воде и попробуйте дать ей, я останусь на линии.

Маргарет отложила телефонную трубку и бросилась за углем. Она открыла свой маленький шкафчик в ванной и стала искать активированный уголь, выбрасывая все остальные лекарства в раковину. Обнаружив искомое, женщина налила воды в одноразовый стаканчик и высыпала туда уголь.

Потом она подошла к Катрине и потрясла ее за плечи, но Катрина не откликалась. Маргарет нервно терла лицо и ходила по комнате из стороны в сторону.

– Господи, она не встает. Что мне делать?

Она взяла трубку и закричала:

– Она не реагирует! Я не могу дать ей уголь!

– Попробуйте побить ее по щекам. Она может проснуться, – сообщил оператор.

Маргарет несколько раз ударила дочь, а затем снова потрясла ее.

– Очнись, милая моя! – закричала она в панике.

Катрина открыла глаза, но она была далека от того, чтобы прийти в себя. Девочка рассеянно смотрела вдаль. Маргарет заставила ее сесть и поднесла стакан ко рту.

– Детка, выпей, пожалуйста, – взмолилась она. Ее глаза наполнились слезами.

Катрина медленно выпила воду, а затем снова отключилась. Маргарет взяла трубку.

– Скорая помощь уже едет? Пожалуйста, поторопитесь. Я теряю ее!

— Скорая приедет через двадцать минут.

— Что? Нет, я не могу так долго ждать! Она должна быть в больнице как можно скорее!

Маргарет повесила трубку и посмотрела на безжизненное тело дочери.

— Зачем, Катрина? Зачем?

После этого она вспомнила то, что заметила в комнате Катрины — письмо.

«Может, в нем есть какая-то подсказка».

Она бросилась в комнату дочери, взяла письмо и положила его в карман. Потом поспешила обратно к Катрине, чтобы дать ей еще одну пощечину.

— Пожалуйста, помоги мне доставить тебя в больницу! Я не смогу поднять тебя!

Катрина снова открыла глаза и отстраненно посмотрела на мать. Маргарет помогла ей подняться. Слегка покачиваясь из стороны в сторону, Катрина встала на мгновенье. Потом, совершая медленные и маленькие шажочки, они спустились по лестнице и вышли к машине.

Маргарет усадила дочь внутрь, а потом поспешно села на водительское сидение. Стирая резину, она рванула с подъездной дорожки и помчалась в сторону госпиталя. По дороге Катрина снова отключилась, что подтолкнуло Маргарет увеличить скорость.

Подъехав к больнице, Маргарет вбежала внутрь и закричала:

— Кто-нибудь, пожалуйста, помогите мне! Моя дочь умирает! Пожалуйста, помогите мне вытащить ее из машины!

— Что случилось с вашей дочерью? — спросила медсестра, выбежав из-за стойки.

— Она выпила мое снотворное, — сказала Маргарет нервно.

Сотрудники подбежали к двери, а медсестра достала рацию:

– У нас чрезвычайная ситуация. У молодой пациентки передозировка снотворными таблетками. Пожалуйста, пришлите носилки.

Почти сразу же к ним подоспел крупный медбрат, толкая носилки перед собой.

Увидев его, Маргарет подбежала к мужчине:

– Пожалуйста, следуйте за мной! Моя дочь все еще в машине.

Она выбежала на улицу вслед за медбратом. Маргарет открыла пассажирскую дверцу автомобиля. Медбрат наклонился и вытащил Катрину. Он поднял ее на руки и положил на носилки.

Катрину отвезли в травмпункт, где медсестры вставили ей в живот трубку, подсоединенную к аппарату, и включили его. С помощью трубки у девочки откачали содержимое желудка, после чего ей поставили систему с лекарством.

Когда состояние девочки стабилизировалось, ее перевели в палату интенсивной терапии. Медсестра проверила вентилятор, прикрепленный ко рту Катрины, который снабжал ее кислородом. Затем она вставила в вену девочки полую иглу, прикрепленную к внутривенной трубке, и приклеила ее к руке. Это было сделано для того, чтобы обеспечить организм Катрины питанием и водой.

Подвесив на стойку пакет с внутривенным раствором, медсестра вышла из палаты.

Маргарет села на стул и достала письмо, которое она нашла на кровати Катрины. Во время чтения, руки женщины дрожали, и слезы текли из глаз, увлажняя письмо.

«Это я во всем виновата. Если бы я не пила так много, то заметила бы изменения в поведении дочери и узнала бы обо всех этих издевательствах».

Она уронила письмо на пол и нежно погладила руку дочери.

– Пожалуйста, прости меня, Катрина. Этот развод так сильно повлиял на меня, что я обо всем позабыла и не уделяла внимания тебе, – тихо сказала Маргарет.

Она достала из сумки распятие и, опираясь на кровать, опустилась на колени. Женщина сложила руки в молитве.

«Господи, Иисусе Христе, прошу тебя, не забирай у меня моего ребенка. Я была плохой матерью, но я изменюсь. Пожалуйста, дай мне второй шанс».

Затем она вложила распятие в руку Катрины и сомкнула ее пальцы вокруг него. Слезы катились по ее лицу, когда она смотрела на дочь. Маргарет все бы отдала, чтобы увидеть, как ее ребенок выходит из комы.

«Почему она не пришла ко мне вместо того, чтобы совершить самоубийство? Вместе мы могли бы решить проблему».

Маргарет вздохнула. Она подняла руку дочери и нежно поцеловала ее. Она хорошо знала, во что верит, и это беспокоило ее.

«Если она умрет, ее душа будет страдать в аду за самоубийство».

Она покачала головой.

«Нет. Только не моя дочь! Она хорошая девочка, которая попала в трудную ситуацию. Конечно же, Бог увидит это. Он не заберет ее у меня».

Доктор Рональд Дэвис вошел в палату и подошел к кровати Катрины.

– Добрый вечер, мисс Уилсон, – сказал он.

Маргарет подняла голову и устало посмотрела на него. Ее глаза были опухшими и красными, а тушь потекла по щекам.

– Добрый вечер, доктор, – ответила она, но по лицу ее было видно, что для нее этот вечер добрым не был.

– Вы выглядите усталой. Пожалуйста, идите домой.

– Я должна быть здесь, когда мой ребенок проснется. Вы можете сказать, почему она все еще в коме? – спросила Маргарет.

– Сейчас у нее состояние токсико-метаболической энцефалопатии, вызванной органной недостаточностью. Ее почки были поражены, и их функциональность еще не полностью восстановлена, – пояснил врач.

Маргарет взглянула на дочь.

– Она поправится? – спросила женщина, поглаживая руку дочери.

Доктор посмотрел на кардиомонитор:

– Мы не знаем, время покажет, – ответил он.

Мужчина склонился над Катриной и приподнял ее веки, чтобы осмотреть зрачки и сетчатку.

Внезапно линии на кардиомониторе начали быстро двигаться. Тело Катрины затряслось, а ее пальцы задвигались вверх-вниз. В следующий миг тело девочки поднялось на десять дюймов над кроватью, а затем снова упало.

– Доктор, что происходит? – кричала Маргарет.

– Я не знаю! – сказал врач с тревогой в голосе. Он взялся за плечи Катрины, пытаясь удержать ее на кровати.

Катрина несколько раз открывала и закрывала глаза. Дверь в палату открылась, а потом захлопнулась сама по себе.

Глаза доктора устремились на дверь. На его лице была едва сдерживаемая паника.

Маргарет, вытаращив глаза, шагнула назад.

– Она выходит из комы? – спросила женщина. Голос ее становился все выше, потому что внутри нее так же росла паника.

Катрина теперь дрожала так сильно, что казалось, будто она вот-вот упадет с кровати.

– Маргарет, нажмите красную кнопку на стене! – скомандовал доктор. Его лицо блестело от пота, выступившего от старания удержать пациента.

Катрина почувствовала, что уплывает. Она посмотрела вниз и увидела свое тело, лежащее на кровати. В следующую секунду она перевела взгляд на медсестру, ворвавшуюся в палату. Она пыталась выдворить Маргарет насильно. Катрина посмотрела на мать, которую упорно выталкивала медсестра.

– Что происходит? – закричала Маргарет. – Пожалуйста, сделайте что-нибудь!

Она вырвалась из рук медсестры и бросилась к дочери, но та поймала ее и вытеснила наружу.

– Успокойтесь и не мешайте нам делать нашу работу, – сказала она.

«Что происходит? – не понимала Катрина, пролетая по палате. – Я мертва? Как я вообще оказалась в больнице?»

Тут она вспомнила день рождения и злую выходку одноклассников. Катрина буквально услышала их смех и увидела лица. Как только она о них подумала, сердце ее наполнилось яростью. Глаза юной девушки зажглись красными огоньками. Как только она вспомнила, как Лиза фотографировала ее, вокруг головы Катрины образовалось темное облако, ее пальцы стали длинными и кривыми, ногти почернели и превратились в когти.

— Эта дрянь заплатит за все! — сказала Катрина и громко рассмеялась. От ее гогота задрожали стены больницы.

Медсестра потрясенно обернулась, пытаясь выяснить, откуда донесся этот дикий смех.

Она посмотрела на доктора, но тот был слишком занят пациенткой, чтобы заметить что-то еще.

— Вы это слышали? — спросила она врача.

— Что? Нет. Вы мне здесь нужны! Пациентку нужно удерживать! Помогите!

Катрина вылетела из палаты, а потом и из больницы, думая о Лизе. Она пробиралась сквозь темное небо, а в это время волосы ее росли и становились седыми. Взгляд девочки изменился; теперь ее несомненно никто не узнает. Даже ее больничный наряд изменился и превратился в длинную черную мантию.

Она влетела в спальню Лизы и увидела ее спящей в своей кровати. Приземлившись, Катрина оглядела все вокруг с презрительной усмешкой.

В спальне Лизы стоял белый туалетный столик с мягкими игрушками. На окне весели белые занавески с розовыми цветами.

Катрина заметила, что на изголовье кровати были царапины.

«*Странно*, — подумала она про себя, пожав плечами. — *Получается, Мисс Совершенство любит поцарапать краску на своей кровати*».

Она придвинулась ближе к Лизе и с ненавистью посмотрела на нее. Глаза Катрины сияли, как два живых горящих уголька. Ее волосы скрывали лицо, оставляя видимыми только глаза.

Катрина наклонилась над Лизой, сдвинула светлые волосы, обнажив ее ухо и прошептала:

— Вставай, дрянь!

Лиза повернулась на бок и сонно пробормотала:

– Отстань.

Словно живые существа, волосы Катрины внезапно обернулись вокруг тела Лизы. С их помощью Катрина подняла Лизу, а затем бросила обратно на кровать.

– Лиза, вставай!

Мебель в комнате задрожала. Лиза с визгом вскочила с кровати. Она осмотрелась диким взглядом, пытаясь найти владельца этого странного голоса. Дрожа, она попятилась в угол комнаты и присела там, с обезумевшим выражением лица.

– Кто здесь? – твердо спросила она, но голос ее дрожал.

Катрина засмеялась – это был отвратительный хохот, который заставил Лизу спрятаться под кровать. Хныча, Лиза закрыла глаза и уши, пытаясь заглушить странный смех.

– Лиза, настал час расплаты!

– Пожалуйста, оставьте меня, – прошептала Лиза.

Катрина нагнулась и заглянула под кровать. Ее волосы расправились и, словно змеи, поползли к испуганной девочке-подростку.

Увидев злые красные глаза Катрины, окруженные волосами, Лиза вытаращила глаза, отпрянула назад и закричала.

– Мама, помоги мне! – она выбралась из укрытия, пытаясь сбежать. Волосы Катрины снова обхватили Лизу за талию и подкинули в воздух.

– Мама, пожалуйста, помоги мне! – крикнула Лиза, пытаясь схватиться за открытую дверь.

– Тебе никто не поможет! – рассмеялась Катрина и бросила ее на пол.

Лиза вскрикнула от боли. Она перевернулась и быстро поползла к двери. Но только она начала переступать порог, как дверь захлопнулась сама собой.

Услышав звук захлопнувшейся двери, родители Лизы побежали наверх. Лиза пыталась открыть дверь, но ей не удавалось это сделать.

– Пожалуйста, откройте дверь! – кричала она сквозь щелку.

Катрина притянула ее к кровати своим хвостом. Лиза закричала еще громче, на лице ее застыла маска страха.

В это время родители Лизы подбежали к двери и попытались открыть ее.

– Лиза, открой дверь! Что происходит? – крикнул ее отчим.

– Пожалуйста, помогите мне! В комнате кто-то есть, но я не вижу!

Ее отчим пнул дверь, и она с треском открылась. В этот миг Катрина исчезла, оставив Лизу в глубоком потрясении.

Отчим подошел к Лизе и дотронулся до ее плеча.

– Что случилось? – спросил он.

Лиза отодвинулась от него.

– Не трогай меня, – сказала она. Взгляд ее, казалось, мог расплавить стекло.

Она села на кровать и заплакала.

Родители Лизы не дали плану Катрины осуществиться. Она мчалась по небу и громко кричала. За ней следовала огромная стая черных птиц. Они летели с ней повсюду, пока она вымещала свой гнев в небесах.

Тем не менее, проделки Катрины возымели успех, хотя она этого и не знала. На следующее утро Лиза проснулась с сильной головной болью и синяками по всему телу. События прошлой ночи испугали ее до невозможности. Фактически весь остаток ночи она провела свернувшись калачиком на диване на первом этаже. Еще до того, как ее родители проснулись, она позвонила своему парню и попросила отвезти ее в школу.

Катрина вернулась в больницу рано утром и встала рядом со своим неподвижным телом. Она заметила, что мать ее разговаривает с высоким мужчиной. Катрина пристально посмотрела на него – она была уверена, что раньше никогда его не видела.

– Джейк, я чувствую себя такой виноватой за то, что даже не знала, что происходит в жизни моей дочери, – говорила мама. – Эти хулиганы подтолкнули ее к самоубийству.

Маргарет заплакала, и Джейк обнял ее.

– Не плачь, с ней все будет в порядке.

– Что, если она не вернется? – спросила Маргарет, хлюпая носом.

– Доверься Богу, – взмолился Джейк. Он крепко обнял ее, и она уткнулась лицом ему в грудь.

Увидев мать плачущей, Катрина растаяла. Сердце ее смягчилось, и лицо вернуло свой нормальный цвет.

– Мама, я же здесь. Не плачь. Это не твоя вина, – сказала она.

Но никто не услышал ее.

– Когда она родилась, она была такой крошечной, что я боялась потерять ее. А теперь она бросает меня.

Рыдания Маргарет становились все громче. Джейк нежно гладил ее по спине.

– Мама, почему ты не видишь меня? Я здесь! – отчаянно воскликнула Катрина. Она потянулась, чтобы прикоснуться к маме, но ее рука прошла сквозь плечо Маргарет.

– Милая, будь сильной, пожалуйста. Ради своей дочери, – увещевал Джейк.

Маргарет отстранилась от Джейка и прошла прямо через Катрину. Она села рядом с кроватью дочери и взяла ее руку, уткнувшись в нее лицом.

– Детка, пожалуйста, вернись ко мне, – умоляла она.

Катрина в отчаянии сжала кулаки и крикнула:

– Мама, я здесь! Почему ты не видишь меня? – она подбежала и попыталась взять маму за руку,
но снова прошла сквозь нее.

Катрина разозлилась. Она подошла к двери потянулась к ручке. Каким-то образом (непонятно каким) ей удалось ухватиться за нее. Она открыла дверь, а потом захлопнула ее.

Этот шум испугал Маргарет и Джейка. Они посмотрели в сторону двери, потом осмотрели комнату, но никого не видели.

– Думаю, кондиционер сработал, – размышлял Джейк.

Катрина опустилась на пол рядом с кроватью и расплакалась.

«Я хочу вернуться в свое тело!»

Пока она плакала, ее внешность снова поменялась, и она стала похожа на себя. Ее длинные черные волосы стали короче, а руки снова выглядели нормально.

Когда она прошла через эти изменения, ее физическая оболочка также поменялась. Катрину несколько раз то втягивало в тело, то выталкивало из него какой-то невидимой силой.

Внезапно послышался стук закрывающейся двери. Катрина подняла глаза и опешила, увидев Лизу и ее парня. Они подошли к матери Катрины, на лице Лизы была идеальная маска сочувствия.

Катрина сжала руки в кулаки: «Что эта дрянь здесь делает?» – зарычала она про себя.

– Мисс Уилсон, я – Лиза, одноклассница Катрины. Мне очень жаль, что все так случилось. Я бы хотела помочь ей, но меня не было на вечеринке, и я не знаю, что там произошло, – сказала Лиза, изображая грусть.

– Спасибо, Лиза, – сказала Маргарет, сдерживая рыдания. – Я проведу расследование и выясню, что именно случилось на дне рождения.

Глаза ее сузились в щелочки.

– Эта дрянь фоткала меня. Она лжет, даже глазом не моргнув! – крикнула Катрина, надеясь, что мать услышит ее. Однако ее крики превратились в легкий ветерок, обдувающий лицо матери.

– Если вам что-нибудь понадобится, звоните моей маме, – сказала Лиза, слегка улыбнувшись.

Она взглянула на тело Катрины в постели, а потом сочувствующе посмотрела на Маргарет.

– Если не возражаете, я подойду, чтобы увидеть ее?

– Нет, вовсе нет.

Маргарет улыбнулась и отошла к Джейку, чтобы дать возможность Лизе побыть наедине с Катриной.

Лиза подошла к телу одноклассницы и наклонилась над ним:

– Эй, ты! Когда очнешься, помалкивай, что я тебя фоткала, – прошептала она.

Ее слова взбесили Катрину, и она закричала так громко, как только могла. В то же время лицо ее снова стало черным. Ногти на руках опять удлинились и черные волосы расползлись прямо на ее глазах.

Внезапно снаружи раздался сильный порыв ветра, распахнувший окна больничной палаты. Черные птицы появились перед окном. Их крылья шуршали, когда они бились о москитные сетки, пытаясь ворваться внутрь. Одна из птиц прорвалась, влетела на фут или около того в комнату и упала замертво на пол.

В этот миг Лиза на долю секунды смогла увидеть своего ночного гостя. Катрина появилась перед ее глазами, а затем исчезла. У Лизы по коже побежали мурашки, и она задрожала. Ей вспомнилась каждая деталь ее ночного кошмара.

– Дрянь! Убирайся из больницы! – закричала Катрина так, что задрожали окна и стекла в них потрескались. Лиза вздрогнула от страха и с диким видом уставилась на черных птиц. Она отошла от кровати Катрины, содрогаясь от леденящего душу присутствия ее невидимого мучителя.

– Мне... пора в школу, – сказала она и убежала, и следом за ней ее бойфренд.

Наконец, он догнал ее на пути к машине.

– Лиза! Да остановись же! Что случилось? – спросил он.

– Ничего. Просто не хочу опоздать в школу.

Она быстро открыла дверцу машины и села. Ее парень поспешил закрыть за ней дверцу, но она опередила его и хлопнула так резко, что чуть не прищемила ему пальцы.

– Ричард, просто садись и веди эту гребаную машину! – закричала она.

– Лиза, успокойся, – взмолился молодой человек, усаживаясь на свое место. – Ты все утро ведешь себя странно.

Он взглянул на нее и, увидев смесь ужаса и гнева на ее лице, замолчал и завел машину. Лиза сидела рядом с ним, заламывая руки.

Как только они свернули за угол, Лиза ужаснулась, увидев женщину, стоявшую посреди дороги. Она завизжала, показывая на нее пальцем. Лицо девушки исказил страх.

Волосы Катрины растеклись по дороге прямо к машине. Над ее головой собрались темные тучи, при виде которых сердце Лизы забилось. По всему телу ее побежали мурашки, а кровь, казалось, застыла в венах.

Катрина смеялась, а черные птицы летели, безумно хлопая крыльями, к ветровому стеклу и разбивались об него.

— Ричард, берегись! Там... призрак или... ведьма посреди дороги! — воскликнула Лиза.

Ричард лишь недоверчиво посмотрел на нее и продолжал ехать прямо. Лиза закрыла лицо руками и начала кричать.

— Птицы хотят разбить лобовое стекло и напасть на нас!

Лиза снова взглянула на дорогу и испугалась еще больше, увидев, что машина приблизилась к Катрине.

— Ричард! Поставь Машину на задний ход! Пожалуйста! — закричала Лиза, закрывая лицо руками.

— На дороге никого нет. Я не знаю, что на тебя нашло сегодня, — раздраженно сказал Ричард, качая головой.

Лиза открыла глаза как раз вовремя, чтобы увидеть, как машина проходит сквозь призрак женщины. Она уставилась на лицо Катрины, вдруг узнав в нем своего ночного гостя.

— Это... она... — прошептала Лиза.

Волна страха прокатилась по ее телу, заставляя дрожать. Она не могла пошевелить ни одним мускулом, ее язык отяжелел. Взгляд Лизы, казалось, против ее воли, переместился на зеркало заднего вида.

Катрина была на заднем сиденье! Только это была не та Катрина, которую Лиза знала еще вчера. Взгляд девушки устремился на черные, светящиеся глаза Катрины.

— Ричард, она здесь! — произнесла она тихим шепотом.

Ричард оглянулся, ничего не увидев.

– Лиза, ты в последнее время смотришь много фильмов ужасов. Может быть, там было что-то с призраками и птицами? Ты действительно странно себя ведешь.

По телу девушки растекалось онемение. Вдруг она почувствовала щекотание на шее.

Волосы Катрины обвились вокруг лица и горла Лизы, заставляя ее кашлять. Лицо девушки стало практически фиолетовым.

Лиза закричала от ужаса, пытаясь освободиться, и подалась вперед.

– Ричард, помоги мне, пожалуйста!

Ричард тревожно смотрел на нее.

– Лиза, что происходит?

– Пожалуйста, отвяжи ее волосы от моей шеи! – выдохнула Лиза. Ее глаза наполнились слезами.

– Какие волосы? – спросил он, совершенно сбитый с толку.

Лиза слабела, и в конце концов совсем отключилась. Увидев ее без сознания, Катрина холодно усмехнулась и исчезла. Удовлетворенная до поры до времени, она оставила их в покое и вернулась в больницу.

Ричард остановил машину, быстро обошел ее и открыл переднюю дверцу со стороны пассажирского сидения.

– Очнись! Что здесь происходит? – он потряс Лизу.

Девушка открыла глаза и медленно села. Она огляделась совершенно безумными глазами и откинулась на спинку сиденья.

– Пожалуйста, отвези меня домой, – прошептала она, дрожа. – Я не очень хорошо себя чувствую.

Ричард отвез Лизу домой и ушел. Она легла на кровать, безучастно глядя в потолок. Ее взгляд переместился к царапинам на изголовье кровати.

– Почему я? – спрашивала она себя и плакала. – Чего она хочет от меня?

Лиза немного поворочалась в кровати, а потом, измученная, уснула.

Пока она спала, в спальню, шатаясь, вошел ее отчим. Он пил большую часть дня и сейчас дошел до той кондиции, когда ему хотелось, чтобы падчерица присоединилась к его так называемым развлечениям.

Он встал рядом с кроватью Лизы и начал блуждать глазами по ее телу. Взгляд остановился на ногах Лизы. Он положил руку ей на ногу и начал ласкать. Лиза повернулась на правый бок и попыталась отогнать его.

– Нет! Отстань от меня!

Она быстро вскочила и побежала прочь, испытывая отвращение. Она ненавидела его всем сердцем и желала его смерти.

– Ложись на кровать! – скомандовал отчим.

Лиза посмотрела на его морщинистое лицо и впалые красные глаза. Ее собственные глаза сузились до тоненьких щелочек.

– Пожалуйста, оставь меня! – сказала она дрожащим голосом.

В ответ он снял ремень со штанов и ударил ее.

– Заткнись! – зарычал мужчина и ударил девочку еще сильнее.

Вернувшись в больницу, Катрина встала у окна, не в силах сосредоточить взгляд на чем-либо и пребывая в глубоком отчаянии. Вдруг перед ней возникло видение. Лиза лежит на кровати, придавленная кем-то, кто ласкает ее ремнем. Она четко услышала, как Лиза просит о помощи.

Катрина физически почувствовала боль Лизы, это заставило ее сорваться с места. Она вылетела в окно в сопровождении черных птиц.

Вскоре она оказалась рядом с кроватью Лизы и ужаснулась: ее избивал человек, в котором Катрина узнала ее отчима. Она вдруг вспомнила сцену в школе, и все ее вопросы о Лизе получили свои ответы. Она забыла весь свой гнев и поспешила помочь девочке. Птицы кричали и бились в окна снаружи, Катрина схватила мужчину

за рубашку и подняла его в воздух, а затем бросила на землю. Отчим упал на спину, ударившись головой.

Лиза вскочила с кровати и забилась в угол, как можно дальше от Катрины. Все это время она не сводила глаз с призрака.

– Зачем ты преследуешь меня? – спросила она, так и не узнав Катрину. Лицо Лизы было исцарапано, а одежда в полном беспорядке.

Сердце Катрины смягчилось, когда она увидела домашнюю обстановку бывшей подруги.

– Лиза, ты превратила мою жизнь в ад.

– Мы никогда не встречались. Ты принимаешь меня за кого-то другого, –сказала дрожащая Лиза.

Лицо Катрины вернуло прежний цвет. Когти ее исчезли, а длинные волосы укоротились. Во время трансформации Лиза смотрела на улицу. Птицы, которые бросались в окно, исчезли, оставив только трещины в стеклах. Когда она перевела взгляд, то тут же узнала Катрину и упала в обморок.

Катрина подняла ее и положила на кровать. Затем она слегка встряхнула Лизу за плечи, и та открыла глаза. Она съежилась, когда увидела лицо Катрины так близко к своему лицу. Это было то же лицо, которое она видела у девочки, лежащей без сознания на больничной койке. Теперь оно было всего в нескольких дюймах от нее.

– Пожалуйста, не трогай меня! – закричала она, вдавливаясь все глубже в матрас.

– Не бойся, я не трону тебя, – пообещала Катрина.

Она отодвинулась. Лиза села и, не моргая, стала смотреть на одноклассницу.

– Я не могу понять. Я же видела тебя в больнице, как ты можешь быть здесь?

– Моя душа покинула тело, – заявила Катрина.

– Я искренне сожалею обо всех обидных словах, которые сказала тебе, – Лиза слабо улыбнулась, как бы извиняясь. – Я думаю, я была просто рассержена и расстроена поведением своего отчима. И мне хотелось выместить это на ком-то и...

Лиза расплакалась, и Катрина взяла ее за руку.

– Он бил меня ремнем и насиловал. Я просто чувствовала такую злость и стыд, что, делая несчастной чужую жизнь, я чувствовала себя сильнее.

Катрина покачала головой.

– Вместо того, чтобы делать мою жизнь несчастной, ты просто могла бы поговорить обо всем этом с тем, кому ты можешь доверять. Я уверена, что тебе бы помогли.

Чувствуя вину, Лиза не решалась посмотреть на Катрину.

– Я знаю, что была не права, и мне очень и очень жаль.

Снизу послышался стон, когда отчим Лизы попытался встать. Лиза вздрогнула и тут же прижалась к Катрине.

– О, нет! Он проснулся, – прошептала она.

Катрина подошла к мужчине и ударила его головой об пол. Молча она простояла мгновенье, глядя на его безвольное тело.

– Как давно он издевается над тобой? – спросила она.

— Шесть лет, — ответила Лиза. Потом она не выдержала и всхлипнула.

Катрина села рядом с ней. Она обняла Лизу, удивляясь сама себе, что способна на это. Катрина ожидала, что ее рука пройдет прямо сквозь нее, как это было в больнице, но на сей раз случилось иначе.

— Не плачь. Я больше никому не позволю причинить тебе боль, — успокаивающим голосом сказала Катрина. — Но почему ты никому не рассказала об этом?

— Я сказала маме, но она мне не поверила, — шмыгая ответила Лиза.

— А где твоя мама? — спросила Катрина.

— Сегодня она работает в ночную смену.

— Тебе нужно позвонить в полицию и сообщить об этом, — сказала Катрина, держа Лизу за руку.

Лиза встала, слегка пошатываясь. Она взяла трубку и сделала звонок. Лиза сообщила об изнасиловании, и полиция попросила ее ничего не выносить из комнаты.

Тем временем Катрина взяла ремень мужчины и связала ему руки за спиной. Затем она вытащила шнурок из длинного сапога Лизы и связала ему ноги.

Закончив все эти манипуляции, она выпрямилась и улыбнулась Лизе.

— Мне нужно вернуться в больницу и найти способ войти в свое тело.

— Спасибо тебе, Катрина. Пожалуйста, прости меня за все, — сказала Лиза, опустив глаза.

Катрина улыбнулась:

— Ты прощена.

В следующий миг она исчезла и появилась у своей больничной кровати. Маргарет сидела рядом с ней и молилась.

— Господи, пожалуйста, верни мне мою дочь. Она — моя единственная радость, — Маргарет взяла руку

Катрины, все еще сжатую в кулак. Она расцепила пальцы Катрины, и что-то блестящее выпало на пол.

Бесплотное «я» Катрины заметило блеск, она внимательно смотрела на выпавший предмет.

Это было распятие.

Катрина не помнила, как ее мать положила его ей в руку. Она потянулась, чтобы поднять его.

Стоило девочке коснуться распятия, как душа ее вернулась в тело.

Маргарет почувствовала движение пальцев Катрины, и затем услышала ее кашель. Она резко подняла глаза и заметила, что глаза Катрины открыты.

— О, Господи! Ты вернулась! — радостно крикнула мать.

Она обняла дочь, рыдая.

— Боже, благодарю тебя! Не могу поверить, что ты вышла из комы и вернулась ко мне снова, моя доченька!

Монитор, подключенный к руке Катрины, начал пищать. Услышав этот звук, медсестра ворвалась в палату. Она проверила глаза и дыхание Катрины и удалила вентилятор изо рта, но оставила иглу, прикрепленную к руке.

Когда медсестра ушла, Маргарет снова обняла дочь.

— Прости, что опозорила тебя. Я больше не буду пить.

— Мама, не плачь, пожалуйста. Все в порядке, — сказала Катрина. Она чувствовала себя очень слабой, но была счастлива снова вернуться к жизни.

Она просмотрела через плечо матери в окно и увидела ярко-голубое небо. Катрина закрыла глаза и слегка улыбнулась, медленно вдыхая и наслаждаясь ощущением жизни.

— И правда, как же я была глупа, что попыталась прервать свою драгоценную жизнь из-за каких-то хулиганов.

Мать нежно взяла ее за руку и начала гладить, а ее полные слез глаза с любовью и грустью смотрели на дочь.

— Пожалуйста, если что-то у тебя пойдет не так, сразу же приходи ко мне. Не пытайся покончить с собой. Вечный огонь ада хуже всяких страданий на Земле.

Катрина слабо улыбнулась, чувствуя головокружение.

— Я больше не буду пытаться покончить с собой, обещаю.

Она пробыла в больнице еще четыре дня. В это время Лиза навестила ее и принесла букет цветов.
Она вошла в палату и тут же подбежала, чтобы обнять Катрину.

— Я так счастлива, что ты вернулась. Спасибо тебе за помощь.

— Этого придурка посадили в тюрьму? — спросила Катрина.

— Да, его арестовали и скоро предъявят обвинение, — с улыбкой сообщила Лиза.

Катрина улыбнулась в ответ.

— Насильники должны сидеть в тюрьме.

Лиза встала.

— Прости, но мне пора идти в школу. Надеюсь, ты скоро вернешься туда. Все уже заждались тебя.

Лиза ушла, оставив цветы на столике в вазе. Катрина смотрела на серебряное распятие, которое лежало рядом с ними.

«Думаю, все это произошло, чтобы я смогла спасти Лизу от жестокого обращения. И чтобы научилась прощать».

Она опустила голову на подушку и закрыла глаза. Впервые с тех пор, как она стала жертвой издевательств, Катрина почувствовала себя спокойной и счастливой.

Вскоре после выхода из больницы, в свой шестнадцатый день рождения Катрина решила перечитать роман Шарлотты Бронте «Джейн Эйр». Ей нравился этот роман, потому что жизнь главной героини чем-то напоминала ее собственную. Обе они чувствовали себя отверженными, нуждались в любви и внимании и искали лучшей жизни.

Всякий раз доходя до фрагмента, где Джейн была заперта в своей комнате, Катрина плакала. Она понимала гнев и разочарование героини, вызванные несправедливым обращением с ней членов ее семьи.

От чтения Катрину отвлек звонок в дверь.

«Почему меня отвлекают во время чтения любимой книги?»

Она отложила книгу и пошла к двери, глубоко вздыхая. Прежде, чем открыть дверь, она посмотрела в глазок и удивилась.

Там был Рой!

Катрина открыла дверь и несколько секунд стояла безмолвно. Она заметила, что он был одет в брюки цвета хаки и коричневую футболку. Катрина подумала, что он выглядит как-то иначе.

Вслух она спросила:

– Рой, что ты здесь делаешь?

– Я пришел поздравить тебя с днем рождения, – застенчиво сказал он, не глядя на Катрину. – Могу я войти?

Она впустила его внутрь. Юноша достал из сумки подарок и отдал его ей.

– С днем рождения, Катрина!

– Спасибо, Рой!

Она сияла от радости. Это был первый раз, когда она получила подарок на день рождения от одноклассника.

Проводив Роя в гостиную, Катрина усадила его на диван.

– Открой, пожалуйста, подарок, – сказал Рой.

Катрина развернула коробку и с удивлением обнаружила книгу и флакончик с лаком для ногтей. Ее лицо расплылось в улыбке.

– Рой, огромное тебе спасибо! Так мило с твоей стороны, что ты вспомнил обо мне. Но как ты узнал, что сегодня мой день рождения?

– Лиза сказала, – ответил Рой и застенчиво улыбнулся.

Потом взгляд его помрачнел.

– Катрина, я очень сожалею обо всем, что случилось с тобой во время моего дня рождения. Пожалуйста, пообещай мне, что ты никогда не попытаешься покончить с собой, а вместо этого обратишься за помощью и поговоришь с кем-нибудь.

На лице Катрины появилась легкая улыбка.

– Я больше этого не сделаю, – улыбка на ее лице стала шире. – Выпьешь что-нибудь?

– Да, пожалуй.

Катрина сходила на кухню и принесла немного колы. Она достала из шкафа конфеты и положила их на стол. Какое-то время ребята наслаждались обществом друг друга, но в дверь снова позвонили.

Катрина посмотрела в глазок и поразилась, увидев своих лучших подруг – Лизу и Мэй.

– Девочки, что вы здесь делаете? – спросила она, распахнув дверь.

– Мы пришли к тебе на день рождения, – сказала Мэй. В руках она держала торт. – Это для тебя.

Она передала торт Катрине.

Лиза достала цветы из-за спины и тоже подарила их подруге.

– Большое вам спасибо. Я не ожидала всего этого, – прощебетала Катрина.

В этот момент она обратила внимания на их платья. На Мэй было розовое платье из хлопка, а у Лизы – длинное зеленое.

– Девочки, вы меня удивили не только своим присутствием, но и модной одеждой. Никаких уродливых коричневых школьных платьев, – она усмехнулась. – Пойдемте в гостиную.

Девочки последовали в гостиную за Катриной, они были очень удивлены увидеть там Роя.

– Рой, как ты здесь оказался? – спросила Лиза, моргая от удивления.

– Прилетел, – усмехнулся он. – Шучу.

Катрина снова пошла на кухню, поставила цветы в вазу и принесла напитки своим друзьям. Они разрезали торт и все вместе съели его.

– Мэй, торт просто изумительный. Где ты его взяла? – спросила Катрина, откусывая свой кусок.

– Испекла его вместе с мамой, – ответила та.

– У вас это здорово получилось, – заметила Катрина.

Мэй наклонилась поближе к Лизе и шепнула на ухо:

– Рой выглядит совсем по-другому. Мне нравится его новый образ.

Лиза улыбнулась и посмотрела на Роя.

– Катрине он всегда нравился.

Катрина видела, что Рой краснел из-за того, что девочки глазели на него. Она решила их отвлечь.

– Давайте повеселимся! – предложила она.

– Что мы можем сделать? – заинтересовался Рой. Его щеки горели, и он чувствовал себя некомфортно, будучи единственным парнем среди трех девочек.

– Будем играть в моделей, – ответила Катрина.

Рой озадаченно смотрел, как девочки выходили из комнаты. Они пошли в спальню, где Катрина накрасила Мэй. Сначала нанесла синие тени на веки, потом черную подводку, тушь для ресниц и красную помаду. То же самое она сделала с Лизой, а потом – с собой. Она дала подругам модные шляпы и туфли своей матери. Какое-то время она копалась в мамином шкафу, и в конце концов, достала оттуда красные туфли, красное платье и светлый парик.

– Девочки, пора наряжать Роя, – насмешливо сказала она, показывая им одежду.

Смеясь, Лиза коснулась парика.

– Рою достанется самое лучшее!

Они вернулись в гостиную.

Рой взглянул на них и присвистнул.

– Ох-ты, Боже мой, вы выглядите потрясающе, девочки!

Улыбаясь, Катрина подошла к нему.

– Рой, скоро и ты будешь выглядеть так же потрясающе, как и мы. Пожалуйста, надень все это.

Она протянула ему вещи.

С кислым взглядом он покачал головой:

– Ну-у нет, я же не девушка.

Лиза положила руку ему на голову и поиграла с его волосами.

– Сегодня день рождения Катрины, и поэтому одень все это ради нее.

Рой глубоко вздохнул и взял вещи из рук Катрины.

– Девочки, предупреждаю вас. Об этом никому ни слова. Я делаю это только ради Катрины.

Он надел на себя красное платье поверх своей одежды, парик и туфли. Лиза нанесла ему макияж, и, когда Катрина увидела его, то просто не смогла узнать. С тушью на длинных ресницах, красной помадой и длинным белокурым париком он напоминал девушку.

Все они ходили, как модели. Однако, когда Рой попытался пройтись на высоких каблуках, он споткнулся, заставив девочек засмеяться. Услышав, как они посмеиваются над ним, Рой разозлился.

— Катрина, мне это совсем не нравится.

— Я знаю, Рой. Просто мы глупые, — сказала Катрина, стараясь больше не смеяться.

У Лизы возникло странное чувство — непреодолимое желание посмотреть на Катрину. И, когда она это сделала, у нее начались галлюцинации. На мгновение облик Катрины изменился: волосы ее почернели, ногти отросли, а пальцы искривились. Комнату наполнили черные птицы, которые пытались заклевать Лизу. Она завизжала и схватилась руками за голову. Девочка бегала по комнате, пытаясь укрыться от птиц.

Катрина поймала Лизу за руку.

— Лиза, остановись сейчас же! — крикнула она.

Лиза убрала руки от лица и снова посмотрела на Катрину. И все вдруг вернулось на свои места.

Она уселась на стул, дрожа.

— Ты в порядке? — спросил Рой.

Лиза кивнула.

— Я в порядке. Не о чем беспокоиться, — едва слышно сказала она. — У меня просто была галлюцинация, и я увидела нечто ужасное. Слава Богу, это был мираж.

Лиза вздохнула с облегчением.

Катрина улыбнулась, понимая, что скрывается за словами подруги. Она прошептала Лизе на ухо:

— Я больше никогда не стану такой.

Лиза улыбнулась и кивнула, силы вернулись к ней.

Друзья Катрины оставались с ней около трех часов, а потом ушли. Они так хорошо проводили время, гуляя по улице, что даже не замечали больших черных птиц, которые наблюдали за ними из-за деревьев.

Эмилия Ахмадова

КОВБОЙ И ЧУДИЩЕ

СУРОВОЙ ЗИМНЕЙ НОЧЬЮ в Техасе злой ветер выл по улицам и дорогам. Весь день шел снег, покрывая дорогу и поселок белым ковром. Наконец, после захода солнца, облака рассеялись, открыв небо, усеянное яркими мерцающими звездами.

Билл выглянул в окно и опытным глазом оценил погодные условия. Он надел кожаные сапоги, заправил в них синие джинсы, затем накинул черное кожаное пальто поверх белой рубашки с длинным рукавом. В последнюю очередь он надел поношенную ковбойскую шляпу. Билл никогда не выходил из дома без нее.

Он вышел на улицу и пошел по дорожке, вдыхая воздух и разглядывая окрестности. Ничего подозрительного, но это только на первый взгляд. Мужчина положил гитару на заднее сидение грузовика, а затем подошел к забору из колючей проволоки, покрытой снегом. Как только Билл понял, что за ним не следят, он коснулся тонкого провода, прикрепленного к взрывчатке, которую сам установил. В такой местности разумно охранять дом от грабителей и бродяг.

Закурив сигарету, Билл вдохнул дым и выдул его в морозный воздух. Его зубы стучали, и дыхание поднималось белыми колечками, гонимыми холодным ветром.

– Слишком, мать вашу, холодно, – пробормотал он, глядя на горящий конец сигареты.

Он бросил ее на землю, а потом растоптал в снегу.

Билл поспешил вернуться в свой дом, оставив следы на белоснежной глади. Когда он вошел в огромную гостиную, то невольно остановился и улыбнулся. Это место было его сбывшейся мечтой, и он никогда не уставал смотреть на него. Билл взглянул на свой коричневый кожаный диван и кресло, на столик из бронзы и стекла. Он был счастлив от того, что усилиями Эмили его дом был таким красивым и уютным. В их доме было шесть спален и две веранды, но он планировал построить еще один дом у озера, где мог бы наслаждаться плаваньем и рыбалкой.

Билл посмотрел на оленью голову на металлической тарелке, прикрепленной к стене. Он улыбнулся, вспомнив, как охотился на зверя в лесу прошлым летом. Мужчина подошел к изразцовому камину и поднес руки к огню, пытаясь отогреть их.

Билл взглянул на часы, заметив, что уже семь часов вечера.

– Дорогая, нам нужно поторопиться, – крикнул он. – У меня выступление в половине десятого.

–Я почти готова, дорогой, – крикнула она из спальни.

Она появилась на верху лестницы, сияя от радости. Билл смотрел на нее с восторгом – он никогда не уставал от этого зрелища. С ее фигурой – пять футов роста – атлетического телосложения в коротком черном платье она выглядела очаровательной в глазах мужа. Жена Билла спустилась вниз, накинув на руку белое пальто. То самое, что он купил ей в Майами.

Билл присвистнул от восхищения:

– Вау, ты выглядишь великолепно!

Она покраснела, но это только прибавило ей очарования.

– Я готова, – сказала она, излучая счастье.

Билл подошел к ней и страстно поцеловал, погладив руками ее попку. Она обняла его за шею, закрыла глаза и ответила на его поцелуй.

– Пойдем, любимый, – сказала она, и повернувшись, вышла из дома. Она закуталась в пальто, приготовившись к борьбе с холодом, который, она была в этом абсолютно уверена, ожидал их снаружи.

Они сели в грузовик, и Билл включил обогреватель. Он завел двигатель, и грузовик отправился в свой путь, сотрясаясь на кочках снега.

Они поехали в Ротари-клуб, где Билл должен был выступить на дне рождения своего друга. Небо снова затянулось тучами, и теперь снег падал на лобовое стекло так обильно, что дворники не успевали его сметать. Сосны, обрамляющие дорогу с двух сторон, были покрыты снегом так, что их ветки свисали почти до самой земли.

Густые ветви деревьев напомнили Эмили о недавней новости, и она повернулась к Биллу.

— Я слышала, полиция нашла тело молодого человека в Медфорд парке. Его тело было замерзшим, и на нем обнаружены следы укусов, — сообщила она.

— Они выяснили, откуда эти следы? — спросил Билл, мельком взглянув на жену.

— Нет, но его плоть была разорвана, и сердце отсутствовало, — сказала Эмили.

Она вздрогнула, по телу прошел холодный озноб, как только она вспомнила фотографию трупа в газете. Вдруг показалось, что лучше не всматриваться в темные деревья, мимо которых они проезжали.

— Они сказали, отчего он умер? — спросил Билл.

— Нет, полиция все еще пытается это выяснить, кто или что это было, — ответила Эмили.

Пикап начал трястись, растрясая своих пассажиров, он подпрыгивал вверх и вниз. Женщина схватилась за подлокотник.

— Билл, притормози немного! Дорога скользкая и ухабистая. Ты что, собираешься угробить нас?

Эмили не сводила глаз с дороги, дрожа за свою драгоценную жизнь.

– Но уже поздно, – сказал Билл. – К тому же, я постоянно езжу в такую погоду. Я знаю, что делаю.

Эмили покачала головой *«Где-то я это уже слышала...»*

Именно в этот момент ее взгляд уловил некую тень, движение, которое темным пятном выделилось на фоне и без того мрачного окружения. Эта тень напоминала высокую человеческую фигуру, идущую по дороге. Казалось, он тащит что-то по земле. Эмили выпрямилась и посмотрела в темноту, пытаясь разглядеть человека.

– Билл, притормози! Там кто-то идет! – крикнула Эмили.

Билл вытаращил глаза, увидев человека прямо перед своим грузовиком. Он ударил по тормозам. Слишком поздно. Грузовик сбил человека, подбросив его в воздух. Билл беспомощно смотрел, как тело взлетело, а затем приземлилось на заснеженную землю.

Пикап резко остановился. Белая подушка безопасности выскочила из приборной панели, закрывая лицо Билла. Голова ударилась о панель и снова опрокинулась на подголовник.

Мужчина быстро вынул перочинный нож и разрезал подушку безопасности. Затем он отстегнул ремень и наклонился к жене:

– Дорогая, с тобой все в порядке?

– Ох... – она повернула голову, пытаясь улыбнуться, несмотря на боль. – Я в порядке, просто у меня голова кружится.

Он положил руку ей на лоб и потер его. Там уже проступил синяк.

– Тебе действительно больно. Мы должны вернуться назад.

— Не беспокойся обо мне. Пожалуйста, проверь того человека, которого ты сбил.

Эмили выглянула в окно.

Билл открыл бардачок и достал оттуда свой магнум-44.

— Зачем он тебе? — спросила жена. — Этот парень не прыгнет на тебя.

Он натянуто улыбнулся.

— Никогда нельзя быть уверенным.

С пистолетом в руке Билл вышел из грузовика и обошел его со стороны смятого бампера. Эмили видела его лицо в свете фар. Удивленное выражение говорило о том, что он увидел что-то ненормальное.

Эмили приоткрыла окно.

— Что происходит? — спросила она.

Билл поднял на нее глаза:

— Тут никого нет.

Эмили заморгала и уставилась на то место, где она только что видела мужчину. Там было пусто!

Билл осмотрел заснеженные окрестности, но никого не нашел. Он даже нагнулся, чтобы посмотреть под грузовиком, но там тоже ничего не было. Недоумевая, он встал и снова осмотрел сугробы.

Вдали от грузовика он заметила жирный отпечаток, смешанный с кровью на снегу. Казалось, будто кто-то здесь лежал. Он подошел и наклонился, потрогал пальцем кровь и почувствовал запах.

— Где же он, черт возьми? — пробормотал Билл про себя.

Эмили наблюдала, как ее муж бродит вокруг, гадая, что он там нашел в снегу. Краем глаза она снова заметила движение: кто-то или что-то приближалось к Биллу с поднятыми руками. Сильный снегопад не давал разглядеть чужака.

– Билл, оглянись! – закричала она и быстро заперла двери.

Билл повернулся к Эмили и приложил руку к уху.

– Что ты говоришь? – крикнул он.

Вдруг он почувствовал удар по черепу. Желтые пятна промелькнули перед его глазами, и сразу после этого он потерял сознание. Эмили видела фигуру, которая схватила Билла за руки и потащила прочь.

В панике она пыталась открыть дверь, но та не подчинялась ей. Женщина начала кричать и бить по стеклу с криком:

– Билл, вставай! Кто-нибудь, помогите нам!

Она потянула ручку, толкнула дверь, потом ударила по ручке, но ее закрытый замок замерз.

Волчий вой смешивался со свистом ветра. Эмили оставалось только сидеть и смотреть, как какое-то существо тащит ее мужа. Это зрелище напугало ее до состояния шокированной обездвиженности.

Убийца тащил свой груз в лес, кровь капала с его рук, оставляя красные следы на снегу. Он рычал на ходу: каждый вдох был хрипом. Лицо его было покрыто шерстью, а над нижней губой торчали два длинных острых зуба. Подбородок был аномально большим, а уши длинными и заостренными. Лохматые руки этой твари оканчивались длинными пальцами с острыми ногтями. Из-за горба на спине он шел немного кривой походкой.

Билл открыл глаза, чувствуя, что его тащат. Он взглянул на существо, которое тянуло его за собой, и закричал. Мужчина пытался освободиться из лап зверя всеми возможными способами, вплоть до укуса одной из его конечностей.

Эмили рыдала, глядя на сцену, которая разыгрывалась на ее глазах.

– Кто-нибудь, помогите нам, пожалуйста! – взмолилась она.

Дрожащими руками она достала телефон из сумочки, чтобы позвонить в полицию. Однако, прежде чем она смогла набрать номер, пассажирская дверца все-таки распахнулась сама по себе. Женщина едва сумела удержаться, чтобы не выпасть, но свой мобильный телефон она уронила в снег. Ободренная таким поворотом событий, она набралась отваги и решила взять дело в свои руки.

Эмили выпрыгнула из грузовика.

– Отпусти его! – закричала она, приближаясь к зверю.

Билл повернул голову, услышав ее голос.

– Вернись в машину! – закричал он. – Уезжай и зови на помощь!

Эмили остановилась как вкопанная.

– Нет, я не могу тебя оставить!

Тут зверь выпустил руки Билла. Он взвыл и начал бить кулаками себе в грудь. Этот шум встревожил стайку воробьев, которые тут же взлетели в небо.

Билл поспешно встал и пнул зверя в пах, в то время как Эмили уже бежала ему на помощь.

– Вернись сейчас же в машину! – приказал Билл.

Увидев зверя вблизи, Эмили впала в истерику. Она застыла на месте, и рот ее перекосил беззвучный крик.

– Уходи! – закричал Билл.

Рыдая, Эмили побежала обратно к машине и, усевшись внутрь, заперла дверцы.

Разъяренный от боли насильник завыл еще громче, прикрывая руками пах. Он подбежал к Биллу, схватил его за волосы и потянул вперед. Билл ухватился за запястье зверя и вынул револьвер из кармана свободной рукой. На его беду, монстр заметил блестящий предмет в руке Билла и сильно ударил его, от чего пистолет улетел. Зверь пнул

Билла в живот, заставив потерять равновесие, и оба они оказались на земле.

Монстр сел и тут же обхватил руками шею мужчины и крепко сжал ее. Билл схватился за лапы зверя, пытаясь освободиться. Когда он обнаружил, что их невозможно сдвинуть с места, то попытался протянуть руку к пистолету, который, на его счастье, был всего в нескольких футах от него. Билл схватил свое оружие, быстро приставил его к шее зверя и нажал на курок. Насильник зарычал и упал на землю рядом с Биллом.

Билл поднялся и пошел к своей машине. Тем временем зверь также встал на ноги и бросился вслед за ним. Снова схватившись за шею мужчины, монстр попытался укусить его за ухо, но промахнулся и укусил прямо за горло.

Эмили завела мотор и с ненавистью посмотрела на зверя.

— Я убью тебя! — закричала она. Глаза ее наполнились слезами.

Билл вытащил из кармана перочинный нож и вонзил его в бок мохнатому чудищу, оттолкнув его прочь. Существо склонилось, истекая кровью, которая сочилась из шеи и из туловища. Снова раздалось громкое рычание, и от этого появилось множество летучих мышей, взмывающих в воздух прямо над зверем, а ветви сосен затряслись, сбрасывая снег.

Монстр поднял голову, взглянул на небо, а затем посмотрел на Билла.

— Я съем твою плоть, а потом повеселюсь с твоей женщиной! — закричал он.

Билл смотрел на него изумленно. Значит, чудище говорит по-английски?

Он повернулся, услышав, как Эмили подъехала и, открыв окно, сказала:

— Билл, отойди в сторону!

Мужчина отскочил так быстро, как только позволило его больное тело.

Эмили вдавила в пол педаль газа и врезалась грузовиком в страшного зверя. Тот взлетел в воздух и упал в десяти футах на снег.

— Билл, прыгай в грузовик! — крикнула Эмили.

Он подбежал к машине и запрыгнул в нее. Эмили умчалась прочь без оглядки.

Теперь, когда непосредственная опасность миновала, Билл начал чувствовать боль в шее. Он посмотрел в переднее зеркало и заметил разорванную плоть.

— Этот ублюдок укусил меня!

— Нам нужно в больницу, — сказала Эмили, взглянув на рану.

— Если мы поедем в больницу, они сообщат в полицию, а я не хочу иметь с ними дело. Просто поезжай домой, пожалуйста.

Билл опустил голову на сиденье и закрыл глаза.

— Я думаю, это тот же самый сукин сын, который убил человека в парке. Вернусь завтра, чтобы убедиться, что он мертв.

— Билл, он чуть не убил тебя сегодня! Просто оставь его.

Эмили быстро взглянула в зеркало заднего вида, чтобы удостовериться, что зверь не следует за ними. Ее сердце учащенно забилось от мысли, что чудище могло выжить после всего, что Билл с ним сделал.

— Его нужно остановить, прежде чем он убьет еще кого-либо, — твердо заявил Билл.

— Согласна. Но останавливать его — не наша работа. Если он вообще еще жив.

Билл ничего не ответил. Он был полон решимости вернуться и сжечь тело зверя.

Наконец, они вернулись домой. Билл прошел прямо в ванную и достал бутылочку спирта из шкафа. Он вылил немного на рану и поморщился от сильного жжения. После этого мужчина взял иголку с ниткой и подал своей жене.

– Дорогая, ты должна зашить мою рану.

Эмили почувствовала головокружение. Она не видела размера раны в полумраке салона грузовика. Все было гораздо серьезнее, чем она себе представляла. Кровь все еще сочилась, и тканей не хватало, чтобы удержать ее.

– Я не могу. Билл, пожалуйста, мы должны поехать в больницу.

Билл взял ее за руку и посмотрел в глаза.

– Ты должна это сделать. Пожалуйста, будь сильной. Ради меня.

Он присел на диван.

– Просто представь, что ты зашиваешь одежду.

Эмили передернуло. Она глубоко вздохнула и села рядом. Ее руки дрожали, когда она сжала обрывки плоти и направила иглу к ране. Как только конец иглы коснулся его горла, она отдернула руку.

– Нет. Я... я не могу этого сделать, – сказала Эмили и заплакала.

– Если ты не зашьешь мою рану, я истеку кровью до смерти.

Кровь бежала по рубашке Билла, казалось, безостановочно. Эмили потребовалось время, чтобы успокоиться, и вот она воткнула иглу в кожу Билла и приступила к выполнению пугающего задания. Каждый раз, вставляя иглу, она съеживалась и беспокойно смотрела мужу в лицо. Он крепко стискивал зубы, стараясь не кричать, и сжимал руки в кулаки. Наконец, она обрезала нить.

– Готово.

Ее голос дрожал. Эмили казалось, что она вот-вот упадет в обморок.

Билл лег на диван, а она принесла одеяло и накрыла его. Женщина сидела в кресле и наблюдала за ним. Она не смыкала глаз и тихо плакала, и слезы, стекая по лицу, размазывали тушь.

Как только Билл уснул, Эмили встала. Она проверила все двери в доме и убедилась, что сигнализация включена, и только после этого пошла в спальню.

Раньше она спорила с Биллом, насмехаясь над его привычкой быть слишком осторожным. Она не могла понять, зачем ему столько оружия, сигнализации и взрывчатки по всему дому. Место, в котором они жили, считалось безопасным, по крайней мере, относительно соседних областей. И теперь она была счастлива, что Билл принял все эти меры предосторожности. Истощение Эмили вскоре взяло верх над ее беспокойством, и ей удалось уснуть на короткое время.

Дело в том, что Билл воевал во Вьетнаме. Постоянные ожидания смерти или нападения врага заставляли его быть осторожным. Даже после войны это ощущение тревоги сохранилось, и он постоянно ожидал нападения грабителей, поэтому приобрел оружие, чтобы защищать свою семью. Однажды ночью, когда Эмили навещала сестру, ему приснился сон, в котором он с кем-то дрался. Когда он проснулся, то обнаружил, что костяшки его пальцев кровоточат, а простыня испачкана кровью. Каким-то образом он умудрился во сне ударить по железному изголовью кровати с такой силой, что пошла кровь.

Уже через неделю после нападения прогресс в заживлении раны Билла был на лицо. Но, тем не менее, он испытывал сильнейшую боль, когда поворачивал голову. Эмили все-таки убедила его держаться подальше от того места, где они столкнулись со странным существом. В конце концов, полиция, вероятно, уже нашла его. Эта дорога была изъезженной, потому Эмили была уверена, что монстра уже обнаружили.

Их жизнь, казалось, возвращалась к норме – до того момента, пока двое лошадей Билла не поранил какой-то неизвестный зверь. Когда мужчина нашел их в конюшне, животные уже истекали кровью от глубоких ран. Большие куски плоти были вырваны у них, обнажив кишечник. Когда Билл наклонился, чтобы разглядеть раны, он заметил следы зубов у обеих лошадей. Он почесал подбородок и тут же вспомнил зверя, напавшего на него самого.

«Он выжил? – задумался мужчина. – Может ли быть, что на лошадей напало то же существо, что и на меня?»

Несчастные животные ржали и пытались поднять головы, но опускали их, испытывая слишком сильную боль, чтобы подняться. Их слегка приоткрытые глаза наполнились слезами.

Билл похлопал одну из лошадей и печально посмотрел на нее:

– Успокойся, девочка моя. Я освобожу тебя от боли.

Он вошел в дом и достал пистолет из шкафа. Зарядив его пулями, мужчина вернулся в конюшню. Вокруг лошадей собралась лужа крови. Удивительно, но они все еще были живы. Билл сжалился над животными и выстрелил им в головы. Тела лошадей на мгновение вздрогнули, а затем замерли.

Билл поручил своим конюхам закопать животных в лесу недалеко от его ранчо.

Вернувшись в дом, он сел на диван и закурил сигару, все еще держа в руках магнум 44-го калибра. Билл жевал конец сигары, размышляя о случившемся.

Наконец, он принял решение. Билл встал и спрятал пистолет.

«Этот сукин сын должен умереть!»

– Милая, я собираюсь поймать существо, которое убило моих лошадей, и убедиться, что на этот раз оно сдохнет.

– Успокойся, – сказала Эмили, накрывая на стол. – Сначала нужно выяснить кто или что их убило.

Билл опустил сигару в пепельницу и сел за стол. Он взял тарелку с ребрышками и отложил себе немного. Эмили передала ему блюдо с жареным картофелем и рисом, а потом наложила и себе.

Билл взял со стола газету и пробежал глазами по заголовкам. Он остановился на одной статье и зачитал ее вслух: «В Медфорд-парке найдена женщина в возрасте от 24 до 30 лет с зияющей раной в горле. Ее убил тот же насильник, что и предыдущую жертву? Полиция все еще устанавливает причину смерти».

Он ударил по столу кулаком.

– Черт возьми, это чудовище снова напало на человека!

Он бросил на стол газету и выглянул в окно.

– Я должен что-то сделать.

– Билл, оставь это. Я уверена, что полиция разберется, – сказала Эмили с полным риса ртом.

– Я прошел две войны и умею выслеживать. Я знаю, что справлюсь лучше, чем полиция, – рыкнул мужчина. Но в его голосе звучала совсем не гордость: у него был безупречный послужной список, и он знал это.

Эмили покачала головой, ничего не сказав. Она знала, что Биллу всегда нужно защищать тех, кто слабее его, и он был упрям.

Билл вздохнул и решил:

– Хорошо, я пока не буду вмешиваться, но если случится что-нибудь еще...

После обеда они расположились на диване, чтобы посмотреть фильм «Исчезнувшие без следа». Эмили положила голову на плечо мужа, и ее взгляд остановился на повязке на его шее. Он нежно гладил ее ноги.

– Эмили, мне кажется, пришло время завести нам детей. Я планирую построить огромный дом у озера и сделать там детскую площадку, чтобы наши дети могли бегать там вдали от городского шума.

Эмили посмотрела на него:

– Я тоже хочу детей, но я не уверена, смогу ли жить вдали от города. Если мы переедем сюда, мне придется постоянно ездить на большие расстояния, как на работу, так и в школу.

Билл посмотрел на Эмили с сияющей улыбкой:

– Дорогая, я построю взлетно-посадочную полосу на нашей земле и буду возить тебя в город на самолете.

Эмили потянулась и поцеловала Билла:

– О, это так мило, но я не думаю, что нам нужны самолеты. Ты построишь дом своей мечты, и мы найдем какое-то решение. Я пойду на компромисс, только бы ты был счастлив.

Телефон Билла вдруг зазвонил, и он ответил. Эмили не слышала того, что говорили ему в трубку, но по тому, как напряглось тело Билла, она поняла, что произошло что-то плохое.

– Когда это случилось? С ней все в порядке? – Билл встал с дивана. – Скажи ей, что я скоро приеду.

Он отключил телефон и бросился к двери.

– Что случилось? – спросила Эмили.

– Моя сестра упала с лошади.

Эмили посмотрела на него широко раскрытыми глазами.

— Что она делала верхом на лошади в своем положении? Она же должна родить со дня на день, разве не так?

— Она в порядке, никаких травм, но у нее схватки, и она не может связаться с Филиппом. Я должен отвезти ее в больницу, — объяснил он.

Эмили тут же вскочила и направилась к двери.

— Хочешь, чтобы и я поехала? — спросила она.

— Нет, милая, но, пожалуйста, убедись, что все двери заперты. Я скоро вернусь.

Он поцеловал Эмили, снял куртку с вешалки и вышел из дома.

Она провела весь остаток дня за чтением книги, в ожидании звонка от Билла. На улице становилось все темнее, холодало.

Эмили взглянула на часы. *«Уже восемь вечера. Где он?»*

Она отложила книгу и подошла к огромному окну. Некоторое время женщина смотрела во двор и вглядывалась в дорогу.

«Почему он так долго не возвращается домой?»

В этот момент она осознала, что вечер был необычайно тихим. Она напряженно вслушивалась, но не слышала никаких привычных вечерних звуков.

Внезапно погас свет, и Эмили осталась в полной темноте. Она ждала, когда свет снова загорится, но этого не произошло. Эмили была озадачена.

«Почему генератор не включился?»

Она стояла у окна, терпеливо ожидая, когда сработает генератор. Но он не срабатывал. Тени на улице казались все более угрожающими. Ветви деревьев превратились в монстров, которые тянутся к ней. Когда залаяли собаки Билла, она подскочила, вздрогнув. Лошади нервно заржали, и было слышно, как они пинают свои стойла.

Она поежилась и закрыла шторы. Было необъяснимое чувство, будто за ней наблюдают, и от этого волосы вставали дыбом.

Эмили поспешила к столу и взяла оттуда зажигалку Билла. Она щелкнула зажигалкой и бросилась к двери, чтобы проверить сигнализацию и замки. Все было в порядке. Решив, что в спальне будет безопаснее, чем внизу, она поднялась на второй этаж. К этому времени Эмили была настолько напугана, что подпрыгнула при виде собственной тени, появившейся на стене напротив нее.

«Билл, почему ты так долго не возвращаешься?»

Эмили легла на кровать и тревожно уставилась на дверь. Она продолжала ощущать приближение опасности. Беспокойная, она металась некоторое время, пока сон, наконец, не одолел ее.

Во сне она услышала рычание и увидела, как бежит по темному лесу босиком, громко рыдает и оглядывается назад. У нее был порван рукав и на спине – большая царапина. Эмили не видела вокруг ничего, кроме темных теней, отбрасываемых высокими деревьями. Рычание становилось все ближе. Она споткнулась о ветку, лежащую в снегу, и стремительно упала. Как только Эмили попыталась встать, она почувствовала твердую хватку на руке, которая вызвала неописуемую боль.

Внезапно Эмили проснулась от невыносимого зловония. В ее комнате воняло канализацией. Ее сердце замерло, когда женщина различила звук чужого тяжелого дыхания.

Боясь пошевелиться, она открыла глаза и – чуть не задохнулась от испуга.

Напротив нее было чудище, которое напало на Билла!

В этот момент снова включился свет, что позволило ей разглядеть насильника. Его одежда была порвана и изношена. Растрепанные волосы спутались на лбу, закрыв его глаза. Через левую сторону лица проходил большой шрам, спускаясь вниз к подбородку.

Эмили быстро села, едва дыша и стараясь не кричать. Она взглянула на дверь, гадая, сможет ли убежать. Казалось, сбежать не было никакой возможности: монстр был слишком велик, он бы загородил ей дверь.

Женщина дрожала, глядя на существо широко раскрытыми глазами, и ждала своей смерти. На самом деле, она мечтала о смерти, учитывая альтернативу.

Человек подошел поближе и присел на край кровати, уставившись на ее грудь, его дыхание участилось. Когда он потянулся к ней, она старалась не дышать, опасаясь за жизнь. Урод расстегнул несколько пуговиц на ее рубашке своими длинными когтями.

Смешанная с кровью слюна капала на ноги Эмили. Она закрыла глаза, и из уголков брызнули крупные слезы. Когда он коснулся ее обнаженной кожи, лицо Эмили исказилось гримасой отвращения. Она проглотила желчь, которая уже поднялась к ее горлу.

– Пожалуйста, уйди, – взмолилась она.

Он потер грудь Эмили, издавая рычащие звуки и наклоняя голову из стороны в сторону.

– Кто-нибудь, пожалуйста, помогите мне! – закричала Эмили.

Он закрыл ей рот рукой.

– Заткнись, женщина, или я задушу тебя голыми руками.

Эмили перестала кричать и с ужасом смотрела на него. Он убрал руку от ее рта, а затем сильно толкнул свою жертву. Эмили упала на спину, монстр упал на нее и порвал рубашку.

– Нет! Пожалуйста, прекрати! – умоляла Эмили, пытаясь оттолкнуть его руки.

— Заткнись, женщина, — буркнул он грубым голосом.

Эмили отвернулась, чтобы не чувствовать его невыносимой вони, и заодно поискала глазами подручный
предмет, чтобы ударить его. Он потянулся вслед за ее лицом, пытаясь накрыть рот Эмили своим собственным ртом.

Она вспомнила о пистолете, который Билл держал под подушкой. Эмили продолжала держать голову повернутой в другую сторону, чтобы хоть как-то отвлечь незваного гостя, в это время она медленно проникла рукой под подушку и достала пистолет. Эмили подняла дрожащую руку и выстрелила зверю в предплечье.

Чудище схватилось за свою кровоточащую лапу и отпрянуло от Эмили. Она быстро оттолкнула его и побежала к двери.

— Тварь! — закричал насильник, в то время как Эмили уже скрылась за дверью. — Я сделаю тебя своей рабыней и убью твоего мужа прямо у тебя на глазах!

Эмили спустилась по лестнице и мигом вылетела из входной двери с криком:

— Кто-нибудь, пожалуйста, помогите мне!

Но единственным ответом ей был ее собственный голос, эхом отдающийся в пространстве. Конюхи и садовники ушли домой несколько часов назад, и здесь никого не было. Лошади громко ржали, а собаки лаяли, видимо, сигнализируя ей бежать в безопасное укрытие.

Эмили проникла в ряды между стойлами и спряталась внутри сена. Она присела там, затаив дыхание, ожидая появления зверя. Ее сердце бешено колотилось. Женщина прислушивалась к каждому звуку, пытаясь удержать рыдания.

Она уже готова была расслабиться, когда вдруг услышала тяжелые шаги и хриплое дыхание. Существо толкнуло дверь в конюшню, от чего та ударилась о стену, и вся постройка затряслась.

Монстр вошел внутрь, принюхиваясь и рыча на животных. Эмили посмотрела на него из-за тюков сена и с ужасом увидела, что он нашел одну из драгоценностей ее мужа – саблю. Теперь он держал ее перед собой, вглядываясь в темные глубины конюшни.

– Где ты? Выходи! Пришло время поиграть! – крикнул он.

Лошади пинали в ворота стойла и исступленно ржали, пытаясь вырваться и сбежать от ужасающей твари. Эмили закрыла глаза, стараясь не дышать, и сжалась, чтобы стать как можно меньше.

– Пожалуйста, уйди, – тихо умоляла она.

Зверь открыл одно стойло и подошел к лошади. Он погладил ее, а затем резко повел саблей по ее животу. Лошадь упала с яростным криком, сверкая копытами. Животное дрожало и задыхалось и, наконец, перестало бороться за свою жизнь. Монстр наклонился и вгрызся зубами в лошадиную плоть, терзая и разрывая ее своими ужасными челюстями.

Он поднял голову и опасливо огляделся. Эмили с трудом подавила вздох ужаса и отвращения. Его клыки были красными от конского мяса, а концы волос пропитались кровью. Вытаращенными глазами Эмили подглядывала сквозь тюки с соломой. Она не могла отвести взгляда, прикованного к уродливому существу. Ее слезы капали, смачивая траву. Эмили снова ощутила, как поднимается желчь, когда увидела, как существо просунуло руку сквозь ребра лошади и вытащило ее сердце.

Эмили понимала, что ей нужно уйти, пока чудище кормится. Сейчас или никогда. Она бросилась из своего укрытия за сеном, и уже была на пути к свободе, но в темноте наткнулась на лопату, отчего та упала. Зверь обернулся с набитым кониной ртом и сердито уставился на Эмили прищуренными глазами. Он встал и выплюнул свою добычу, теперь его внимание было приковано к ней. Монстр ловил каждое ее движение.

– Нет... – выдохнула Эмили. Она попятилась, нащупывая пространство позади себя рукой. Она не очень хорошо знала это место даже при свете дня, а в темноте чувствовала себя здесь полностью потерянной.

Человек-зверь скорчил гримасу и направился к ней. Кровь капала из его огнестрельной раны и падала на сено, оставляя красный след.

Эмили слепо побежала туда, где, по ее мнению, должна была быть задняя дверь, но врезалась в тележку и упала на землю. Она вскрикнула от боли и попыталась уползти, не имея представления, где находится.

Зрение этого зверя было несравнимо лучше, чем у Эмили. Он подбежал прямо к ней и, схватив за длинные волосы, потащил к двери.

Эмили также взялась за волосы, пытаясь вырвать их у него.

– НЕТ! – закричала она. Понимая, что надеяться не на что, Эмили продолжала кричать и молиться, чтобы кто-нибудь появился и уничтожил монстра.

Устав от криков женщины, насильник остановился и ударил ее кулаком по голове, отчего Эмили потеряла сознание. Он взвалил ее себе на плечо, вышел из конюшни и ушел в лес, оставив следы на заснеженной земле.

Около полуночи сквозь снежный буран Билл вернулся на свое ранчо. Выйдя из грузовика, он услышал испуганное ржание, доносившееся из конюшни. Он подозрительно осмотрелся и заметил, что дверь конюшни широко открыта. Не раздумывая, мужчина бросился к ней.

Он вошел, испытав шок от вида крови, пропитавшей настил конюшни. Подойдя к стойлу, Билл был снова потрясен, увидев мертвую лошадь. Он в ярости плюнул, а затем опустился и похлопал лошадь по боку.

– Прощай, Скарлет. Я прикончу того, кто сделал это с тобой.

Опустошенный, он встал и посмотрел вокруг. Его внимание привлек блестящий предмет. Билл наклонился и увидел кольцо Эмили.

– О, Боже мой! – закричал он. В панике мужчина бросился к дому.

Сначала Билл осмотрелся на первом этаже и позвал жену. Затем он быстро поднялся по лестнице и ворвался в спальню. Там он увидел пустую кровать, смятые простыни и кровь повсюду. Его пистолет валялся на полу в углу.

– Вот дерьмо! Эмили!

Его глаза бегло метались по сторонам, и он заметил кусок рубашки Эмили возле кровати. В комнате стоял запах гнилья, так Билл узнал знакомую вонь. Он уставился на кровать и увидел несколько шматков грубой шерсти, которые подтвердили его подозрения.

– Моя жена у этого ублюдка!

Он сорвался вниз и открыл стеклянную дверцу высокого оружейного шкафа. Оттуда Билл достал два пистолета, 150-калибровую винтовку Генри, прицел ночного видения, аптечку от змеиных укусов. Он упаковал все это в ручную кладь и понес в конюшню.

Билл взвалил сумку на оставшуюся в живых лошадь, вывел ее за уздечку и направился к лесу, оставляя позади себя вереницу шагов на снегу.

Ночь была темная, да еще и ветер дул настолько сильный, что Биллу трудно было что-либо разглядеть. Внезапно завыли волки, и лошадь встала на дыбы, вздрогнув от испуга.

Билл надел прибор ночного видения и склонился, пытаясь рассмотреть следы на снегу. На это не ушло много времени, так как ветви деревьев крепко удерживали снег от падения, не позволяя ему засыпать следы. Очень скоро Билл обнаружил их: огромные, смешанные с кровью, свидетельствующие о том, что что-то явно тащили по снегу. Билл пошел глубже в лес.

Эмили очнулась и обнаружила себя на плече у зверя. Было настолько темно, что она едва могла разглядеть землю и деревья вокруг. Тут же она начала извиваться и пинаться ногами, пытаясь слезть с плеча.

– Отпусти меня, ты... животное! – закричала она, молотя кулаками по его спине. Тем не менее, он продолжал идти, делая огромные шаги и не обращая никакого внимания на ее усилия. Тут Эмили заметила низко висящую ветку и сразу же схватилась за нее, уронив на себя сугроб снега. Холодный озноб пробрал ее до костей, заставляя тело сильно дрожать.

Зверь попытался сделать шаг, но остановился, почувствовав сопротивление. Он отпустил Эмили, которая не слишком крепко держалась за ветку и потому упала в снег.

Женщина попыталась отползти, но он схватил ее за волосы и потащил за собой.

– Пожалуйста, отпусти меня! – умоляла Эмили. – Мой муж даст тебе все, что ты захочешь!

Она рыдала, держась за свои волосы.

Чудовище сверкнуло глазами:

– Заткнись!

Несколькими минутами позже он втащил ее в пещеру, в центре которой развел огонь. Монстр отодвинул Эмили к дальней стене.

Пещера воняла гниющей плотью и была покрыта паутиной. Странные звуки и топот зверей вызывали у женщины мурашки. Она лежала на боку, подогнув колени к груди в позе эмбриона. Она скулила, а ее тело дрожало от страха и холода.

Когда она, наконец, нашла в себе смелость осмотреться, то сразу же пожалела об этом. Слева от себя она обнаружила скальп. Эмили быстро отодвинулась, громко рыдая. С другой стороны женщина увидела множество крыс, пожирающих что-то красное. К ее ужасу, они ели чье-то сердце!

Эмили больше не могла сдерживать тошноту, и ее вырвало прямо там, где она лежала.

Зверь издал резкий лай и прогнал крыс. Эмили мимоходом подумала, что он, должно быть, хотел проявить немного сострадания — но вот он уже взял сердце и начал сам его доедать.

Эмили тряслась от страха за свою жизнь и могла только молча смотреть на зверя. Крысы бросились к нему, он поднял череп и забросил его в них. Крысы разбежались, пища от испуга.

Билл пробрался сквозь лесную чащу, ведомый следами. Сквозь густые ветви деревьев свистел сильный ветер. Его лошадь ржала и поднимала панику.

– Успокойся! – Билл потянул за узду, затем погладил лошадь, пытаясь успокоить ее. Он привязал уздечку к дереву, решив, что дальше разумнее идти одному. Сквозь высокие деревья он видел луну, направляющую его и освещающую следы, по которым он шел.

Ад на все времена

Мужчина посмотрел под ноги и заметил сломанные ветки. Чуть дальше он нашел одну из сережек Эмили. Мужчина улыбнулся, понимая, что она еще жива и оставляет ему подсказки.

Он положил сережку в карман и вынул револьвер. Держа перед собой оружие, он продолжал идти глубже в лес.

Убийца приблизился к Эмили и наклонился, чтобы коснуться ее лица своими окровавленными ручищами. Капли крови упали на землю с его раненой руки. Эмили задрожала от страха и закрыла глаза.

—Пожалуйста, отстань от меня, — умоляла она, отпрянув назад.

Зверь поласкал ее ногу и закрыл глаза.

— О, у тебя прекрасная мягкая кожа, — сказал он нараспев.

Эмили отвернула от него лицо, содрогнувшись. Он наклонился ближе и попытался поцеловать ее шею. Она открыла глаза и плюнула ему в лицо. Он усмехнулся и ударил ее. В ответ она пнула его ногой в живот. Удар заставил его повалиться на спину.

Она поднялась и попыталась убежать, но слишком медленно. Он схватил свою жертву за ногу, и Эмили упала на землю.

— Нет! Нет! — кричала она, снова пытаясь уползти.

Билл услышал крик жены всего в нескольких метрах от себя. Воодушевленный, он побежал на ее голос в пещеру. Мужчина нашел жену лежащей на спине, а зверь пытался укусить ее. Билл бросился к существу, обхватил его рукой за шею, пытаясь задушить.

Монстр заревел от удивления и отпрянул от Эмили, которая тут же поползла в угол пещеры и уселась там, дрожа от страха. Насильник взял Билла за руки и потянул, пытаясь освободиться из его хватки. Он поворачивал головой из стороны в сторону, недовольно рыча, и вдруг укусил Билла за руку.

– О, черт! – воскликнул Билл. Боль была просто невыносимой, но он не сдавался.

Зверь выплюнул плоть Билла и встал, в то же время пытаясь оттолкнуть мужчину. Старый солдат повис на спине зверя, сжимая его горло так сильно, как только мог. Монстр подбежал к стене пещеры и бросился на нее спиной, чтобы сбросить с себя ношу. Билл почувствовал, как электрический ток пронзил его позвоночник.

Эмили поднялась. Ее мужество вернулось, когда она увидела, как ее любимый муж страдает.

– Оставь его в покое! – закричала она.

Эмили не знала, что ей делать. Она была безоружна, к тому же не в лучшей форме для рукопашного боя.

Зверь продолжал стукать Билла о стену, пока, наконец, тот не врезался в нее головой. Он упал за землю, и из затылка хлынула кровь. Пистолет, который он держал в руках, упал и улетел в сторону Эмили.

– Билл, вставай! Пожалуйста! – закричала она.

Убийца обернулся и посмотрел на Эмили, прищурив свои красные глаза. Он зарычал и пошел к ней огромными шагами.

Эмили заметила пистолет и наклонилась, чтобы поднять его. Ее рука дрожала, когда она целилась в зверя. Закрыв глаза, она нажала на курок.

Эмили услышала громкий, гулкий взрыв и звук падения. Она открыла глаза и увидела зверя, пытающегося подползти к ней. Его тело приподнялось на полпути, и он уставился на нее, как разъяренный медведь. Как только он попытался встать на ноги, Эмили снова выстрелила ему в середину лба. Его тело упало на землю.

Увидев, что насильник лежит неподвижно, Эмили начала истерически смеяться, но тут же протрезвела от вида лежащего так же неподвижно мужа. Она подбежала к Биллу и начала трясти его за плечи:

— Билл! Открой глаза! Пожалуйста! — ее слезы падали на окровавленное пальто Билла.

Мужчина открыл глаза и попытался встать, но упал обратно.

— Где этот ублюдок? — спросил он, обеспокоенно озираясь вокруг.

— Я убила его, — сказала Эмили.

Он смотрел на свою храбрую жену. Все ее лицо и руки были в кровавых царапинах.

— Боже мой, он исцарапал тебя.

— Я исцарапалась, когда он тащил меня, — пожала плечами Эмили.

Билл покачал головой.

— Я не должен был оставлять тебя поздно ночью, дорогая моя.

Он схватил ее за плечо, и она помогла ему встать. Они подошли к зверю, и Билл снова направил на него пистолет. Стремительно он выстрелил чудищу в живот четыре раза. Затем он нагнулся, испытывая головокружение, и проверил признаки жизни.

— Этот сукин сын больше никого не тронет, — сказал он.

— Должны ли мы сообщить в полицию? — спросила Эмили.

— Да, но я сделаю это завтра. На сегодня достаточно. Давай просто вернемся домой.

Эмили бегло взглянула на раны Билла:

— У тебя идет кровь, поэтому мы должны поехать в больницу, — сказала она.

Голова Билла болела, и кровь полностью пропитала пальто. Он чувствовал слабость, но продолжал идти.

– Я принес аптечку, но оставил ее в сумке на лошади. Как только ты мне перевяжешь голову, я буду в порядке, – сказал он.

Они покинули пещеру и пошли по снегу навстречу к лошади. Эмили одной рукой отодвигала ветки, а другой – поддерживала Билла за спину. Она твердо решила отвезти мужа в больницу, как только они вернутся к себе на ранчо.

Билл был сильным, но, тем не менее, снова и снова доказывал, что он непобедим.

ВО ТЬМЕ

ПО ТБИЛИСИ ГУЛЯЛ дикий воющий ветер, засыпая крыши кирпичных двухэтажек пылью и забрасывая мусор в окна. Дома выглядели мрачно и угрюмо, располагаясь на едва освещаемых улицах. В ту глухую ночь не было никаких признаков жизни, так как все жители деревни крепко спали. И только бушующий ветер переносил сор с одной улицы на другую.

В одном из домов мелькнула искорка света. Там, внутри, за круглым деревянным столом черного цвета в маленькой тусклой пурпурной комнате сидела 35-летняя грузинская цыганка. На столе у нее стояли две высокие красные свечи, белый хрустальный шар да благовония, наполнявшие комнату ароматом лаванды. На двери дома красовалась реклама:

Ясновидящая и медиум Тасария.

Гадание на картах Таро и общение с умершими.

Вездесущий ветер трепал вывеску, словно детскую игрушку, заставляя ее дребезжать о стеклянную дверь. Неоновые буквы вывески «Закрыто» время от времени вспыхивали.

В маленькой комнате дедушкины часы пробили двенадцать раз, и этот звук эхом разнесся по тишине дома. Тасария вздрогнула.

«О, нет! Уже полночь! Он может вернуться, чтобы снова мучить меня!»

Воспоминания о мучителе заставили волосы на затылке зашевелиться. Она прикрыла плечи шалью и украдкой оглядела маленькую комнатенку.

Глубокие морщины на лице Тасарии, казалось, рисовали карту разочарований и бессонных ночей на ее изможденном лице. Они вырезали бороздки вокруг голубых глаз, прибавляя ей возраст. Тасария выглядела намного старше своих лет. Ее длинные черные волосы, смешанные с сединой, покрывал шелковый коричневый шарф.

Ее длинная черная юбка почти касалась пола. Длинные синего цвета серьги в форме распятий свисали с ее ушей. Несмотря на то, что Тасария не ожидала клиентов, она была одета, как положено. Хотя ей и было некомфортно в этом наряде, но и переодеваться в ночную сорочку также не хотелось. Потому что, если ей придется сегодня бежать на улицу, она, по крайне мере, будет прилично одета.

Несколько часов назад, испытывая беспокойство, Тасария приняла две таблетки снотворного, но она боялась положить голову на подушку. С тех пор, как у нее развились особенные способности, Тасарию каждую ночь мучал волосатый коротышка-*домовой*, дух дома. Он бил ее по лицу и несколько раз чуть не задушил.

Однажды ночью она, услышав, как что-то упало на кухне, вскочила с кровати и взяла старинную бабушкину кочергу, которая всегда была у нее под рукой для подобных случаев. Тасария осторожно на цыпочках подошла к кухне с поднятой над головой кочергой, уже готовая ударить злоумышленника. Женщина приоткрыла дверь и заглянула внутрь.

Перед ней открылась картина полного беспорядка. Дверки шкафов были открыты, а тарелки и кувшины попадали на пол.

«*Что разозлило домового?*» – задумалась она.

Потом послышался стук, будто кто-то бил по шкафу. Вдруг в комнате все стихло, а дверь перед ней широко распахнулась. Перед Тасарией стояло мохнатое существо маленького роста. Его длинная каштановая борода затряслась от отвратительного смеха, а заостренные уши плюхались вверх и вниз. У этого существа были длинные острые черные зубы, часть из них торчала из его рта.

Он перестал смеяться и потер свой огромный круглый живот. Затем домовой положил левую руку на дверь и начал царапать ее длинными когтями, одновременно вглядываясь в глаза женщины. По коже Тасарии бегали колючие мурашки. Она была напугана, но не могла сойти с места. Сердце, казалось, стучит в ушах, а трясущиеся колени выдавали ее страх. Онемев от ужаса, женщина выронила кочергу, так как у нее больше не было сил удерживать ее. Отступив назад, она потеряла равновесие и упала на ягодицы.

Наконец, она почувствовала свой язык. Покачав головой, Тасария сказала хриплым голосом:

– Пожалуйста, оставь мой дом! Тебе здесь больше не рады.

Она попыталась медленно двигаться назад, поглядывая на кочергу.

Со злым коварством домовой подобрал ее. На глазах у испуганной Тасарии кочерга вдруг превратилась в черную кошку. Она замурлыкала в руках демона, но стоило ей увидеть Тасарию, как кошка сердито зашипела.

По длинному волосатому подбородку домового стекала слюна, смешанная с инеем. Он облизнул губы и уставился на Тасарию.

Она попыталась встать, но от страха была словно заморожена: ей не удавалось пошевелить ни одним мускулом своего тела. Тасария чувствовала, как ее разум и тело словно парализовало. Она попыталась закричать, но губы не шевелились.

Когти у кошки вдруг выросли до невероятной длины, и она прыгнула на Тасарию. Прикосновение острых кошачьих когтей разбудило онемевшее тело.

– Помогите! – закричала Тасария, зная, что никто не придет ей на помощь. Она вскинула руки перед собой, пытаясь защититься.

Внезапно все двери в доме захлопнулись, а ее крик вернулся к ней эхом.

– Помогите! – передразнил ее домовой. Он снова засмеялся, оскалив зубы.

Дрожа от страха, она пыталась отбросить кошку, но когти так глубоко впились в кожу, что сбросить ее было невозможно. Тасария чувствовала жжение не только в тех местах, где когти пронзили кожный покров, но и во всем теле. Женщина упала в обморок. Когда она проснулась, вокруг никого уже не было, осталось только напоминание – ее грудь была расцарапана.

И вот потому этим вечером Тасарии было страшно и бодрствовать, и спать. Ее кошмары бывали даже страшнее, чем ночные посетители. В одном из них она увидела себя в темной комнате в большой железной клетке. Ее ноги были скованы длинной цепью, присоединенной к решетке. В комнате было так темно, что она ничего не могла увидеть. Тасария попыталась открыть дверь клетки. Сначала толкнула ее, а потом пнула. Внезапно вся клетка загорелась. Пламя взорвалось, окружая ее. Она отчаянно скребла по лодыжкам, пытаясь снять цепь с ног.

Внезапно раздался смех.

«Ты никуда не уйдешь, – услышала она голос. – Ты принадлежишь только нам».

Ее глаза заметались, пытаясь разглядеть источник голоса. В слезах отчаяния она закричала: «Кто ты? Чего ты от меня хочешь?»

Ответа не последовало. Тасария спросила еще раз, потом еще, и еще. Ответа не было. Только этот злой смех.

Тем временем пламя росло.

«Пожалуйста, снимите ее!» – закричала она, качая ногой в тщетной попытке освободиться от цепи.

Потом она увидела себя стоящей на коленях. Тасария кашляла до тех пор, пока не начала плевать кровью. Вот огонь уже вошел в клетку, и пламя лизало ее тело. В ужасе схватилась она за решетку на двери клетки и начала трясти ее в последней отчаянной попытке сбежать.

Огонь охватил ее ноги и быстро поднялся к голове. Она упала и сгорела дотла.

Эти повторяющиеся сны вселяли страх в ее сердце. Поэтому вместо того, чтобы спать в соседней комнате, Тасария раскладывала карты Таро, произнося что-то шепотом, так, что только она одна могла слышать.

Когда Тасария собирала карты, две из них выпали на стол. Она подавила крик, когда увидела, что это за карты.

Смерть и Дьявол.

Она взяла карты и уставилась на них. Тасария нахмурилась, она была удивлена, почему выпали эти две плохие карты. Из всех карт в колоде почему именно эти?

«Разве я еще недостаточно потеряла за последние пять лет?»

Одну за другой она раскладывала карты из колоды, формируя из них кельтский крест. Такая конфигурация представляла собой любовное послание.

В последнее время ее жизнь шла по нисходящей спирали. Во-первых, она попала в автомобильную аварию, и с тех пор ее молодой человек Давид, с которым они давно были вместе, избегал ее. Она надеялась, что этот любовный расклад скажет ей, вернется ли он к ней.

Наконец, кельтский крест был выложен. В этот момент ее охватила сонливость. Женщина зевнула, и ее веки задрожали, стремясь сомкнуться. Она злобно потерла глаза, затем наклонилась поближе к картам, чтобы разглядеть. Сначала казалось, что бодрствовать уже невозможно, но, когда она рассмотрела карты, сонливость как рукой сняло.

Ее покрасневшие глаза расширились, снова увидев карту Дьявола.

Ее глаза быстро пробежались по остальным картам. Башня, которая выглядела как картинка с треснувшей от удара молнии башней и двумя падающими с нее фигурами.

Карта Смерти, на которой изображен рыцарь в скелетной броне, указывала на далекое будущее.

«Почему эти карты выходят у меня уже в третий раз?» – удивилась она, взяв в руки карту Смерти. Она недоуменно вгляделась в нее и потерла нахмуренный лоб.

Ее ухо уловило мяуканье, доносящееся из-за двери. Проигнорировав этот звук, Тасария откинулась на спинку стула, размышляя о предсказаниях карт. Звук становился все громче, будто кошка уже была в комнате.

«И почему эта кошка не оставит меня в покое?» – заворчала Тасария, поднимаясь со своего места и направляясь к двери. Когда женщина открыла дверь, никакой кошки она за ней не обнаружила.

Единственное, что открылось ее взору – пустая, темная улица.

Она крикнула:

– Ты, злобная тварь! Прекрати играть со мной или я отрублю тебе голову!

Ответом ей был ветер, подувший в лицо, он заставил отступить Тасарию на шаг назад. Почувствовав холод, она спешно закрыла дверь и, потирая руки, направилась обратно к столу.

Внезапно дверь затряслась и распахнулась, с силой ударившись о стену. Ветер ворвался в дом, и от этого карты Таро разлетелись по комнате.

– О, нет! – воскликнула она. Гадалка бросилась закрывать двери, убедившись, что вывеска «Закрыто» повернута лицом наружу.

Собрав карты с пола, Тасария сложила их в аккуратную стопку на столе. Потом она снова зевнула и села в любимое кресло. Потянувшись, женщина укрылась теплой и уютной шалью, закрыла глаза и задремала.

В половине второго ночи, в полной темноте, она проснулась от громкого стука в дверь. Тасария открыла глаза, повела плечами и посмотрела на часы на стене.

– Неужели сложно прочитать, что мой магазин закрыт? – пробормотала она.

Стук стал громче.

– Иду, иду! – закричала она.

Слегка сдвинув занавеску, Тасария выглянула на улицу. За дверью стояло двое мужчин. Один – высокий в черном пальто и шляпе, закрывающей лицо. Другой – значительно ниже, в черных перчатках, зеленом плаще и зеленой шляпе. Стоя у дверей, они разглядывали улицу вдоль и поперек.

– Что вам нужно в такое позднее время? – спросила Тасария через дверь. Она тщетно пыталась разглядеть их лица через стекло.

– Мы хотели бы связаться с нашим отцом, умершим несколько лет назад, – сказал высокий мужчина.

– Я не работаю в два часа ночи, – ответила она. – Разве вы не видите вывеску «Закрыто»?

Коротышка достал из кармана две стодолларовые купюры и приложил их к стеклу. Глаза Тасарии засияли, когда она увидела иностранные зеленые купюры.

– Леди, мы щедро заплатим. Впустите нас, – сказал высокий гость. Но эти зеленые бумажки говорили с ней еще громче, чем он. И она немедленно открыла дверь.

Авангардом в комнату влетел ветер, принеся с собой запах, прогорклый, как мертвые животные. Она прикрыла нос краем шали.

Невысокий мужчина, похожий на карлика, поднял голову и посмотрел Тасарии в глаза, подмигнув ей. Она собралась прочитать ему лекцию о вежливости, но слова застряли где-то в горле.

Вместо мужчины перед ней была черная кошка с обнаженными клыками. Она закрыла глаза и потрясла головой, а затем снова взглянула на гостя. Перед ней опять стоял коротышка. Его единственный золотой зуб сиял при свете свечей.

«Что, черт возьми, происходит? Я что, правда, только что видела кошку?»

Незваные гости обошли Тасарию и проникли в дом, оставив грязные следы на пурпурном ковре. Она посмотрела на беспорядок, который они устроили, но мужчины не обратили на это никакого внимания, они прошли прямиком к столу. Подняв глаза от ковра, Тасария заметила облако черного дыма, вокруг незнакомцев. Потом она снова опустила глаза к грязным черным ботинкам.

«И где они нашли эту грязь? – задумалась она. – На улице совсем сухо».

Тасария замерла на мгновение, опешив от вони, грязи и дыма, исходивших от этих людей.

«Кто они такие?»

Мужчины уселись за стол, при этом стулья под ними заскрипели, будто вот-вот сломаются.

– Леди, почему бы вам не закрыть дверь? – спросил высокий мужчина, кладя шляпу на стол.

Тасария ничего не могла с собой поделать, и просто пялилась на незнакомцев. В тусклом свете свечи их черты были чуть более различимы. У обоих гостей были лысины на головах и по две шишки на лбах. Их глаза были маленькими и черными и не выражали никаких эмоций.

Внезапно Тасарию захлестнуло чувство грусти и пустоты. Она потерла руки, пытаясь успокоиться.

«Отуда взялась эта печаль?»

По телу проходили волны озноба, вызывая дрожь. Она старалась не обращать внимания на ветер за спиной и листья, которые он заносил в дом. Они кружились вокруг, как дикие бабочки.

— Тасария, закрой дверь! — приказал высокий мужчина. Его черные глаза внезапно загорелись красным.

Порыв ветра снес шляпу посетителя со стола. Он сердито встал и поднял ее.

— Хватит! — он указал рукой на дверь. И она тут же захлопнулась, стукнув с такой силой, что стекло треснуло.

— А сейчас мы хотели бы получить то, за чем пришли! — приказал он. Его голос звучал достаточно громко, чтобы и окна в доме разбились. Два громких звука, раздавшихся практически одновременно, заставили Тасарию подпрыгнуть.

Она медленно и нерешительно направилась к столу. Когда она села, в груди появилась странная тяжесть. Она едва могла дышать из-за сильного зловония, исходящего от гостей.

Ее глаза слезились, и она заморгала, чтобы избавиться от раздражения.

— Чем я могу вам помочь?

Мужчины посмотрели друг на друга и обменялись злобными улыбками, от которых кровь в венах Тасарии, казалось, заледенела.

— Мы хотели бы поговорить с нашим отцом, — сказал коротышка.

— Как его зовут? — спросила Тасария.

— Балаам, — сказал высокий человек. Его спутник хихикнул, прикрыв рот рукой.

— Когда он умер? — спросила она.

— Пять лет назад, — ответил незнакомец.

Какое-то забытое воспоминание попыталось пробиться на передний план из закоулков памяти Тасарии, но тут же провалилось перед лицом мамоны.

— Прежде чем я начну, вы должны заплатить мне, — потребовала она.

Карлик положил на стол две стодолларовые купюры.

— Этого достаточно? — спросил он с усмешкой.

Глаза Тасарии заблестели от жадности. Она быстро схватила деньги со стола, опасаясь, что мужчины могут попытаться забрать их у нее, и тут же сунула деньги в карман.

— О, да, этого более чем достаточно.

Она сияла от радости, и весь недавний дискомфорт, который она испытывала в их присутствии, куда-то испарился.

Женщина встала и принесла две черные свечи, которые тут же зажгла и поставила на середину стола. Затем она села обратно и развела руки по направлению к гостям.

— Мы должны образовать нерушимый круг. Пожалуйста, возьмите меня за руки. Вы не должны их отпускать, пока я не скажу, — она серьезно посмотрела на них. — Что бы ни случилось в этой комнате, вы не должны разрывать круг.

Так они все трое взялись за руки, образовав круг. Теперь гнилой запах стал еще более отчетливым и усилился. Тасария сморщила нос и посмотрела на гостей, нахмурившись.

«И откуда только они пришли? Воняют дерьмом! Надеюсь, этот сеанс пройдет быстро, и я скоро от них

избавлюсь. Мой бедный дом... мне придется проветривать его завтра».

Тасария закрыла глаза и, опустив голову, попыталась успокоиться и приготовиться к сеансу. Затем она подняла голову:

— Балаам, я приглашаю тебя в свое тело. Приди и поговори со своими детьми через меня.

Ее губы медленно шевелились, когда Тасария прошептала что-то на иностранном языке.

Вдруг ее тело начало дико извиваться, как марионетка, за ниточки которой дергал сумасшедший. Мужчины многозначительно переглянулись и кивнули друг другу.

— Время пришло, — сказал незнакомец.

Их глаза стали кроваво-красными. Дым, который раньше был не более, чем тонкой аурой, теперь вытекал из их тел могучей смрадной рекой. Из шишек на их лбах начали расти рога, а уши стали длинными и заостренными. Лица покрылись густыми каштановыми волосами. И их, казалось, человеческие зубы выпали изо ртов, а новые, более длинные выросли на их месте, выступая над губами. Носы стали короче, и по обе стороны от них появились волоски. На спинах выросло по два больших крыла.

— Явись! Я жду тебя! — закричала Тасария.

Внезапно ее тело обмякло и упало на стол, и так она лежала неподвижно, словно мертвая. Потом она так же быстро села. Но это уже была не Тасария. В ее открытых глазах были видны только белки. Нос и подбородок изменили свою форму. Они стали длиннее, и черты ее лица выглядели более мужскими.

Одежда на мужчинах треснула и развалилась, в то время как их тела стали больше, приняв свою истинную форму. Их пальцы потеряли человеческий облик и стали длинными, с острыми когтями.

Вся их троица воспарила вверх, они почти касались потолка головой. Затем все вместе упали на пол.

— Почему вы так долго не вызывали меня? — произнесла Тасария громким мужским голосом, широко открыв глаза. Они выглядели пустыми и теперь светились красным.

Стены комнаты дрожали, вместе с картиной, на которой была изображена Тасария, сидящая с картами Таро на диване. Вскоре на стенах образовались трещины, из которых в комнату повалил дым. Помещение заполнилось туманом и странным ревущим звуком.

— Господин, мы ждали, пока она перейдет на темную сторону, — сказал высокий зверь, избегая глаз Балаама.

— Вы дураки! Я чуть не потерял ее, когда она исповедовалась этому тупому священнику и раскаялась! — прогремел Балаам. Сила его голоса отбросила двух демонов к противоположной стене и потолку. Оба они упали на землю, дрожа, после чего поклонились Балааму, стоя на четвереньках, как животные.

—Господин, мы вернули ее к занятиям оккультизмом, — сказал маленький демон, глядя в пол.

— Вы вернули ее? Я был тем, кто разрушил всю ее молодость, заставил ее потерять все, что было ей дорого и утопил ее в алкоголе. Разве не я обманул ее и других, думающих, что они могут видеть будущее и говорить с мертвыми душами? Эти уродливые смертные не понимают, что мертвые никогда не возвращаются.

Оба демона встали и рассмеялись вместе со своим хозяином.

— Эти люди так доверчивы и наивны, — сказал Балаам, фыркнув с усмешкой.

Тело Тасарии дрогнуло, она упала на пол. Десятифутовый демон вылетел из нее. Он посмотрел на гадалку, расправил крылья и обошел ее, принюхиваясь. Более высокий демон также подошел к Тасарии и понюхал.

— Господин, мои братья в аду уже ждут ее. Должен ли я ее убить? — спросил демон.

— Нет, я собираюсь использовать ее, чтобы заманить множество душ в свои сети, — усмехнулся Балаам, обдумывая свой коварный план. — Я заставлю ее дать этим идиотам ложные надежды и позволю им мечтать, как ленивые идиоты, ожидая, что предсказания сбудутся. Каждый раз, когда к нам приходят дураки, они облегчают нашу работу и сами отдаляются от Бога.

Он ухмыльнулся про себя.

— Господин, что вы хотите от нас? — спросил демон поменьше.

Балаам взревел так, что затрясся фундамент дома.

— Заходите в каждый дом, где люди продолжают молиться. Приносите отчаяние, страх, сомнение и гнев в их сердца.

Балаам сжал свои руки, произнося это, будто пытался что-то раздавить. Его голос эхом отдавался, словно раскат грома.

— Разрушайте их браки и топите в депрессии. Пусть они сами лишают себя жизни. Наполните мужчин похотью и одержимостью, а женщин — одиночеством. Это подтолкнет их в объятия друг друга, заставит согрешить. Вкладывайте в сердца людские сильное стремление к власти, и пусть их одолевают гордыня и высокомерие. Удерживайте их подальше от церкви, не позволяйте им верить в Бога. Заманите людей в свою ловушку, обещая им зеленые пастбища. Я хочу, чтобы эти дураки бежали за ответами к экстрасенсам, а не к священникам, – демон сжал кулак. – Раздавите их и затащите в ад!

Двое других демонов завыли и побежали к двери, на их лицах было возбуждение от мыслей об охоте.

Балаам вернулся к Тасарии и начал ползать вокруг нее.

Он дул ей в лицо, заставляя гадалку грезить о счастливых событиях в ее жизни.

– Посмотри, что ты потеряла, пусть тебя сжигают гнев и сожаление. Да не будет покоя в твоем сердце и разуме, пока ты не погибнешь, а я не встречу тебя в аду.

Пока демон дул на нее, веки женщины быстро двигались, ее лицо стало бледным.

Демон побежал к двери. Он оглянулся на нее, его глаза вспыхнули красным. Он прошипел, распахнул свои уродливые коричневые крылья и взлетел в небо к луне. Бесовский смех его раздался эхом на улицах внизу.

На стене позади недвижимого тела Тасарии появились два красных глаза и черная тень, которая приняла форму домового. Он держал черную кошку на руках. Короткий миг он смотрел на Тасарию, затем рассмеялся и снова исчез в стене.

А Тасария лежала на полу и продолжала видеть события своей прошлой жизни.

Сначала она увидела себя сидящей за столом в маленьком кабинете и разговаривающей по телефону. На ней была короткая красная юбка, красный пиджак и черные туфли. Локтем она опиралась на две книги, купленные накануне.

В тот день она шла по пустой плохо освещенной улице мимо магазинов, и взгляд ее привлекла антикварная лавка. Она шла большими шагами, внимательно оглядывая свое окружение. Это был не самый спокойный район, и она нервничала от того, что находилась здесь.

По теням на тротуаре она заметила, что к ней приближается черная фигура. Тасария остановилась на мгновенье, напряженная, но тут же расслабилась, когда увидела, что это такое.

Черная кошка встала прямо перед ней. Женщина улыбнулась и наклонилась, чтобы погладить ее, но та подняла хвост и встала на задние лапы так, будто хочет вскарабкаться на нее. Удивленная Тасария стала оглядываться в поисках камня или какого-то предмета, которым могла бы отпугнуть животное. Тут женщина заметила пустую банку, подобрала ее и бросила в сторону кошки.

– Пошла прочь!

Кошка увернулась от банки и, развернувшись, исчезла в темноте.

Яркий свет вспыхнул с другой стороны улицы. Его здесь раньше не было. Глаза Тасарии метнулись к источнику света и остановились на ярко освещенном знаке, который гласил:

«Антикварный книжный магазин.

Здесь вы найдете ответ на все ваши нужды».

«Может, это правда, и там есть все, что мне нужно...?»

Посмотрев по сторонам, она перешла дорогу и вошла в маленький плохо освещенный магазин. Тасария подошла к коричневой витрине, покрытой пылью, влекомая какой-то странной силой. Она смотрела на содержимое шкафа через его стеклянные дверцы.

Внутри лежали хрустальные шары, карты Таро, маятник и свечи – в ожидании покупки. На полках женщина заметила несколько книг.

«Духовный мир, И-Цзин: как развить свои сверхспособности с помощью карт Таро», – прочитала она.

«Я, кажется, не туда попала».

Ее лицо покраснело от осознания совершенной ошибки. Тасария развернулась и уже сделала шаг, чтобы уйти, однако услышала кашель позади себя, и это заставило ее остановиться.

Она оглянулась. Позади за прилавком стояла старуха, хотя минуту назад там никого не было. Тасария огляделась и поняла, что не было никакой возможности появиться так быстро. Но, тем не менее, она стояла там.

У владелицы магазина были седые волосы и черные глаза. Нос у старухи был длинный и изогнутый на кончике. Ее руки были сложены на прилавке, а на изъеденных грибком пальцах было множество колец со странными фигурками: змеи, скелеты, пентаграммы. На удивление Тасарии, кожа на руках незнакомки была гладкой, без морщин. Тем не менее, лицо ее было испещрено морщинами так, словно ей было лет семьдесят.

– Чем могу вам помочь? – спросила она, и по голосу Тасария также услышала в ней более молодую женщину.

– Ничем. Я по ошибке зашла, – запнулась Тасария, – Я уже ухожу.

Но она никак не могла отвести своих глаз от черных глаз стоявшей перед ней женщины.

– Чувствую, что вы искали подарок для подруги, – сказала она.

Холодный озноб пробежал по телу Тасарии. *«Откуда она знает?»*

– Я знаю, что нужно вашей подруге, – продолжила старушка. Она взобралась на табуретку и достала книги, на которые смотрела Тасария.

Книги здесь были все в пыли. Старуха подула на них, от чего пыль полетела прямо в лицо Тасарии. Та несколько раз чихнула, а глаза ее стали зудеть.

«Как грубо», – подумала она про себя.

– Взгляните, – старуха протянула ей книги. – Они могут вам понравиться.

В ее голосе слышалось легкое презрение.

Старушка протянула книги в руки Тасарии с улыбкой. Это было не очень-то приятное зрелище: у нее были гнилые черные зубы, а часть зубов и вовсе отсутствовала.

– Просто полистайте. Вы ничего не теряете.

Чтобы отвязаться от назойливой дамы, незадачливая посетительница открыла книгу Таро и полистала страницы.

«Как интерпретировать карты Таро», – читала она вполголоса.

Девушка листала страницы, натыкаясь то на карту Любовников, то на Башню, то на карту Силы, то на карту Дурака. Рисунки на картах казались ей забавными. Тасария положила книгу на прилавок и раскрыла следующую.

«Открой свой третий глаз и научись видеть свое будущее. Развивай способность общения с умершими близкими», – читала она вслух. – «Некоторые люди рождаются со сверхспособностями, а некоторые приобретают их в процессе обучения. Если вы заинтересованы в развитии своих паранормальных способностей, хотите изменить свою жизнь и достигать успеха в том, что делаете, эта книга для вас».

«Я не понимаю, как люди могут верить в эту чушь», – подумала она.

– Вам не кажется, что вашей подруге понравились бы эти замечательные книги? – настаивала старушенция, широко улыбаясь.

— Я не уверена... сколько они стоят? — спросила Тасария.

«Я всегда могу выбросить их в мусорку, если они не слишком дорогие. Просто куплю, чтобы убрать их с прилавка».

Старая продавщица подмигнула:

— Совсем немного. Всего пять лари».

Тасария достала из сумочки пять лари и отдала женщине. Старуха взяла деньги и уставилась на Тасарию. Теперь не было ни улыбки, ни подмигивания. Лицо женщины было мертвенно-серьезным.

— Твоя жизнь скоро изменится, — пробормотала она.

— Простите, что вы сказали? — удивленно спросила Тасария.

Не произнося больше ни слова, женщина развернулась и оставила ее одну.

Тасария нахмурила брови в замешательстве. Она быстро вышла из магазина, даже не закрыв за собой дверь, и поспешила на такси. Она оглядывалась назад из опасения, что кто-то последует за ней из магазина.

«Я знала, что книги ни на что не годятся, но все равно заплатила за них, будто меня загипнотизировали, — думала она про себя. — Кроме того, я собиралась выбросить их в мусорный бак, но они все еще в моих руках!!!»

И вот теперь она сидела в своем офисе и разговаривала по телефону, кокетливо завивая прядь своих густых волос. На ее лице была счастливая улыбка, обнажавшая белые зубы, а голубые глаза ее сияли радостью.

— Ах, Давид, ты меня балуешь. Отдых на Багамах? Ты уверен, что можешь себе это позволить?

— Тасария, сколько раз я должен сказать тебе, чтобы ты не беспокоилась о деньгах? — спросил Давид.

Тасария наклонилась вперед и оперлась о стол локтем, сдвинув книги на край.

— Я просто не хочу быть тебе в тягость.

Книга Таро упала на пол и открылась в момент приземления. Тасария посмотрела на книгу и увидела карту Башни на одной из открытых страниц. Она безразлично пожала плечами и закрыла книгу ногой.

— Ты мне не в тягость, — продолжал Давид на другом конце провода. — Тебя повысили, так что давай отпразднуем это на Багамах, под теплым солнцем на прекрасных песчаных пляжах.

Тасария подобрала книгу и положила на стол, продолжая разговор со своим кавалером.

Теперь Тасария увидела период жизни до автокатастрофы, когда она еще была красивой и молодой и работала помощником юриста. Она видела, как идет рука об руку с Давидом в большом автосалоне, а за ними следует продавец.

Она сияла от радости, когда приблизилась к красному ниссану. Какое-то время Тасария просто стояла и смотрела на него.

— Давид, что ты об этом думаешь?

— Мне не нравится красный цвет, но решать тебе, — сказал он с улыбкой.

Она в шутку ущипнула его за нос:

— Давай проверим изнутри, — Тасария повернулась к продавцу. — Можно мы заглянем внутрь салона?

— Конечно! — сказал продавец. Он широко улыбался, открывая передние дверцы. Тасария заглянула внутрь и осмотрелась, потом села на кресло водителя. Все казалось идеальным, от кондиционера на заднем сиденье до количества подстаканников.

Она провела рукой по черному кожаному сиденью:

– Боже мой, эти сиденья такие мягкие! – она уставилась на черный стерео- и видеоплеер. – Это настолько нереально!

–Хотите проверить стереосистему? – спросил продавец.

– О... а можно? – спросила Тасария. Она напоминала маленькую девочку на Рождество.

– Конечно! – он протянул ей ключи и шутливо добавил, – Просто не выезжайте за нашу территорию.

Тасария повернула ключ зажигания и прошлась сквозь множество каналов.

Пройдет еще много времени, прежде чем она вспомнит о той волне, которую случайно поймала.

– «Гори, гори в огне...» – лилось из радиоприемника, но она не обращала на это никакого внимания. Тасария открыла окна во всех дверцах и одобрительно кивнула головой.

– Вау! Это так здорово! Я просто влюбилась в этот автомобиль.

Тасария осмотрела бардачок и обрадовалась, обнаружив еще больше подстаканников.

– Ну, поехали! – сказала она про себя.

Тасария включила DVD-плеер и, к своему удивлению, увидела фильм, в котором огромная горилла нападает на людей. Люди разбегались кто куда, а горилла грузно плюхала за ними, наступая на тех, кто не успел уйти. Она поднимала транспортные средства и бросала их в воздух. Внезапно, на долю секунды, сцена изменилась. На экране возникло огромное отвратительное существо. У него был короткий нос и волосатое лицо. Глаза были плоскими, черными, без каких-либо эмоций, они смотрели на Тасарию. При этом существо визжало так, как она никогда в своей жизни еще не слышала.

Тасария задохнулась от неожиданности и рванула с места, словно ее что-то обожгло.

Она потрясла головой. *«Зачем делать подобные видео?»*

Женщина поспешно выключила DVD-плеер, а затем и двигатель машины. После этого она вышла из салона.

Широко улыбаясь, Тасария схватила за руку своего ухажера:

— Давид, эта машина должна быть моей! — она повернулась к продавцу. — Какова общая стоимость этого автомобиля, включая страховку?

Продавец достал из кармана калькулятор и принялся нажимать цифры.

— Это будет 15000 лари.

Информация о стоимости автомобиля стерла улыбку с ее лица.

— Это слишком дорого. Я бы подумала о покупке, только если б вы снизили цену.

Продавец снова сделал подсчет:

— Я могу сократить стоимость только до 14500 лари.

Тасария взглянула на Давида, безмолвно умоляя его помочь в принятии решения.

Он одарил ее улыбкой:

— Если тебе нравится, она твоя.

— Но это же так дорого, — сказала она, закусив губу.

— Простите, но у нас есть еще один клиент, готовый купить эту машину. Если вы не можете себе этого позволить, ничего страшного, — соврал продавец. Он рано овладел искусством обмана и умело манипулировал людьми, заставляя их принимать выгодные для себя решения.

Тасарии не хотелось терять эту машину, поэтому она достала из сумки чековую книжку и поспешно написала там нужную сумму. Женщина вырвала чек и отдала продавцу.

Внезапно картина покупки автомобиля исчезла из памяти Тасарии и она переместилась в свою комнату. Там она увидела себя сидящей за круглым столом в пурпурной комнате, раскладывающей карты Таро перед молодой глупой девушкой, сидящей напротив нее. Руки Тасарии тряслись, когда она выкладывала карты на стол.

Это был ее самый первый сеанс чтения Таро, и она сомневалась, насколько ей это удастся.

Тасарию всегда манило что-то таинственное, но она никогда не думала о том, чтобы стать экстрасенсом.

Книги, которые она купила, сначала были для нее искушением, а потом превратились в одержимость. Ее подруга в конечном итоге получила в подарок цветы вместо книг, а Тасария начала их читать при каждом удобном случае. Когда она читала, то старалась запомнить значение каждой карты, а потом практиковала на своих друзьях. Именно тогда она и решила подзаработать, предоставив такие услуги клиентам, готовым заплатить.

И вот теперь, на своем самом первом сеансе гадания, она смотрела на карты томным взглядом.

Лицо девушки покрывали крошечные родинки, на голове у нее был белый шарф. Она нервно смотрела на карточки, закусив губу.

– Тасария, он вернется ко мне?

Экстрасенс закурила сигарету и села прямо, пуская девушке в лицо кольца дыма. *«Она поверит мне, не важно, какую чушь я выдумаю».*

– Восемь кубков в недавнем прошлом говорят о том, что у тебя было разочарование в мужчине. В твоем отдаленном будущем Пятерка кубков – значит, ты и дальше будешь разочарована, но решишь двигаться вперед.

Она указала на карту Рыцаря кубков средним пальцем руки.

— Кто-то новый войдет в твою жизнь. Десятка кубков говорит о том, что ваши отношения будут гармоничными. Туз кубков – это твое будущее. У вас будут длительные, протяженные, любящие отношения с новым мужчиной. Так что забудь о том своем парне.

Молодая девушка расплылась в улыбке.

— Вы уверены, что он не вернется?

Некоторое время Тасария сидела молча, глядя девушке прямо в глаза. «Эта дурочка платит мне деньги, чтобы услышать то, что она хочет услышать».

— Да. Он исчез из твоей жизни. Духи говорят мне, что ты должна идти дальше. Он неудачник и не подходит тебе.

— Ну а когда придет новый мужчина? – спросила девушка.

Тасария положила сигарету в пепельницу. *«Откуда мне знать? Я что – Бог?»*

— Через полгода, – произнесла она.

Девушка встала и положила на стол тридцать лари.

— Спасибо, что дали мне новую надежду!

Она счастливо улыбнулась и ушла.

Образ той комнаты растаял. Тасария увидела, как она мчится по дороге на своей новой машине, и Давид рядом с ней. Они ссорились.

— Ты изменил мне с моей лучшей подругой! Как ты мог так со мной поступить? – упрекала Тасария.

Она крепко нажала ногой на педаль газа. Ее тело напряглось, а голова стала тяжелой, будто кто-то сжимал ее тисками.

– Ты нас убить хочешь? – закричал Давид, лихорадочно следя за дорогой, заполненной машинами.

Она сигналила, объезжая другие автомобили, и постоянно меняла полосы движения.

Ее лицо покраснело от злости:

– Мы уже назначили дату свадьбы! Как ты смеешь заниматься с ней сексом в нашей квартире?

Давид перевел взгляд с дороги на Тасарию, а потом обратно.

– Я был пьян и не понимал, что делаю. Ты должна мне поверить! – его голос звучал как отчаянный крик.

Он вцепился в дверную ручку, понимая, что жизнь его висит на волоске.

Автомобиль заехал на тротуар, едва не задев пешехода. Тасария быстро вырулила опять на дорогу.

– Останови машину! Ты чуть не сбила человека! – кричал Давид.

Тасария была ослеплена воспоминанием того, как Давид занимается сексом с ее лучшей подругой в их спальне, и она совершенно не слышала его голоса, потому что кровь громко стучала у нее в ушах.

Тасария смотрела вперед и продолжала набирать скорость, объезжая машины и препятствия так, будто играла в игру, а не имела дело с реальностью.

Она повернула голову к Давиду. Ее глаза были полны ярости.

– Ты просто ничтожество!

Внезапно раздался громкий взрыв – машина врезалась в столб. Передняя часть ниссана была разбита, а Тасария вылетела вперед, ударившись челюстью об руль. Лобовое стекло треснуло, рассыпав осколки по спине и голове Давида.

Автомобиль позади них не смог вовремя остановиться, он врезался в пассажирскую дверцу ниссана. Так, драгоценность Тасарии несколько раз прокрутилась на дороге, а затем остановилась в мертвой тишине. Через мгновение Тасария подняла голову и выплюнула несколько зубов. Она застонала от боли и испугалась, почувствовав, как кровь бежит из ее рта.

Еще одна машина вынуждена была съехать с дороги, прежде чем остановилась. Два пассажира из третьего автомобиля вышли целыми и невредимыми и вызвали полицию.

Давид, истекая кровью, которая шла из виска, отстегнул свой ремень и сумел выбраться из машины. Он подбежал к двери Тасарии и открыл ее, помог расстегнуть ремень безопасности и вытащил ее из машины.

– Ты в порядке? – он смотрел на женщину обеспокоенно, пытаясь определить, была ли у нее какая-то серьезная травма.

– Я в порядке! – зарычала она и оттолкнула его. – Просто оставь меня в покое!

Она прошла небольшое расстояние и села на землю. Со вздохом Тасария опустила голову на колени. Ее тело дрожало от испуга.

Шок Давида постепенно перерос в гнев и страх. Он подошел к ней и крикнул:

– Ты сумасшедшая женщина! Ты могла убить нас... или других людей!

– Я просто была очень зла и не могла успокоиться. Я не знаю, что на меня нашло.

Тасария подняла голову и грустно посмотрела на него. Он молча смотрел в ответ. Затем ровным голосом сказал:

– Это конец наших отношений.

Пока перед мысленным взором Тасарии проплывали картинки прошлого, наступил новый день. Люди в своих домах проснулись от ночного сна, зажгли свет и начали свой день.

В это время она все так же лежала на полу, вынужденная просматривать образы своих ошибок.

Она видела себя пьющей в грязном маленьком пабе, где по деревянному полу носились тараканы. Рядом с ней сидел невысокий лысый толстяк. В пабе было шесть небольших круглых столов – некоторые из них занимали парочки, которые громко разговаривали и пили водку. Женщины смеялись, раздражая Тасарию своими хриплыми голосами.

Рядом с ней стояли шесть маленьких рюмок водки. Мужчина, сидящий рядом, выпил столько же. Голова у нее качалась на уровне груди, затем она подняла ее и пьяно улыбнулась своему спутнику. Ее красные глаза едва открывались, а язык был тяжелым.

Когда она улыбнулась, пустота между зубами стала очевидной. После аварии и расставания с Давидом она не удосужилась поставить искусственные зубы. Казалось, в этом не было смысла, ведь никого не волновало, как она сейчас выглядит.

С тех пор с Тасарией случилось много странного. Каждый раз, когда она мыла голову, часть волос оставалось на дне ванны. Ее черные волосы, цвета воронова крыла, которыми она так гордилась, теперь подернулись сединой. Ее кожа потеряла гладкость, и под глазами появилось несколько морщин.

И вот она сидит в этом дешевом пабе и изливает свои страдания незнакомцу, рассказывая о своей потерянной красоте, потерянном мужчине – иными словами, обо всех своих потерях.

– Я была красивой, как вон те цыпочки, – она указала на молодых женщин, не выпуская бокал из рук. – У меня была хорошая работа и хороший парень, но я все потеряла.

Она положила голову на стол.

–Я конченая неудачница, – пробормотала она.

Мужчина рыгнул и придвинулся к ней поближе. Он положил ей руку на спину.

–Ты больше не неудачница. Ведь теперь у тебя есть я.

Тасария подняла голову, отрыгнула и поморщилась. Ее глаза опустились на его большой живот.

– Ну уж нет. Мне не нужен такой противный мужик, как ты, – она снова опустила голову на стол. – Я хочу вернуть своего Давида и свою жизнь.

Мужчина набрал полную грудь воздуха и выдохнул.

– Жизнь похожа на головоломку. Когда мы делаем ошибки, то словно разбиваем пазл на кусочки. Трудно все собрать воедино.

– Но я не знаю, где я допустила ошибку, – Тасария подняла рюмку и поднесла ее к губам, залпом выпив все содержимое. После этого она сунула в рот кусок маринованного огурца.

Ее ухо уловило звук кошачьего мяуканья. В то же время она почувствовала, как что-то или кто-то коснулся ее ноги. Она посмотрела вниз, но никого не увидела.

Она медленно и осторожно повернулась к двери. С одной стороны, Тасария боялась того, что она может там увидеть, а с другой – испытывала болезненное любопытство.

На пороге была черная кошка. Ее шерсть стояла дыбом, хвост также был поднят наверх. Она шипела, глядя на Тасарию.

Женщина не могла поверить ушам:

– Нет, только не ты! – сказав это, она толкнула своего спутника. – Эй, Шота, ты видишь кошку у двери?

Он посмотрел в ту сторону, куда она указала.

– Какую кошку? Ничего такого не вижу...

Она указывала дрожащей рукой:

– Вот она! Она продолжает меня преследовать.

Кошка снова зашипела, глаза ее светились красным.

Цыганка встала, слегка покачиваясь:

– Неужели ты ее не видишь? Ее глаза светятся!

Коротышка напряженно уставился на выход, почесывая голову:

– Ничего такого я не вижу, – он посмотрел на нее и коротко рассмеялся, – Видимо, водка так на твой разум действует.

Кошка подбежала к Тасарии и прыгнула ей на грудь, вонзив когти в ее кожу. Она вскрикнула и схватила животное за шею, пытаясь оторвать от себя.

– Отстань от меня! – кричала она.

Затем она отступила назад и упала на пол. Поднимаясь, Тасария чувствовала боль во всем теле.

Какое-то невидимое существо трясло ее за плечи.

– Убирайся, ты, маленькое демоническое отродье! – закричала она, изо всех сил пытаясь вырваться из рук того, кто ее так крепко держал.

– Тасария, проснись!

Наконец, она открыла глаза и с удивлением увидела смотрящего на нее священника. Через мгновение она узнала его: это был отец Матфей, священнослужитель из соседней церкви.

– Отче, что ты здесь делаешь? – спросила она. Оглянувшись, женщина испугалась, увидев трещины в стенах. Воспоминания о позапрошлой ночи уползали, как черные черви.

Она медленно поднялась, слегка постанывая от боли.

– Я шел в церковь, но заметил три темные тени, покидавшие твой дом. Я поспешил сюда и нашел тебя на полу, – глаза его осмотрели пустые стены, свечи на полу и опрокинутые стулья. – Что здесь произошло? Твой дом выглядит так, будто тут было землетрясение!

Тасария встала с пола и шатко подошла к стулу. Она опустилась на него и дрожащими руками закурила.

Взглянув на доброе растерянное лицо священника, Тасария снова опустила глаза.

– Прошлой ночью... или, вернее, этим утром... я столкнулась с самой смертью. Эти три тени были демонами.

Священник сжал в руках распятие.

– Разве я не предупреждал тебя об этом? – он подошел к ней с суровым лицом. – Ты играла с огнем. Заигрывание с оккультизмом пригласило зло в твою жизнь.

Тасария одарила его ледяным взглядом и закурила сигарету. Она втянула дым, а затем выдула его мощной волной прямо в лицо священнику. Дым остановился на полпути и принял форму головы демона. Тасария в ужасе уставилась на него и уронила сигарету на пол. Она была настолько испугана, что не могла двинуться.

– Тасария? С тобой все хорошо? – спросил священник.

Она уставилась на отца Матфея, не в силах произнести ни слова.

Он вдруг понял: все намного серьезнее, чем просто заигрывание. Священник осторожно подошел к ней и приложил распятие к ее лбу.

– Господи Иисусе Христе, помилуй сию грешницу, – молился он в слух. – Омой ее Своей пречистой кровью.

Тасария моргнула и выпрямилась. Вдруг она рассмеялась, а потом также резко заплакала. Она прижалась к руке священника:

– Отче, пожалуйста, помоги мне избавиться от зла, которое продолжает беспокоить меня. Я так хочу вернуть свою нормальную жизнь!

– Ты должна разорвать эту порочную связь со злом, принести покаяние, исповедаться и продолжать держаться подальше от оккультизма. Кроме того, тебе нужно быть в постоянной молитве, – он пристально посмотрел на нее. – Пожалуйста, прочитай молитву об освобождении, которая разорвет твою связь со злом. Но учти, что могут понадобиться годы молитвы, чтобы избавить тебя от этой связи.

Внезапно она почувствовала обжигающее прикосновение к колену.

– Не слушай его, – прошипел голос.

Тасария вскочила со стула и спряталась за спиной священника.

Выглядывая из-за его плеча, она пыталась увидеть, где прячутся демоны.

– Отче, они здесь! Пожалуйста, помоги мне! – прошептала она, вытаращив от страха глаза.

Священник не увидел ничего необычного, но, тем не менее, выставил перед собой распятие. Он знал, что дьявол может скрываться за обыденными вещами. Нечестивые твари могли представать перед людьми даже в виде ангелов – какой угодно образ, лишь бы обмануть верующих и сбить их с истинного пути.

— Во имя Господа нашего Иисуса Христа заклинаю вас, нечистые духи: выйдите из этой рабы Божией и больше не смущайте её. Да запретит вам Господь. Силой Честного и Животворящего Креста удалитесь от этого места. Господи Иисусе Христе, Сыне Божий, помилуй нас.

Тасария опустилась на колени, тело ее дрожало. Стены комнаты содрогнулись, помещение наполнилось дымом.

Священник повернулся в противоположную сторону:

— Во имя Господа нашего Иисуса Христа выйдите из этого места, все нечистые духи. Да запретит вам Господь. Силой Честного и Животворящего Креста да будет этот дом ограждён и защищён, а всякое зло да будет изгнано. Господи Иисусе Христе, Сыне Божий, помилуй нас.

Тасарию вырвало на ковер. Она сильно кашлянула, держась за живот, а затем истерично крикнула:

— Отец Матфей, они здесь! — она рвала на себе волосы и корчилась на полу.

Маленький шкафчик с грохотом упал на пол. В то же время невидимая сила схватила Тасарию за ноги, перевернула на живот и подтянула к стене. Когда ее ноги поднялись в воздух, она завизжала и схватилась за ковер.

Стена разверзлась, и появилась массивная черная дыра. Из темноты возникло лицо Балаама. Он взревел, дыша огнем. Затем он протянул лохматую руку к Тасарии и схватил ее за ногу.

Когда Балаам потащил Тасарию в дыру, она потянулась к священнику и закричала:

— Спаси меня, отче!

С ужасом смотрела она в сторону дыры. Тасария не видела в ней ничего, кроме полной темноты. И из этой темноты исходили, постепенно нарастая, крики мучений. Исходящий из темноты ветер наполнил комнату дымом.

Священник схватил руками Тасарию и попытался тянуть ее к себе.

— Ты должна исповедоваться прямо сейчас! — закричал он, пытаясь удержать равновесие и устоять на таком сильном ветру.

— Я раскаиваюсь в том, что связалась с оккультизмом, что давала людям ложную надежду! Я прошу прощения за предательство Бога и за общение со злыми духами! — кричала громким голосом Тасария.

Со слезами на глазах она многократно кричала:

— Господи, Иисусе Христи, помилуй меня, грешную!

Ветер почти пригвоздил священника к противоположной стене. Он упал на спину, но быстро встал, держа перед собой крест. Когда он выпрямился, в его голову полетел стул, казалось, сам по себе. Он выставил руку вперед, остановив стул до того, как тот нанес ему какое-то увечье.

Отец Матфей произнес молитву, а затем сказал:

– Отпускаются тебе грехи твои во имя Отца, Сына и Святого Духа. Аминь.

Когда он начал громко читать молитву Господа, его слова раздавались в комнате, как гром. Он достал из кармана бутылочку со святой водой и плеснул на демона.

Балаам взвыл от ярости и отчаяния, а потом все затихло.

Ветер перестал дуть, а крики исчезли. Демон испарился из дыры, а затем и сама дыра в стене закрылась.

Тасария упала на пол, тяжело дыша. Она была очень благодарна за данный ей шанс.

Священник поспешил, чтобы помочь Тасарии подняться.

– Сейчас все кончено, но зло вернется, чтобы искушать тебя снова.

Он покачал головой.

– Когда я думаю о твоем воспитании... – его глаза горели, когда он сурово смотрел на Тасарию, – И как ты только могла подумать, что можешь общаться с душами мертвых? Теперь-то ты понимаешь? Что все это время ты разговаривала с демонами.

Она взяла руку священника и встала, потрясенная до глубины души.

– Мне очень жаль, – пробормотала она, в голосе ее звучало раскаяние.

Прямо на глазах испуганного священника вся голова Тасарии поседела. Темные круги под глазами стали темнее и глубже.

Она осмотрела свой дом.

– Отче, я не могу здесь больше оставаться. Можно мне пойти с тобой в церковь?

Священник посмотрел на часы.

– Скоро начнется служба. Мы пойдем в церковь, но тебе все равно придется сюда вернутся. Я пойду с тобой, потому что это место нужно освятить святой водой и молитвами. Тебе нужно избавиться от всего, что связано с оккультизмом.

Тасария посмотрела на разбитый кристалл на полу:

– Я сделаю это, но не сейчас.

Они покинули дом. Повернувшись, чтобы запереть дверь, Тасария взглянула на свою разрушенную комнату и, усомнившись, поморгала. На мгновение ей показалось, что она видит черную кошку, смотрящую на нее. Она снова посмотрела в дом, но кошка исчезла. Тасария убрала вывеску «Ясновидящая» и выбросила ее в мусорное ведро. Заперев дверь, женщина посмотрела на окно своей спальни и удивилась. Там стоял домовой и смотрел на нее. Она быстро последовала за священником.

– Отче, смотри! – сказала она, указав на окно.

Священник поднял глаза и увидел домового. Бес открыл окно, выскочил на улицу и вошел в соседний дом.

– Отче, как вы думаете, они вернутся? — спросила Тасария.

– Возможно, они попытаются, — серьёзно ответил священник. — Но пока ты остаёшься рядом со Христом, пребываешь в молитве, посещаешь Божественную литургию, исповедуешь свои грехи и причащаешься Святых Христовых Таин, они не будут иметь над тобой никакой власти. Не возвращайся к оккультизму. Уповай на Бога и не бойся.

Некоторое время они постояли молча, а потом отец Матфей вздохнул и пошел дальше в сторону церкви.

Впервые за пять лет Тасария испытала чувство легкости и мирно прошествовала за священником к своей новой жизни.

КОШМАР В ДЕРЕВНЕ ХЕЛЕНА

СТУДЕНТЫ ПО ОБМЕНУ из Южной Каролины Бет и Фрэнк были переведены в государственный Африканский университет в Южной Африке сроком на шесть месяцев. В то время они не знали друг друга, но, как это часто бывает, когда два человека находятся в другой стране, со временем они сблизились.

Фрэнка очаровали прекрасные голубые глаза, черные волосы и расслабляющий сексуальный голос Бет. И он использовал любую возможность, чтобы провести с ней время. Практически каждый день они занимались вместе, обедали и рассматривали достопримечательности.

Однажды во время летних каникул Бет наткнулась на историю о деревне Хелена, где, согласно статье в газете, жила группа людей, обвиненных в колдовстве. Она была просто очарована рассказами о колдовских практиках в деревне, и ей очень хотелось узнать, действительно ли эти люди занимались магией. В конце концов, любопытство одолело Бет, она позвонила Фрэнку и настояла, чтобы он приехал.

Как только Фрэнк вошел в ее маленькую комнату, она подбежала к нему с улыбкой на лице и газетой в руке. Бет обняла Фрэнка и посмотрела на него своим самым трогательным щенячьим взглядом.

Он улыбнулся ей в ответ:

— Этот взгляд мне знаком. Что на этот раз?

— Фрэнк, пожалуйста, отвези меня в деревню Хелена, — сказала она.

— Зачем ты хочешь туда поехать? — удивился Фрэнк. Он слышал от своих африканских друзей тревожные рассказы о деревне и не стремился ступать на их землю.

Бет села на кровать и потянула его за руку, заставив сесть рядом с собой. Она посмотрела в его глаза, хлопая своими пушистыми ресницами. Глаза ее возбужденно блестели:

— Я хочу встретиться с ведьмами и научиться от них заклинаниям!

Фрэнк взял Бет за руки и посмотрел на нее терпеливым, но разочарованным взглядом:

— Бет, когда ты перестанешь верить в колдовство? Эти так называемые «заклинания» не работают, и нет такого понятия как ведьмы. Это просто мошенники, которые вытаскивают у людей деньги.

Фрэнк встал с кровати и закурил. Он втянул дым и выдохнул его колечками.

— Но в газете написано, что людей, которые там проживают, обвинили в колдовстве.

Фрэнк посмотрел ей в глаза и громко вздохнул. Со снисходительной улыбкой на губах он произнес:

— Бет, ты наивна. Как ты можешь верить всему, о чем читаешь?

У Бет дернулась верхняя губа.

— Я не наивна, — сказала она. — Черная магия испортила жизнь моей африканской подруги Альбины. Муж очень любил ее, а потом вдруг бросил ради женщины, чарам которой он не мог сопротивляться. По крайней мере он так сказал. В дальнейшем она узнала, что любовница мужа наложила заклинания на него.

Фрэнк подошел к Бет и положил ей руку на плечо.

— Тебе пора повзрослеть. Они расстались просто потому, что он влюбился в другую женщину.

Бет встала с кровати и села за свой маленький черный стол, на котором стоял ноутбук.

— Если не веришь мне, почитай статью. Я сохранила ее. Или же просто отвези меня туда, и я докажу, что колдовство существует.

Фрэнк улыбнулся.

— Ты упрямая, как осел. Хорошо, я отвезу тебя туда, просто ради того, чтобы показать тебе, что ты заблуждаешься.

Бет встала и поцеловала Фрэнка в щеку.

— Благодарю тебя, Фрэнки! Что бы я делала без тебя?

— О, ты обошлась бы и без меня – с таким-то упрямством и великолепной мордашкой, – сказал он смеясь.

Поцеловав девушку в ответ, Фрэнк посмотрел на часы.

— Мне уже нужно идти. Я вернусь за тобой в пять часов вечера, и мы поедем в деревню.

После его ухода Бет села за компьютер, чувствуя возбуждение. Ее глаза сияли, а сердце ускоренно билось, когда она продолжала читать статьи на сайте, посвященном колдовству и магии Вуду. Христианские источники утверждали, что и то, и другое – демонические практики и оккультизм, от которого нужно держаться подальше, чтобы не превратиться в слугу сатаны, который закроет перед человеком врата в рай. Но эта информация только еще больше заинтриговала Бет. Почитав еще какое-то время, Бет заметила, что ее глаза устали, а она не может прекратить зевать. На удивление Бет непреодолимо захотела поспать. Она положила голову на стол и задремала.

Во сне она оказалась лежащей на спине в центре пентаграммы у костра. Вокруг нее были люди в белых масках. У масок были открытые рты, накрашенные красным по краям. Сама она была в длинном белом платье со связанными вместе ногами. Руки ее также были связаны за спиной, а рот заклеен скотчем.

Люди в масках ходили вокруг нее, бормоча что-то, что она не могла понять. К Бет подошла женщина с деревянной чашей в руках. Она наклонилась и сняла скотч с губ Бет.

Девушка вскрикнула от боли и от паники, которая сковала ее словно в тиски. Она попыталась отпрянуть, но женщина схватила Бет за голову и подставила миску к губам Бет. Испуганная девушка заглянула внутрь и увидела там зеленую жидкость, от запаха которой ее затошнило.

– Выпей! – твердым голосом сказала женщина.

Бет отвернулась:

– Нет!

Та дернула Бет за лицо и потянула за волосы:

– Я сказала пей!

– Нет! – Бет извивалась, чуть не выбив миску из рук мучительницы. – Отпустите меня! Оставьте меня в покое!

Внезапно глаза женщины засверкали красным огнем. Ее голос стал глубоким и сердитым, а лицо – змеиным.

– Пей или умри! – завизжала она.

Люди остановили свой хоровод и начали приближаться к ней. Их злой смех, казалось, пропитал воздух. Кровь бежала из их глаз, и маски таяли, превращаясь в искаженные лица. Затем одежда их начала рваться, а тела – трансформироваться. Все эти люди стали выше, а тела их покрылись черным мехом. Их лица стали змеиными, носы укоротились, уши заострились и удлинились, а желтые зубы вытянулись в клыки. Бет смотрела с ужасом на то, как их пальцы удлиняются, когти отрастают, а ноги превращаются в копыта. Смех, который она слышала раньше, превратился в звериный рев.

– Выпей! – кричали они.

Бет проснулась от собственного крика. Когда она увидела, где находится, тут же поднялась и начала оглядывать комнату. У нее перехватило дыхание.

– Это был просто сон, сказала она, испытывая облегчение.

В пять вечера появился Фрэнк на арендованном ниссане. День был жаркий и ветреный, поэтому кондиционер работал на полную катушку.

Бет запрыгнула на пассажирское сиденье и поцеловала его.

— Я так рада, что ты взял машину с кондиционером в такой день, — с улыбкой сказала она.

Фрэнк улыбнулся после поцелуя, затем облизал губы.

— Кто бы сомневался! Не представляю, как вообще можно путешествовать в такую погоду без кондиционера.

Бет пристегнулась.

— Эй, как ты провела остаток дня? — спросил Фрэнк.

Она смахнула свои длинные черные волосы с лица.

— Интересно. Я читала про деревню Хелена и про заклинания, которыми они пользуются. Я выяснила, что жители деревни пришли туда из разных населенных пунктов. Многие убежали в это место из-за голода, жестокого обращения мужей, от преследования или ложного обвинения. Некоторых из них чуть не убили их односельчане из-за подозрений в колдовстве. А потом я просто устала и заснула. Мне приснился странный сон, но он, скорее всего, был вызван тем, что я читала.

Фрэнк кивнул и улыбнулся:

— А посмотри, что у меня есть.

Он достал из кармана коричневый сверток и протянул его Бет.

Это было нечто длинное и тонкое, как сигара.

— Что это? — спросила Бет, слегка нахмурившись. Она вертела сверток в своих пальцах.

— Это то, от чего тебе будет хорошо, что даст ощущение экстаза, — ответил он. — Просто зажги и давай покурим.

Бет пристально посмотрела на него.

— Где ты это достал?

– Пока я брал в аренду эту тачку, я наткнулся на нищего-попрошайку. Он продавал эти штуки. Я дал ему два доллара, и он отдал их мне. Он сказал, что я смогу получить такой опыт, который никогда не забуду.

Бет улыбнулась и положила руку ему на промежность.

– Надеюсь, что ты это сделаешь со мной.

– О! – Фрэнк мягко оттолкнул ее руку. – Хорошо, что машина еще не движется. Не то мы бы оказались в канаве!

Она засмеялась и достала зажигалку из сумочки. С легкостью, отточенной практикой, она зажгла сигару, положила ее в рот и вдохнула, а затем передала Фрэнку. Затянувшись, он вставил ключ в зажигание и завел машину.

Бет закашлялась и прикрыла рот рукой.

– Какой сильный запах, – сказала она.

Фрэнк передал ей самокрутку, она опустила голову на сиденье и затянулась.

– Надеюсь, то, что я читала в газетах – правда, – сказала Бет. Она уже чувствовала себя расслабленной и легкомысленной.

– Люди здесь суеверны. Я не верю во все дерьмо, которое слышу, – ответил Фрэнк.

– А я верю, что есть люди, которые используют Вуду и заклинания, чтобы влиять на других, – сказала Бет. – Я читала, что в Тринидаде люди посещают *обию*[13], чтобы вернуть партнера или заставить кого-то полюбить их.

– Хм... Лучше бы Богу помолились, или в церковь сходили.

Бет выглянула наружу. Дорога была покрыта красным песком, и она заметила, что дома, мимо которых они проезжали, очень старые и также в пыли. Некоторые

---

[13] Обея – разновидность шаманизма, распространенная на Карибах. Обия – колдунья.

были сделаны из дерева, а некоторые – из глины. Дети играли на улице, и Бет не могла не обратить внимание на то, что животы их раздуты, а пупки выпирают.

Внезапно парочка увидела толпу людей, преследующих худого старика в порванной майке. Он хромал так быстро, как только мог, со своими деформированными ногами и горбом на спине.

– Фрэнк, притормози! – сказала Бет, наблюдая за толпой.

Преследователи начали бить старика палкой, а бедняга поднял руки, пытаясь защититься и убежать одновременно. Он упал, и его обступила группа женщин. Они начали его пинать, он же свернулся в позу эмбриона, чтобы закрыться от ударов. Бет выпрямилась и прислонилась к лобовому стеклу.

– Они убьют его! – заплакала она. От страха ее глаза были широко раскрыты, она кусала ногти.

Фрэнк уставился на старика:

– Черт! Это же тот самый нищий, которого я сегодня встретил!

Машина позади них громко сигналила. Фрэнк ускорился и нехотя объехал толпу.

–Либо он что-то украл, либо его обвиняют в колдовстве, – сказала Бет, наблюдая за отдаляющейся толпой.

– Это так нелепо. Не понимаю, как люди могут быть такими глупыми. Они просто ходят повсюду и обвиняют всех и каждого, особенно тех, от кого хотят избавиться, – Фрэнк огорченно выдохнул.

Бет посмотрела ему в лицо. Его серые глаза выглядели грустными, а голос его был полон разочарования.

– Но ведь черная магия действительно существует, и это часть колдовства. Люди могут использовать наши волосы, одежду либо что-то другое, что нам принадлежит, чтобы причинить вред. Колдуны также могут создавать кукол, похожих на человека, и протыкать их иглами, чтобы навредить человеку.

Фрэнк засмеялся.

– Откуда ты все это взяла? Ты же веришь в Бога, как ты можешь верить во всю эту чушь? В любом случае это следовало бы назвать «демонство», а не «колдовство»

Услышав эти слова, Бет расстроилась и отвернулась. Она посмотрела в окно и заметила толстую женщину средних лет с короткими вьющимися волосами, идущую вдоль дороги. Она шла уверенным шагом, подозрительно оглядываясь назад. На женщине была длинная черная юбка и коричневая блузка. На шее у нее висела пентаграмма. Ее лицо было таким красным, будто бы его обожгли огнем. В руке женщина несла чеснок и перец.

Бет нахмурилась:

– Хм, она выглядит знакомо. Где же я ее видела? И почему у нее пентаграмма? – пробормотала она.

– Что ты говоришь? – спросил Фрэнк.

Бет пренебрежительно махнула рукой:

– Так... размышляла вслух.

Ветер поднял в воздух красный песок, из-за чего Фрэнку стало трудно разглядеть дорогу. Это было похоже на туман, к тому же на улице становилось все темнее.

– Черт! Мы в пути уже час, а я не вижу никаких указателей на деревню Хелена. Через этот песок вообще сложно что-то разглядеть! – пожаловался Фрэнк.

Бет взяла свободную руку своего парня:

– Просто езжай медленно.

С наступлением темноты он продолжал движение, щурясь от пыли. Примерно через тридцать минут Фрэнк заметил появление домов и дорожный знак. Он попытался прочитать, что на нем было написано, но так ничего и не увидел.

Внезапно автомобиль издал скрежещущий звук, и через вентиляционное отверстие в салон проник запах гари. Затем двигатель заглох с оглушительным щелчком.

– Что происходит? – Фрэнк попытался завести мотор, но не сумел. Он вышел на улицу и открыл капот, затем проверил двигатель и масло. Все выглядело нормально.

Бет вытащила телефон из кармана и попыталась набрать номер своей подруги Альбины, но ее телефон разрядился.

Девушка прищурила глаза.

– Что-то мне жутковато. Даже телефон разрядился. А ведь он был полностью заряжен перед отъездом.

Фрэнк засмеялся.

– Возможно, какая-то ведьма нас околдовала. Или это была та женщина, которую мы видели.

Он оглянулся, чтобы найти хоть кого-то, кто мог бы помочь. Но дорога была пуста. Он посмотрел на столб, стоящий рядом. Красными буквами на столбе было написано: «Деревня Хелена».

– Бет, смотри! Эти дома – и есть деревня Хелена. Нам нужно пойти туда и попросить о помощи.

Бет задрала ноги на сиденье и выглянула наружу.

– Нет, я не собираюсь идти туда пешком. Это опасно и страшно, – посмотрев на мрачные дома, девушка вздрогнула.

– Но оставаться на пустой дороге еще более опасно. Выбирайся и пойдем!

Она медленно вышла из машины и, немного дрожа, схватила Фрэнка за руку.

– У меня такое чувство, что с нами произойдет нечто плохое, – ее зубы стучали. Она украдкой поглядывала по сторонам.

— Но ведь это именно ты хотела посетить деревню, — возразил Фрэнк.

Их сердца с каждым шагом бились все быстрее. Бет заметила, что песок имеет какой-то необычный цвет. И только она хотела сказать об этом, как вдруг увидела, что нечто приближается к ним под песком. Сначала она смотрела на это с любопытством, но, как только поняла, что это такое, ее любопытство превратилось в ужас.

Это была змея, и она ползла прямо к ним! Бет постояла немного ошарашенная, в то время как змея была уже рядом. Вена на шее Бет задергалась, а мозг отказывался быстро реагировать. Она выдернула свою руку из руки Фрэнка и толкнула его в сторону.

— Фрэнк, беги! Там змея! — крикнула она.

Молодой человек увидел змею и подпрыгнул. Бет, однако, завороженно смотрела в глаза рептилии и от парализовавшего ее страха не могла двинуться с места. Она была не в силах даже пошевелить пальцем.

Пробежав несколько ярдов[14], Фрэнк заметил, что Бет не последовала за ним. Он остановился и, повернувшись, увидел, что Бет застыла на своем месте. Она стояла неподвижно, наблюдая за приближением змеи.

— Бет! Беги!

Змея скользила к ней.

— Фрэнк, помоги мне! — прошептала она, чувствуя, как сила покинула ее тело.

Змея остановилась перед Бет и дернулась вверх. Ее зеленые глаза сияли, а язык метался в открытой пасти. Зашипев, змея уставилась на Бет.

Девушка не могла отвести глаз от существа и также ничего не могла поделать, чтобы помочь себе.

«О, Господи, это моя смерть».

---

[14] 1 ярд = 0,9144 метра

Бет чувствовала, как капли пота стекают по ее лицу и телу, будто мириады мелких муравьев. Она попыталась сделать шаг назад, но потеряла равновесие и упала.

Фрэнк понимал, что Бет оказалась в реальной опасности. Его глаза блуждали повсюду в поисках предмета, которым он мог бы отогнать змею.

В паре шагов он обнаружил большой черный камень.

– Это должно помочь, – сказал он.

Фрэнк поднял камень и медленно, шаг за шагом, на цыпочках подкрался к змее, стараясь не дышать. Он остановился в шести футах от твари и бросил в нее камень. Метательный снаряд угодил прямиком в голову.

Змея зашипела и обернулась. Ее взгляд был теперь прикован к Фрэнку, а глаза сверкали, как изумруды. Рептилия повращалась кругами, держа вертикально свое длинное туловище, а затем бросилась на землю. Она заскользила в его сторону.

Фрэнк побежал к машине, оставив Бет. Он быстро открыл дверцу и запрыгнул внутрь, закрыв ее за собой. Змея переползла через бампер и осталась лежать под стеклом на капоте. Она подняла свое чешуйчатое тело и уставилась на Фрэнка. Теперь ее глаза засияли еще ярче, чем прежде. Свет, исходящий из этих двух сфер, начал гипнотизировать Фрэнка, погружая его в сон. Он продолжал смотреть в глаза змеи, не в силах пошевелиться, только слегка раскачивался из стороны в сторону.

–Да что это со мной? – ахнул он. Оторвав свой взгляд от змеи, он осмотрелся в поисках своей подруги. – Бет, где же ты?

Снова посмотрев на змею, он увидел у нее на туловище хрустальный маятник. Совершенно потрясенный, он заметил тени, перемещающиеся внутри этого маятника. Фрэнк стал наблюдать за тем, как тени формируются в дымчатые человеческие формы. Их головы были безглазыми.

Тени бились руками о внутреннюю часть маятника, крича: «Помоги нам!»

Их визг заставил Фрэнка закрыть руками уши.

«Пожалуйста, выпусти нас!» – умоляли голоса.

Фрэнк зажмурился и начал раскачиваться взад-вперед. Его руки все еще крепко сжимали уши.

– Хватит! – кричал он. – Я больше не могу это терпеть!

Внезапно в своей голове он услышал шипящий шепот.

«*Фрэнк, посмотри мне в глаза*».

Фрэнк прекратил раскачиваться и поднял голову. Его взгляд снова устремился к гипнотическому взгляду змеи.

«*Умница. Продолжай смотреть мне в глаза. Твоя душа хочет свободы*, – голос звучал как тихая песенная каденция. – *Позволь своей душе покинуть тело*».

Змея качалась из стороны в стороны, и маятник светился ярко-желтым. Фрэнк закатил глаза и откинулся назад, чувствуя слабость. Все вокруг вращалось и удваивалось. Он попытался восстановить контроль над своим телом, но, открыв глаза, вместо одной змеи увидел двух.

«*Приди ко мне и не бойся. Я позабочусь о твоей приговоренной душе*».

Фрэнк чувствовал себя так, будто кто-то тянет из него душу. И вот уже его душа начала выходить из тела навстречу маятнику.

–Господи Иисусе, защити меня Пречистой Своей кровью! – закричал он.

В эту секунду мужчина почувствовал невидимую силу, оттягивающую его от змеи, заставляющую его душу вновь войти в тело.

— Будь ты проклят! — завизжал змей, видя свое поражение. В тот же миг маятник перестал светиться. Существо бросилось на стекло, пытаясь разбить его.

Внезапно Фрэнка охватил ужас от множества голосов, эхом отзывающихся в его ушах: «Умба-кумба, ула-мула...»

Фрэнк стиснул зубы и переполз на заднее сиденье. Он поднял ноги и прижал голову к коленям, дрожа от страха.

— Господи, Иисусе Христе, помилуй меня, грешника! — он еще никогда не молился так горячо.

Змея снова взглянула на Фрэнка.

— Я скоро вернусь за тобой, — прошипела она.

Рептилия сползла с капота и упала на землю. Голоса замолчали, и змея ускользнула.

Фрэнк поднял голову и с облегчением обнаружил, что змеи больше нет. Он передвинулся на переднее сиденье и посмотрел в лобовое окно. И тут он увидел Бет, лежащую на земле. Он хотел побежать к ней, но понимал, что это демоническое существо может быть где угодно. Поэтому мужчина медленно открыл дверь, оглядел окрестности и осторожно ступил на землю. Дрожа, как лист, он поспешил к Бет.

— Бет, с тобой все в порядке? — спросил он, нежно касаясь ее плеча.

Она медленно встала. К счастью, ползучая тварь забыла о ней, а Бет просто упала в обморок.

— Фрэнк, отвези меня обратно в общежитие, — сказала она, дрожа.

— Я бы с удовольствием это сделал, — ответил он, — но, помнишь, у нас с машиной что-то не то.

Она крепко сжала его руку, и глаза ее наполнились слезами.

— Что же нам теперь делать?

— Мы должны попросить помощь в этой деревне, — сказал он, указывая на ряд домов.

Внезапно они услышали чьи-то приближающиеся шаги и, держась друг за друга, поспешили в деревню.

Когда парочка подошла к ближайшим зданиям, Бет заметила, что в некоторых домах горел свет, но не во многих.
Большинство домов были некрашеные, крошечные и ветхие.

— Место выглядит жутковато, — прошептала она, подходя к Фрэнку еще ближе и крепко сжимая его руку.

— Согласен, но мы должны найти место для ночлега, — ответил он.

Перед ними стоял, казалось, самый большой дом в деревне, и они решили направиться именно туда. В здании были вытянутые окна с тяжелыми занавесками. Второй этаж был полностью окутан тьмой. Бет увидела небольшое квадратное окошко на первом этаже, расположенное чуть выше уровня земли. За занавеской мерцал слабый красноватый свет, который частично просачивался наружу. Она прижалась лицом к окну, приложив ладони. Бет попыталась заглянуть внутрь, но плотные шторы скрывали все, что было в комнате.

Фрэнк постучал в дверь. Никто не ответил, но послышались шаги.

— Там кто-то есть, — прошептал он.

Бет постучала в дверь изо всех сил. Они слышали, как женщина говорила что-то по-африкански. Дверь наполовину открылась, и перед ними появилась черная женщина.

Бет посмотрела на ее морщинистое и обгоревшее лицо и кудрявые волосы и заметила, как подозрительно смотрела на нее хозяйка дома своими черными глазами.

Она отступила назад, вздрогнув, когда узнала в этой женщине ту, что видела на дороге.

– Что вам нужно? – спросила женщина. Ее голос был грубым, почти как у мужчины.

Фрэнк несколько раз моргнул и покрылся холодным потом.

– Наша машина сломалась, и нам нужно где-то остановиться до утра, – пробормотал он.

– Мы можем остаться здесь на ночь?

Она посмотрела на них сверху вниз суровым хмурым взглядом.

–Уходите! Мой дом – не гостиница, – сказала она и захлопнула дверь.

Волосы Бет встали дыбом от вида темной двери. Она не хотела ничего, кроме как убежать в ночь, лишь бы подальше отсюда.

– Мисс, мы вам заплатим! – крикнул Фрэнк.

Дама снова открыла дверь. Ее черные глаза сияли жадностью.

– Хорошо, я возьму сто долларов, – сказала она, ухмыляясь, и тут же протянула руку ладонью вверх.

Фрэнк достал деньги из бумажника и отдал ей. Она подняла купюру и посмотрела на просвет, а потом спрятала в лифчик.

– Входите, – сказала она.

Они вошли в темную комнату и последовали за хозяйкой.

– Фрэнк, почему ее дом в темноте? – прошептала Бет, когда они проходили по коридору.

Фрэнк пожал плечами и потер глаза.

– Чувствуешь запах гари? У меня глаза так сильно чешутся от этого.

Хозяйка подошла к белой двери:

— Вот эта комната будет вашей, — сказала она, открывая дверь. — Извините, это не роскошь, но я не ждала постояльцев.

Она снова нахмурилась.

— У меня сейчас гости, и мы молимся. Так что, если услышите что-то, не обращайте внимания. Оставайтесь в комнате, пока они не уйдут.

Во время этих наставлений на лице женщины не мелькнуло ни одной улыбки.

— Благодарю Вас. Кстати, меня зовут Бет. А его — Фрэнк.

Женщина строго посмотрела на них.

— Я Венсила.

Она уже собралась уходить, но остановилась, будто что-то вспомнила. Повернувшись к гостям, она сказала:

— Как только начнет светать, вам нужно уйти.

— Мисс, позвольте кое-что спросить... — начал Фрэнк.

— Спокойной ночи, — сказала она, наконец, и повернулась к холлу.

Парочка обменялась вопросительными взглядами, затем они вошли в комнату и осмотрелись. Помещение было маленьким, с одной кроватью, прикроватным столиком и короткими плотными коричневыми занавесками на единственном окне.

Бет села на кровать и уставилась на дверь.

— Фрэнк, с этой женщиной что-то не так. От ее жутких глаз у меня мурашки по коже. Ты видел ее шрамы? Они выглядят как ожоги, — на лице ее возникла задумчивость. — Ее сожгли за то, что она была ведьмой?

— Опять ты даешь волю воображению! — сказал сидящий рядом Фрэнк в ответ на ее бормотание.

— Я ничего не выдумываю. Просто мне здесь не комфортно.

В этот момент сломалась застежка на ее жемчужном браслете, и он соскользнул с ее запястья. Браслет упал на пол рядом с кроватью. Бет нагнулась, чтобы его поднять, но что-то привлекло ее внимание.

Она ахнула от удивления. Под кроватью был черный деревянный сундук. Она потянулась и дотронулась до него рукой.

– Фрэнк, я вижу что-то под кроватью, – прошептала она. – Интересно, что это такое.

Девушка подергала сундук, пытаясь вытащить.

– Не трогай, – предупредил ее Фрэнк.

Бет вынула сундук из его укрытия и села на пол, разглядывая его. Она пыталась поднять крышку, но та не двигалась.

– Он заперт.

Фрэнк посмотрел на Бет сердито:

– Верни его на место. Мы не можем трогать вещи этой женщины.

Глаза Бет поблескивали от любопытства, и она закусила губу.

– Черта с два я верну его на место! Уверена, что там внутри что-то очень интересное.

Она вытащила из волос булавку и вставила ее в замочную скважину, чтобы открыть сундук. Он издал щелкающий звук, и замок открылся.

Она приподняла крышку и склонилась над находкой. Вдруг она отпрянула назад, широко раскрыв глаза.

– Фрэнк, она настоящая ведьма! Нам нужно убираться отсюда как можно скорее.

Молодой человек опустился на колени и заглянул в сундук. В нем было несколько кукол, сделанных из ткани, истыканных иголками, прядь черных волос, фотографии людей с вырезанными глазами, карты Таро и маятник.

Бет достала тряпичную куклу и уставилась на иглы.

– Вот дерьмо! Она причиняет кому-то вред с помощью этой куклы! – воскликнула она. – Я читала, что, когда ведьма хочет уничтожить своего врага, она делает куклу, которая олицетворяет этого человека, а потом втыкает в нее иглы. Каждая игла приносит реальную боль тому человеку.

Бет дотронулась рукой до куклы, но тут же одернула руку, так как наткнулась на иглу.

–Проклятье! – заплакала она. Бет посмотрела на свой большой палец и увидела маленькую каплю крови.

– Что случилось? – спросил Фрэнк.

Она вытерла палец о штаны и встала.

– Я уколола себе палец иглой.

Бет потерла руками, пытаясь подавить мурашки, бегающие по коже.

– Нам нужно уходить с восходом солнца, – дрожа проговорила она.

Фрэнк положил руки на плечи Бет и посмотрел ей прямо в глаза.

– Успокойся. Всему этому есть рациональное объяснение.

– Ай! – Бет почувствовала легкий укол в ноге. Она нагнулась и потерла уязвленное место.

– Что теперь произошло? – спросил Фрэнк.

– Кто-то укусил меня за ногу, – она осмотрелась в поисках насекомого, но так и не заметила черного паука, проползшего под кроватью.

Внезапно уши Бет уловили какие-то отдаленные звуки. Казалось, они шли снизу. Она приложила ухо к полу.

«Ома ума ома уна ома», – услышала она.

Сразу после этого послышался звук падения. По ее телу побежали мурашки.

– Бет, что ты делаешь? – нахмурившись спросил Фрэнк.

– Шшш! – прошептала она, поднимаясь. – Ты это слышал?

Она подошла к двери на цыпочках.

– Слышал что? – Фрэнк покачал головой. – Бет, ты ведешь себя странно. Просто залезай в кровать и спи.

Бет проигнорировала слова Фрэнка и открыла дверь.

– Происходит что-то странное, и я собираюсь все выяснить.

Она тихо вышла из комнаты, и Фрэнк пошел за ней.

«Умба умба хула умба»

Неслышно ступая, она следовала за направлением звука.

– Бет, давай вернемся! – прошептал Фрэнк ей на ухо. Она покачала головой, и он закатил глаза.

Они спустились по темному коридору и оказались у лестницы, ведущей в подвал.

– Мерка! Я приказываю тебе встать! – крикнула женщина.

– *Ооо, ууфа, ооо, ууфа,* – пели голоса.

– Давай спустимся, – прошептала Бет. Ее глаза были вытаращены от волнения.

Фрэнк схватил ее запястье.

– Ты не забыла, что нас просили оставаться в комнате?

Она одернула руку и спустилась на цыпочках вниз, Фрэнк последовал за ней, тихо протестуя. Бет приблизилась к двери, схватилась за ручку и слегка приоткрыла ее. Осторожно она заглянула внутрь.

Комната была красной. Внимание Бет привлек высокий черный стол у стены. На нем были две длинные красные свечи, каждая из которых увенчивалась пламенем, а между ними – серебряная пентаграмма с вырезанным глазом посередине.

Бет продолжала сканировать комнату глазами, и вот она остановила свой взор на семи женщинах. Они были темнокожими и носили белые юбки с черными блузками. Все они сидели за столом, стоявшим внутри нарисованной на полу пентаграммы. На столе лежал мужчина средних лет, окруженный горящими свечами.

Бет крепко схватила руку Фрэнка.

– Что ты там увидела? – Фрэнк встал на цыпочки, пытаясь заглянуть через голову Бет.

– Я вижу людей, сидящих в кругу, и мужчину, лежащего на столе. Я не уверена, жив ли он или мертв, – прошептала в ответ Бет.

Венсила подошла к мужчине, держа деревянную трость в форме змеи. Она взяла со стола маленькую чашу с маслом и окунула туда руки. Женщина растерла масло о ноги, лоб и руки мужчины. Затем она коснулась тростью его головы и сказала:

– Я приказываю тебе, Мерка, во имя Величайшего. Вставай!

Она ударила тростью об пол, и внезапно из нее вспыхнул свет, осветивший всю комнату. Прямо из трости вышли три духа, превратившиеся в змею, которая ранее напала на Фрэнка и Бет. Змея скользнула по столу и остановилась у головы мужчины.

Вокруг него образовался дым, и змея начала извиваться. Пентаграмма на змее засияла, и от этого две женщины упали в обморок прямо на пол, их тела тряслись.

То, что Бет увидела дальше, заставило ее вспотеть, и ноги ее мелко задрожали. Из тела одной из женщин начал выходить туман, формируясь в подобие материализовавшегося «я». С ужасом Бет поняла, что туман был душой этой женщины.

Душа покинула тело и медленно поплыла к пентаграмме. Бет даже смогла разглядеть лицо у этого бесплотного тумана. Это лицо было искажено ужасом от осознания того, что отойти от пентаграммы невозможно. Бет вздрогнула, услышав крик:

– Нет! Пожалуйста, нет!

Но пентаграмма затянула ее душу. Вопль женщины висел в воздухе несколько секунд, а затем исчез.

Бет обернулась и с ужасом посмотрела на Фрэнка.

– Фрэнк, ты это видел? Эту несчастную женщину... и змею! Это же та самая змея, которая чуть не убила тебя... только что она забрала жизнь! – шептала она. – В этой комнате происходит что-то очень плохое.

Бет отошла от двери, и Фрэнк занял ее место. Он уставился на мужчину, лежащего на столе. Он видел, как темные духи вошли в тело, и оно затряслось, словно через него проходил электрический ток. Руки и ноги мужчины поднялись в воздух, а затем опустились обратно вниз. Его голова двигалась из стороны в сторону.

Змея скользнула в тело Мерки через рот. После этого мужчина встал и открыл глаза. Фрэнк видел, что зрачки закатились наверх, и из глаз Мерки полился красный свет. Затем тело упало обратно на стол, и живот раздулся. Из него вышли теневидные души и с гоготом пролетели над женщинами. Пятеро оставшихся участников страшной церемонии ходили вокруг стола, а духи то входили в них, то покидали их тела.

Женщины поднимали руки вверх и скандировали: *«Хурна, марна, баблу, ума»*

Змея тем временем выползла изо рта Мерки и поднялась. Ее глаза ярко светились. Вдруг скользкая тварь бросилась на пол и снова стала тростью.

Хозяйка дома подняла трость в воздух и закричала:

– Господин, я жду тебя! Дай мне силу вернуть Мерку к жизни!

Набалдашник трости в виде змеиной головы загорелся, как факел, осветив при этом комнату. Вдруг из трости показалось отвратительное существо с четырьмя головами. Все головы были в дряблой зеленой коже, у каждой по четыре больших красных глаза и по четыре длинных рога. Из их ртов торчало по четыре коричневых зуба. На конце каждого маленького, похожего на свиной пятачок носа было серебряное кольцо. Чудовище выдохнуло, и в комнате появился ветер, растолкавший женщин по сторонам и задравший им юбки.

Красный свет растекся в виде круга, в середине которого оказался Мерка.

Глаза Венсилы сверкали как два красных угля. Она опустила трость на голову мужчины:

– Я приказываю тебе встать!

Тело мужчины поднялось в воздух, сделало несколько резких движений, а затем снова упало на стол.

Фрэнк наблюдал за всем происходящем из своего укрытия у двери, не в силах оторвать глаз от этого зрелища его волосы зашевелились, и он чувствовал, как по коже бегают мурашки.

– О, Господи, они поклоняются Сатане! – сказал он, схватившись руками за крестик на шее. – Господи, Иисусе Христе, помилуй нас, грешников.

Фрэнк несколько раз прошептал слова молитвы, и головы вдруг исчезли, оставив после себя дым. Ветер стих. Тело Мерки снова дрогнуло, и он открыл глаза. Фрэнк заметил, что они блестят, словно раскаленные угли.

Бет хотела посмотреть, что происходит. Она положила руки на плечи Фрэнка и попыталась подняться, чтобы взглянуть. И вот, взору ее открылось гораздо больше, чем она ожидала.

В мгновение ока прямо перед щелью, через которую наблюдал Фрэнк, возник четырехглавый монстр. Существо уставилось ему в глаза и взревело, отчего волосы испуганного мужчины встали дыбом.

Бет потеряла равновесие и упала на Фрэнка, от этого он толкнул дверь, заставив ее распахнуться. Оба они упали внутрь помещения.

И монстр, и сияющий из пентаграммы красный свет вдруг исчезли. Зал затих. Головы всех присутствующих обратились к ним. Бет и Фрэнк быстро встали и схватились друг за друга, дрожа от страха.

Венсила подошла к ним, некоторое время она молча смотрела на испуганную парочку, а потом сказала:

— Разве я не просила вас оставаться в своей комнате?

— Мы искали ванную комнату, — сказала Бет со слабой улыбкой.

— Продолжайте делать то, что делали, а мы уйдем, — добавил Фрэнк и принялся выходить, тяжело дыша.

—Нет, вы никуда не пойдете... сейчас. Пожалуйста, присоединяйтесь.

Венсила схватила Бет за руку и рассмеялась — этот смех заставил Бет содрогнуться. Ее лицо стало пепельно-бледным, а сердце забилось так быстро, словно это гоночная машина. Ей казалось, что ее тело колют иголками.

Хозяйка тянула девушку за руку к остальным участникам. Она заставила ее сесть на пол. Фрэнк тоже к ним присоединился. Они заметили, что другие участницы откатили труп мертвой женщины в угол комнаты. Худенькая темнокожая женщина подошла к небольшому шкафу и достала оттуда банку с какой-то зеленой жидкостью. Затем она раздала пластиковые стаканчики и налила в них эту жидкость.

Бет заглянула в свою чашку.

— Я не могу это пить, — прошептала она Фрэнку. — Она может отравить нас.

— Почему ты не пьешь? — спросила беззубая женщина, глядя Бет прямо в глаза.

— Я не хочу пить, — ответила она. — Может, позже...

Бет нервно сглотнула, и у нее перехватило дыхание.

— Выпей! — потребовала та. Она подтолкнула руку Бет, отчего содержимое чашки выплеснулось ей на губы. Прикосновение женщины было, как электрический разряд — Бет на мгновение потеряла контроль над своим разумом и выпила все до конца.

Фрэнк последовал ее примеру. В конце концов, все окружающие выпили зеленую жидкость, и с ними ничего страшного не случилось. Венсила бросила на Бет угрожающий взгляд и отошла.

Бет посмотрела на старую, худую даму с седыми волосами, сидящую рядом с ней.

— Чем вы здесь занимаетесь? — спросила Бет.

— Мы пытаемся вернуть Мерку. Он умер сегодня утром, но его семья хочет вернуть его обратно, — ответила женщина.

— Никто не может воскрешать мертвых, кроме Бога, — сказала ей Бет.

— Венсила — известная ведьма, и она знает, как возвращать мертвых. У нее есть для этого сила, — возразила женщина.

Глядя на старуху, Бет заметила, что у нее перед глазами стало все расплываться. Она закрыла глаза, а потом снова открыла. По непонятной причине она чувствовала себя легче и счастливее. У нее закружилась голова.

– А откуда она берет свою силу? – спросила Бет.

Старуха улыбнулась.

– У Величайшего!

– А кто этот Величайший? – спросила Бет.

– Сатана, – ответила старуха, и при этом ее глаза засияли красным. – Хочешь познакомиться с ним?

Бет быстро отошла, широко распахнув глаза.

– Нет! Я не хочу быть частью черной магии и проделок Сатаны! – сказала она дрожащим голосом.

Старуха уставилась на Бет, не моргая.

– А разве не твой интерес к черной магии привел тебя сюда?

Ошеломленная Бет уставилась на пожилую даму и впервые заметила, что ее тело окружала какая-то черная аура. Она быстро встала и села с другой стороны от Фрэнка.

– Фрэнк, эти люди предали Бога. Они поклоняются Сатане. Они думают, что ведьмы способны возвращать мертвецов с того света, потому что Сатана дает им силы.

Парень посмотрел на подругу и засмеялся. Его глаза потеряли фокус.

– Бет, ты похожа на козла. Вау, у тебя тоже выросли рога! – он положил руки ей на голову, пытаясь ухватиться за рога, которые ему мерещились. Он протер глаза и снова посмотрел на нее. Ему хотелось увидеть лицо Бет, но вместо этого Фрэнк видел козлиную морду и длинную бороду.

– Бееее! Бееее! – злорадно хихикал Фрэнк.

Он встал, слегка покачиваясь, и пошел к столу, пересекая при этом пентаграмму. Фрэнк склонился над мертвецом и поднял его веко.

– Эй, ведьма! – крикнул он. – Похоже, у вашего мерзкого Сатаны вообще нет сил. Этот человек мертв, как дерьмо.

Он прыснул, а затем обратил взор на Венсилу.

—Ваш Сатана хорош только в том, чтобы развращать, обманывать людей и отворачивать их от Бога!

Он взял свечу со стола и пошел к Венсиле. После этого он достал свой крест, висящий на цепочке на шее, и поднял его вверх, размахивая перед ее лицом. Взгляд Венсилы остановился на фигуре, изображенной на распятии, и она отшатнулась с выражением страха на лице.

Фрэнк ткнул ей крестом прямо в лицо:

– Посмотри на Него! Иисус умер на кресте, чтобы спасти наши души от греха. Только Он способен возвращать мертвых с того света. Только Его Отец наделен реальной силой, чтобы воскрешать. Твой же демон – фальшивка, лжец и обманщик, который загубил твою душу!

– Эй, попридержи язык! – закричала Венсила. – Или Величайший сожжет тебя в пепел!

Она посмотрела на Фрэнка, сощурив глаза. Фрэнк притворно задрожал.

– Ах, как мне страшно, ла-ла-ла. Покажи мне магическую силу, которую тебе дал твой Величайший!

Он поднес руку еще ближе к Венсиле, пытаясь провести свечей у ее лица. Пламя разгорелось еще ярче.

– Вы можете превратить эту даму в свинью? – спросил Фрэнк со смехом, указав пальцем на толстую женщину.

Венсила гневно нахмурилась и схватила его за руку. Он уронил и свечу, и крест. Тогда женщина сжала его руку так сильно, что Фрэнк закричал от боли.

Между тем эйфория Бет превратилась в головокружение. Она смотрела на присутствующих женщин, но вместо их лиц видела маски, изображающие злобную улыбку. Комната наполнилась пугающим смехом. Бет заткнула уши.

— Хватит смеяться! — закричала она.

Пока Фрэнк пытался вырваться от Венсилы, та достала нож из кармана.

— Что ты делаешь? — пробормотал он. Его глаза расширились, а рот открылся в тихом «о», когда она, надавив на руку мужчины, разрезала ее ножом.

Фрэнк кричал, но Венсила игнорировала его и продолжала орудовать ножом, вырезая пентаграмму на его запястье. Затем она взяла маленький пузырек и вылила что-то зеленое на порез. Наконец, она отпустила его, и Фрэнк вырвал свою руку. В состоянии полного шока он мог только стоять и смотреть на рану, сотрясаясь от дрожи.

Бет хохотала все это время. Ей казалось, что Фрэнк похож на овцу с белой шерстью, а Венсила — на темно-коричневого демона с длинными рогами и красными глазами. Она никак не могла понять, что же происходит, но ей хотелось смеяться по причине, которую она сама не могла объяснить.

Внезапно у нее появилась идея. Это казалось глупым, но она должна была попробовать. Бет встала и пошла к Венсиле. Она протянула левую руку:

— Эй, демон, я тоже хочу пентаграмму на своей руке!

Венсила нахмурилась, но сделала то, что просила Бет. Она схватила ее за руку и вырезала пентаграмму.

— О, Господи, как больно! — сказала Бет сквозь зубы. Кровь капала с ее свежих порезов.

Венсила подняла руку Бет и слизала кровь, злобно улыбаясь. После этого она посыпала рану зеленым порошком. Коснувшись кожи Бет, порошок исчез, оставив в воздухе странный дым.

Бет вырвала руку у Венсилы и начала трясти ею, чувствуя жжение. Венсила встала, размахивая руками перед собой. Она метнулась направо, в то время как другие женщины окружили Бет и Фрэнка.

– *Умба, кумба, либда, путфа*. О, Величайший! – скандировали женщины.

Чуткие уши Фрэнка уловили женский голос, звеневший успокаивающим колокольчиком.

– Приди, приди ко мне. Ночь темна и одинока. Мои губы ждут тебя. Приди, приди Фрэнк. Ты мне нужен, – пела она.

Мужчина обернулся к двери и, к своему изумлению, увидел там стоявшую в красном бикини темноволосую загорелую женщину. Она улыбнулась и жестом поманила его к себе. Красавица послала Фрэнку воздушный поцелуй своими пухлыми красными губами.

– Приди ко мне, Фрэнк, – сказала она, дотрагиваясь до груди.

Фрэнк сделал несколько шагов навстречу женщине, отодвинув при этом двух участниц собрания и разорвав их круг.

– Куда ты направился? – спросила его Бет, когда он уходил. Ответа не последовало.

Фрэнк открыл дверь и пошел дальше. Он качался из стороны в сторону. Бет растолкала женщин, стоящих у нее на пути и последовала за ним. В числе этих женщин была и Венсила, но она просто покачала головой:

– Не обращайте на них внимания. Мы уже и так много сделали.

Красавица манила Фрэнка взглядами и хихиканьем, одновременно удаляясь. Мужчина проследовал за ней вверх по лестнице, прошел через темный зал и через дверь, ведущую наружу. Все это время он шел с вытянутыми вперед руками, пытаясь поймать соблазнительницу.

– Приди ко мне, любовь моя. Я освобожу тебя от боли, – сказала она, подзывая его к себе.

Бет осматривала местность, следуя за своим парнем. Она скрестила руки на груди, дрожа от холода. Черные тени, напоминавшие людей, двигались вокруг нее, заставляя сердце биться чаще и ускоряя шаг.

– Фрэнк, подожди! – ее зубы стучали от страха.

Огромный черный кот появился из ниоткуда и подбежал к ней. Он зашипел и вскочил, пытаясь укусить Бет за руку. Тварь промахнулась, но зубами достигла цели. Животное упало в стороне от Бет, а рука ее горела сильнее, чем раньше. Теперь на пентаграмме появилось несколько свежих кровоточащих пятен.

Девушка сильно ударила кота:

– Убирайся от меня, мерзкое животное!

Фрэнк продолжал двигаться вперед, пытаясь поймать ошеломительную красотку.

– Фрэнк, да остановись же! – умоляла она, догоняя парня. Он игнорировал ее, потому что внимание его было приковано к женщине, которую видел только он один.

– Эй, цыпочка! Подожди меня! – закричал он и споткнулся.

В мгновение ока его обольстительница была полностью обнажена. Она застонала, лаская себя трусиками. Увидев ее достоинства в свете луны, Фрэнк пришел в сильнейшее возбуждение. Он расставил ноги и бросился ее ловить.

Следуя за миражом, Фрэнк оказался перед высоким зеленым кактусом. В своем воображении он видел женщину, которую пытался поймать. Он крепко обнял растение и поцеловал, параллельно расстегивая штаны. Иглы кактуса кололи его тело, но он не чувствовал боли из-за действия зелья.

– О, как же ты горяча! – сказал он, целуя кактус.

Кровь маленькими жемчужинками стекала по его рукам. Он чувствовал тепло на губах.

– Поцелуй меня еще, – сказал он, закрыв глаза от возбуждения.

Услышав позади себя шипение, Бет бросилась бежать. Внезапно она упала в огромную яму, приземлившись на спину и ударившись головой. После этого она отключилась.

Бет проснулась через несколько минут. Она подняла голову и потерла больное место. Девушка таращила глаза, но ничего не видела: ее окружала полная темнота. Она с трудом встала и оперлась о край дыры, пытаясь вылезти из нее. Но ноги соскользнули, и она снова упала на копчик.

– Фрэнк, пожалуйста, помоги мне! – прошептала она.

Опустив голову на колени, Бет зарыдала.

Через какое-то время она заметила нарастающий шум. Бет подняла голову и уставилась в темноту. Вдруг девушка вскочила, защищая себя руками.

– Кто здесь? – ее губы дрожали, а руки стали липкими.

Перед ней возникли горящие красные глаза, яма наполнилась шипением. Бет повернулась и прыгнула, пытаясь выбраться из своего заключения.

– Черт, Фрэнк! Где же ты? – всхлипывая кричала она.

К Бет приблизилась змея. Ее тонкий язык метался из стороны в сторону, она громко шипела, раздув капюшон вокруг головы.

– Пожалуйста, помогите мне, кто-нибудь! – закричала Бет и уткнулась в стену.

– Перестань орать, дура! Это не поможет тебе! – воскликнула змея.

Бет замерла и медленно обернулась. Она уставилась в горящие красные глаза. Змея подкралась еще ближе, и

Бет отчетливо увидела ее чешуйчатую темно-зеленую кожу.

– Что ты такое? – закричала она.

– Я – твой худший кошмар, – ответила змея. – Который ты никогда не забудешь.

Рептилия поднялась и бросилась прямо на Бет. Она обвилась вокруг талии девушки и крепко сжала ее. Бет оттолкнула змею, пытаясь освободиться. Все лицо ее было мокрым от слез, девушка задыхалась.

– Помогите мне! – кричала она в темноте, но ее голос возвращался эхом, никем не услышанный. Ее кости затрещали, она вскрикнула от невыносимой боли. В конце концов, она обмякла внутри тугой петли, ее энергия иссякла.

Змея обвила все ее тело, и Бет упала в грязь. Она не могла пошевелиться, ее сердце наполнилось страхом. Казалось, что к ней идет то, что страшнее, чем смерть, и в этом была ее вина. Если бы не ее любопытство...

Змея уменьшилась до минимума и проскользнула в тело Бет через ее рот. Девушка затряслась, закрыла глаза и отключилась.

Когда Фрэнк начал приходить в себя, он понял, что полностью истощен и тело его вопит от боли. Он лежал на земле, а губы его горели. Во рту был горький вкус.

Он также понял, что раздет, и поспешно застегнул штаны.

– Бет, где ты? – медленно прошептал он, морщась от боли.

Мираж женщины исчез, и теперь он видел только яркие звезды на небе и окровавленный кактус.

Он поднял голову и посмотрел на растение.

– Как я мог подумать, что это женщина?

Бет медленно открыла глаза и села. Она осмотрелась, пытаясь найти змею. Горло у нее болело, и каждый раз при глотании она вздрагивала. Девушка ощущала, что что-то глубоко внутри нее горело.

Она неуверенно встала, чувствуя тяжесть в животе. Посмотрев на дыру наверху, она сжала руки в кулаки.

Нацелившись на побег, она приблизилась к краю ямы. Бет подпрыгнула, пытаясь опереться о край, но ей не хватило сил, чтобы зацепиться. Во время прыжка она почувствовала болезненное движение в животе, и от этого лицо ее сморщилось в гримасе боли.

Бет собрала в кулак все силы, чтобы сделать последний прыжок. Наконец, она смогла схватиться руками за ободок дыры. Упершись пальцами в самый край, она приподнялась до пояса, затем подняла левую ногу и вытащила ее на край ямы. Подталкивая себя наверх, она подняла и вторую ногу и опустила ее на плоскую песчаную поверхность. Через мгновение она встала, чтобы успокоить дыхание, и, пошатываясь, пошла прочь.

— Фрэнк, где ты? — шептала она. Единственным ответом было эхо ее собственного голоса.

Вдруг она наткнулась на что-то и упала. Быстро поднявшись, Бет ощупала свое препятствие и ахнула от неожиданности. Она поняла, что споткнулась о тело.

— Бет? — услышала она шепот.

— Фрэнк!

Вне себя от радости Бет уселась рядом с ним. Затем, встав на колени, девушка положила голову ему на грудь.

— Фрэнк, ты жив! — вдруг ей захотелось плакать, и слезы ужаса и облегчения полились на ее лицо.

— Пойдем домой, — всхлипывая сказала она.

Бет взяла в свои руки его лицо, нежно поглаживая щеки. Они были какие-то странные. Липкие. Мокрые.

Девушка смотрела на царапины и бороздки на его кровоточащих руках.

– Что с тобой случилось?

– Я обнимал и целовал кактус, думая, что это женщина, – признался Фрэнк.

Губы Бет изогнулись в угрюмую линию.

– Эти ведьмы накачали тебя зеленым пойлом, – она потянула его за плечи. – Фрэнк, пожалуйста, встань. Мы должны покинуть это ужасное место.

Мужчина, наконец, открыл глаза и посмотрел на нее. Его подруга тоже выглядела не лучшим образом.

– Бет, где ты была все это время?

Она начала истерически смеяться.

– В аду, – прозвучал ответ.

Бет встала на ноги, а Фрэнк едва смог подняться – у него совсем не было сил.

Он обнял Бет за плечи, и они медленно направились к машине.

Внезапно Бет услышала голос:

– *Теперь ты моя, и никогда уже не покинешь эту деревню.*

Она узнала этот голос. Это змея. Но... где она?

Девушка закрыла руками уши и закричала:

– Уходи! Ты – мерзкое исчадье ада!

Фрэнк смотрел на Бет удивленно и ошарашенно. Он уже было открыл рот, но ничего не успел сказать. Она отбросила руку Фрэнка и побежала в неопределенном направлении.

– *Моя работа не закончена,* – сказала змея.

– Бет, подожди! – крикнул Фрэнк. Он едва мог тащить ноги. Вскоре он упал, но смог подняться и идти дальше. Фрэнк двигался так быстро, как мог, переживая за Бет и изумляясь ее странному поведению.

– Даааа. Иди как можно быстрее, чтобы этот идиот не успел за тобой. Ведь совсем недавно он готов был изменить тебе.

Девушка чувствовала движение внутри себя. Она продолжала бежать, закрыв руками уши.

– Отстань от меня!

– Тебя привело сюда твое глупое любопытство, а теперь ты пытаешься спастись, – насмехалась змея.

Вдруг Бет пронзило холодом от осознания, что змея была внутри нее. Ее вырвало от этой мысли.

– Убирайся! – завизжала она и побежала, придерживая рукой живот. – Уходи из меня, злобная тварь!

Внезапно Бет споткнулась о камень и упала лицом вниз. При этом живот ее напоролся на огромный валун, который вдавил его внутрь, практически прилепив к спине.

Бет испытала сильную боль, но в сердце ее затеплилась надежда от ощущения, будто что-то ползет к ее горлу. Змея приблизилась ко рту, Бет кашлянула и задохнулась – тварь покинула ее тело.

Девушка вскочила и бросилась назад. Она осторожно огляделась в поисках змеи. В следующий миг она с облегчением обнаружила, что змея поползла к деревне.

Бет положила руку на живот и медленно пошла к машине.

– О, Господи, как же больно.

Несколько раз Бет спотыкалась и падала на колени, но продолжала упорствовать. У нее болело горло и живот, ее вырвало.

Фрэнк перетаскивал по одной ноге за раз. Все его тело горело, а футболка пропиталась потом и кровью.

Когда он, наконец, увидел на горизонте свою машину, то вздохнул с облегчением и всю силу направил в ноги. С этого момента он делал большие шаги. И с каждым шагом машина становилась все ближе.

– Я почти добрался, – сказал он.

Фрэнк протянул руку перед собой, будто пытаясь что-то поймать, и так продолжал идти. Наконец, он добрался до цели. Молодой человек открыл дверцу и сел на водительское сиденье. Его руки дрожали, когда он пытался запустить двигатель. Мотор издавал лающий звук, но не заводился.

Разозлившись, Фрэнк ударил по рулю:

– Будь ты проклята, тупая машина!

Он выглянул наружу, пытаясь увидеть Бэт. Фрэнк надеялся, что она не потерялась, и боялся, что она может вернуться в деревню.

Вдруг он увидел темную тень, идущую к нему, и его глаза прояснились, когда он узнал Бет. Фрэнк открыл дверь и попытался выйти, но упал лицом вниз, ударившись лбом. Вдруг он почувствовать чью-то руку на плече. Повернувшись, Фрэнк никого не увидел. Он покачал головой, встал и помчался к Бет.

– Бет, я здесь! – кричал он, махая ей рукой.

Они побежали навстречу друг к другу. Как только Бет добралась до Фрэнка, то тут же обняла его, плача.

– Что это было? Закричала, убежала куда-то... что с тобой произошло? – Фрэнк смотрел ей в глаза. – Ты в порядке?

Бет рассказала ему про дыру и змею. Он вздрогнул и крепко сжал ее в объятиях.

– Малышка, давай залезем в машину. По крайней мере там мы будем в безопасности.

Взявшись за руки, они направились к машине. Оказавшись внутри, Фрэнк попытался снова завести двигатель. Он издал громкий звук и заглох.

– Что мы теперь будем делать? – спросила Бет, кусая ногти.

– Давай расположимся на заднем сиденье и хоть немного поспим? – предложил Фрэнк. – Сегодня мы все равно больше ничего не сможем сделать.

Бет согласилась, и они переместились на заднее сиденье.

Она положила голову на плечо Фрэнка и глубоко задумалась обо всем, что случилось этой ночью. В конце концов, она уснула.

Фрэнк целый час смотрел на улицу, чувствуя себя неуверенно. Он боялся, что, если закроет глаза, на них нападут. Наконец, после долгой борьбы, он тоже заснул.

Они спали спокойно, пока Фрэнк не услышал стук в стекло. Он открыл глаза и, к своему удивлению, увидел старика, которого они видели днем ранее – его избивала толпа женщин. Было уже утро, и солнце ярко светило. Старик широко улыбнулся и помахал рукой. Фрэнк улыбнулся в ответ и коснулся плеча Бет.

– Бет, вставай, уже утро!

Посмотрев на этого человека, Фрэнк вспомнил прошлую ночь. Он взглянул на свои руки, желая спрятать их от незнакомца. Но, не увидев ни пентаграммы, ни кровоточащих ран, он растерялся.

Мужчина снова постучал в стекло.

Бет потянулась и зевнула.

– Что происходит? – спросила она, озираясь вокруг. Стоило ей увидеть старика, как глаза ее округлились.

– Фрэнк, это же тот человек, что дал тебе самокрутку.

Фрэнк не ответил ей, он уже опускал оконное стекло.

– Привет, – сказал старик на ломанном английском. – Нет ли у вас какой-нибудь еды?

– Нет, нам нечего есть, – ответил Фрэнк.

Глаза старика стали грустными.

– Сэр, я прошел большое расстояние и чувствую себя слабым, потому что давно ничего не ел.

Фрэнк взял десять долларов из бумажника и отдал ему:

– Возьмите это и купите себе еду, – сказал он.

Старик принял купюру с благодарной улыбкой. Он посмотрел на нее на просвет, затем спрятал в карман. Бет придвинулась к Фрэнку и обратилась к старику.

– Вчера мы видели, как женщины преследовали вас. Почему они вас избивали? – спросила она.

Старик прищурил глаза:

– Две коровы моего соседа умерли после того, как подошли к моему дому. Меня обвинили в том, что я убил их при помощи заклинаний.

– Это просто смешно! Как можно обвинять кого-то в смерти коров? – Бет удивленно покачала головой.

– Куда вы сейчас направляетесь? – спросил Фрэнк.

– В деревню Хелена, чтобы навестить сестру Венсилу, – сказал старик.

Бет приподнялась и дотронулась рукой до руки старика.

– О, нет, прошу вас! Держитесь подальше от этой деревни и от этой женщины. Она злая, и дом ее полон ведьм, – сказала она.

Мужчина просунул голову в окно и глубоко вздохнул.

– В деревне нет ведьм. Моя сестра не ведьма, а травница, – он указал на деревню. – Переселенцами в этой деревне были в основном женщины, некоторые с детьми. Они пытались помогать другим, но в результате их обвинили в колдовстве.

Вдруг старик задрожал, опершись рукой о дверцу машины.

– Вы в порядке? – спросил Фрэнк.

– Я просто устал и обезвожен, – пожаловался мужчина.

Бет вышла из машины и подошла к нему. Она нежно взяла его за руку.

– Пожалуйста, садитесь в машину. Не стойте на такой жаре.

Она проводила его на кресло пассажира. Мужчина сел, благодарный за относительную прохладу. Фрэнк снова попробовал завести двигатель, и, к его удивлению, на этот раз он завелся.

– Ого! Наконец, заработал! – крикнул Фрэнк.

– О, слава Богу! – вздохнула с облегчением Бет, сидя на заднем сиденье.

Посмотрев на старика, она заметила, что он заснул.

– Подбросим его до деревни, – предложила она.

Фрэнк посмотрел на себя в зеркало и увидел, что его губы в полном порядке. Все зажило. Он нахмурился и удивленно поднял брови.

– Я не понимаю, что же с нами произошло. Это был сон или реальность?Если все это правда – где же мои раны и пентаграмма?

– Я сама в недоумении.

Фрэнк нажал на педаль газа, и машина поехала в сторону деревни.

Когда они въехали в это небольшое поселение, Фрэнк огляделся, пытаясь найти большой дом Венсилы. К своему разочарованию, он нашел только маленькие деревянные домики. Дети бегали вокруг, а старухи сидели в тени, болтая друг с другом. Все выглядело нормально.

Глаза старика внезапно открылись:

– Пожалуйста, остановитесь здесь! – сказал он.

Фрэнк остановил машину у одной из хижин, и старик вышел. Его движения выглядели болезненно.

Молодой человек склонился над сиденьем:

– Старик, то, что ты мне дал покурить... что это было?

Незнакомец улыбнулся и ответил:

– Марихуана.

Медленно двигаясь, на дрожащих ногах, он шел к дому. Старик постучал в дверь, и на улицу вышла знакомая им женщина.

Бет пристально посмотрела на нее:

– Разве это не..?

Венсила неожиданно стрельнула в них глазами. В этот момент Бет поняла – женщина уже видела их раньше.

Фрэнк надавил на газ, и они уехали.

– Ты видела ее? – спросил он. Превышая скорость, Фрэнк хотел как можно дальше уехать от этой деревни.

– Видела. А где тот большой дом? – задумалась Бет.

– Я смотрел по сторонам, но все те дома казались мне такими незнакомыми, – сказал Фрэнк. – Они выглядели совсем не так, как прошлой ночью.

Он растерянно покачал головой. Вдруг на полу машины что-то привлекло его внимание. Он посмотрел вниз и увидел остатки марихуаны, которую они курили с Бет накануне вечером. Он собрал мусор и выбросил на улицу.

– Может быть, из-за травы мы увидели все то, чего там на самом деле не было? – сказал он.

Фрэнк ехал домой, обдумывая случившееся прошлой ночью. Пока он вел машину, Бет смотрела на мир сквозь окно и пыталась избавиться от образа змеи, нападающей на нее в черной дыре. Она вздрогнула и глубоко вздохнула.

– Это была самая ужасная ночь в моей жизни. Я никогда не забуду ее.

Эмилия Ахмадова

ЦЕНА ЛИЦЕМЕРИЯ

В СТОЛИЦЕ АЗЕРБАЙДЖАНА Баку ярко светило полуденное августовское солнце, иссушившее землю до трещин. От его невыносимого жара на прекрасном округлом лице 48-летней Далилы, сидящей в переполненном автобусе, проступили капельки пота.

Люди бежали к автобусу, чтобы побыстрее уехать домой. Далила смотрела в окно, и, чем плотнее набивался автобус, тем более неудобно она себя чувствовала. Она ненавидела общественный транспорт – в нем так много людей и так мало места.

Автобус проезжал мимо пятиэтажек, требующих покраски, небольших магазинов и недавно построенных высоток с широкими подъездами. Когда он, наконец, добрался до ее остановки, она подскочила и начала пробивать себе дорогу к выходу, бормоча себе под нос гадости о людях, попадающихся на ее пути.

Она покинула автобус и направилась к белой мечети. На крыше здания была серебристая луна со звездой, а в левом углу – высокий и стройный минарет. Недалеко от мечети она заметила сидящую на асфальте женщину с ребенком. На земле перед ней лежала банка с несколькими монетами.

«Теперь повсюду нищие». Проходя мимо них, она презрительно фыркала.

Попрошайка протянула руку:

– Подайте, пожалуйста, манат на хлеб.

Далила посмотрела на нее с отвращением:

– Разве у тебя нет рук и ног, как и у меня? Иди и найди достойную работу вместо того, чтобы попрошайничать.

Пройдя мимо этой женщины, Далила купила

семечки у продавца, который сидел неподалеку, и положила их в сумочку, чтобы потом съесть.

Женщина прошла через бронзовые ворота мечети и сразу же направилась к кафельному умывальнику с десятью кранами. Она включила кран и вымыла уши, лицо, руки и ноги.

Во время умывания, Далила услышала детский голос:

– Тетя, подайте, пожалуйста, манат?

Раздраженная женщина выключила кран и подняла голову. Перед ней стояла девочка лет десяти. Ее огромные серые глаза смотрели на Далилу. Худенькая, с черными, коротко подстриженными волосами. Далила заметила, что ноги девочки под старым выцветшим летним платьем были босыми.

«Родители остаются дома и посылают детей попрошайничать. Это отвратительно!» – подумала Далила.

Вслух она спросила:

– Детка, где твои родители?

Девочка смело посмотрела на нее:

– У меня их вообще нет, – она протянула руку. – Не могли бы вы мне дать хоть что-нибудь, чтобы я смогла купить воды? Я хочу пить.

Далила глубоко вздохнула и достала из кармана манат.

– Бери его и уходи, – сказала она, отдавая деньги девочке.

Затем она подошла ко входу в мечеть и сняла обувь, поставив ее на стеллаж. Правой ногой она шагнула по направлению к мечети, произнеся, как это полагается: «О, Аллах, открой двери милости для меня».

Как гром посреди ясного неба позади нее возник пожилой бедняк в длинном белом рваном халате.

Костлявый и скрюченный, он шел, опираясь на старую треснувшую деревянную трость. Но старик двигался достаточно проворно, чтобы ухватиться за ее *абайю*[15].

– Сестра, – прошептал он, дергая ее за одежду.

Далила повернула голову, пытаясь увидеть того, кто посмел прикоснуться к ней. Когда она увидела нищеброда, глаза ее сощурились, а губы презрительно скривились. Она осмотрела его с головы до ног. Он был покрыт шрамами и пах потом, лицо и руки его покрывали язвы. В последнюю очередь она заметила, что в маленькой корзине у его ног спит младенец.

Он отпустил абайю и вынул из кармана грязный платок. Незнакомец вытер с лица капли пота и слюну, вытекавшую из его беззубого рта. Далила резко повернулась, чтобы уйти.

Он схватил ее руку, когда она попыталась войти в мечеть. Потрясенная, Далила попробовала оторваться от него, лицо женщины выражало ужас.

Старик поднял голову, глядя на нее.

– Сестра, пожалуйста, подай мне несколько манат, чтобы купить молоко для внука, – прошептал он. Его так сильно трясло, что он выронил трость на ступеньку.

Выпустив руку Далилы, он наклонился над ребенком, чтобы поднять его. Старик пошатнулся и потерял равновесие. Инстинктивно он попытался снова схватить Далилу, чтобы не упасть, но она убрала свою руку.

– Не трогай меня своими грязными руками, старик! – закричала она. – Как тебе не стыдно? Почему твои дети не заботятся о тебе, вместо того, чтобы позволять тебе клянчить милостыню на улице?

---

[15] Традиционное арабское женское платье – длинное и с рукавами.

Она ткнула его в плечо и оттолкнула прочь.

«Не могу понять, почему имам позволяет этим нищим попрошайничать здесь. Он должен вызвать полицию, чтобы прогнать их!»

Мужчина упал с лестницы, приземлившись задом, трость его разломилась на две части. Этот переполох разбудил ребенка, и тот начал громко плакать.

Старик потянулся к Далиле

— Пожалуйста, помогите мне встать.

Но женщина подняла голову и, не оглядываясь, вошла в мечеть. В дверях она достала дезинфицирующее средство и обильно обработала им руки.

— Старый идиот! — бормотала она.

Этот день был жарче, чем обычно, и потому ее зеленая абайя и химар[16], покрывавший волосы, были влажными от пота. Внутреннее пространство давало некоторое ощущение прохлады в жару, и Далила попыталась привести себя в порядок так, чтобы не привлекать при этом внимания.

Она взяла с полки у входа Коран и положила в ящик для пожертвований сорок манатов. Увидев своих друзей, она широко улыбнулась и подошла к ним. Особенно рада она была видеть свою старую подругу Лалу.

— Привет, моя дорогая! Сколько лет, сколько зим! — воскликнула Далила.

Они обнялись и поцеловали друг друга в щеки.

— Моя дочь сдавала экзамены, поэтому я была очень занята, — объяснила Лала.

— И как она сдала? — спросила Далила.

Вдруг раздался резкий детский крик.

---

[16] Головной убор, распространенный на Ближнем Востоке и в Турции, закрывающий волосы, уши и плечи, длиной до талии.

«Неужто тот идиот зашел в мечеть? Мне нужно найти имама и попросить его, чтобы прогнал эту пиявку... и его незаконнорожденного внука».

Далила огляделась, но не увидела старика с ребенком.

Лала улыбнулась:

— Благодаря всемогущему Аллаху она поступила в первый же выбранный университет.

Далила также улыбнулась:

— Поздравляю! Ты, должно быть, очень горда.

«Ну где же он?» — задумалась она. Потирая ухо, Далила искала глазами источник звука. Однако от поиска ее отвлекло более интересное зрелище. Ее соседка Афаг.

Далила усмехнулась и прошептала:

— Посмотрите, кто пришел. Как обычно, она намалевалась слишком сильно.

Лала повернула голову и помахала ей. Афаг улыбнулась и подошла к другим женщинам. Далила также улыбнулась фальшиво, посмотрев в сторону Афаг, сама же процедила Лале сквозь зубы:

— Не знаю, зачем ты ее вообще приветствуешь. У нее был внебрачный ребенок от другого мужчины, а она вышла замуж за этого бедного Олега. Ей повезло, что он русский, потому что мусульманин никогда не женился бы на ней.

Лала нахмурилась. Ее беспокоило то, что Далила так категорично осуждала других людей. В ней было столько зависти и жадности, и это расстроило Лалу.

— Ну и что с того? Она же все равно моя подруга, — сказала Лала, слегка улыбаясь.

— Если ты будешь продолжать дружить с женщинами, ведущими беспорядочный образ жизни, то большинство твоих подруг будет держаться от тебя подальше, — предупредила Далила.

Глаза Лалы сузились, и она скрестила руки на груди.

– Она не гулящая, а просто встречалась не с тем мужчиной. Разве ты сама не встречалась с несколькими неудачниками? Я вспоминаю один аборт...

Далила не ответила ей. Она видела, что в мечеть приходит все больше женщин с детьми. Она смотрела то на них, то на свое любимое место на ковре. Ей не хотелось его потерять. Но и просто так уйти от Лалы она тоже не могла.

Но вот её глаза расширились, когда она увидела, что Афаг заняла её место. Далила ахнула.

«Какого чёрта эта дура делает на моём месте? Я вообще не понимаю, почему они пустили такую женщину в мечеть!»

Она была так занята разглядыванием Афаг, что не заметила появления на ее привычном месте плачущего ребенка, завернутого в разорванное одеяло.

«Как эта идиотка умудрилась положить своего ребенка на мое место? Я вообще не видела, как он тут появился».

– Не забудь прийти на молитву к Фатиме, – торопливо сказала Далила Лале и быстро направилась к своему излюбленному месту в мечети. Когда она добралась до него, ребенка там уже не было.

На мгновение она уставилась в недоумении, затем потерла глаза. Может, это была галлюцинация?

Она покачала головой и повернулась к соседке.

– Привет, Афаг. Я тебя целую вечность не видела, – сказала она, расплывшись в улыбке.

«Разве не ребенка я только что здесь видела? Хм...»

— Ну ты ведь знаешь, где я живу, могла бы прийти ко мне на чай, — ответила Афаг. Она не улыбнулась в ответ.

Далила наклонилась и поцеловала Афаг в щеку.

— У меня был напряженный график, но в следующую субботу я приеду.

Афаг едва взглянула на нее.

— Как поживает твой любимый Олег? — спросила Далила, продолжая улыбаться. — Ему очень повезло с такой женой, как ты.

Но про себя она подумала, что он мог бы найти и получше.

Афаг посмотрела на подругу с серьезным лицом.

— Он в порядке, спасибо, что спросила.

Далила продолжала сканировать взглядом помещение в поисках маленького ребенка. Затем она медленно уселась, при этом ее верхняя губа дернулась, и то же случилось с ее веком.

«*Почему я должна заходить в ее квартиру? Я не хочу, чтобы ее грязь прилипала ко мне, как липучка... не хочу, чтобы люди думали про меня, что я — как она*».

Тут Далила заметила, что в мечеть вошла ее сестра Рена в сопровождении пятерых детей. Ее улыбка исчезла с лица, а в глазах появилась зависть.

Рена была одета в красивое синее платье с длинными рукавами, а на голове был синий шарф. У нее были прекрасные голубые глаза и длинные ресницы, идеальные пухлые розовые губы и пышная фигура. Бог благословил ее прекрасными детьми, и это сводило Далилу с ума.

«*Почему Рене так повезло?*» — недоумевала женщина, понимая, что сама она никак не могла найти нормального мужчину, который бы женился на ней.

«Где она откопала это уродливое платье? Оно делает ее фигуру бесформенной».

Три племянницы и два племянника Далилы вскоре заметили ее и подошли поздороваться. Рена последовала за ними, радушно улыбаясь.

– Добрый день, тетушка, – сказал Самир, обнимая ее.

– Добрый день. Почему вы не пришли в мечеть в прошлую пятницу? Я скучала по вам, – спросила она с улыбкой.

– Отец был занят, – ответил десятилетний Эльдар.

Рена улыбнулась Далиле.

– Добрый день, – сказала она, садясь на ковер.

Далила не ответила ей. Вместо этого она неодобрительно нахмурилась.

– Ты знаешь, как важно бывать в доме Аллаха каждую неделю. Вот я преданно хожу сюда. А почему вы не делаете того, чему нас учили?

Рена покачала головой.

«И когда она изменится? – подумала она про себя. – Она практически живет в мечети, но сердце ее наполнено завистью, и к людям относится так, будто она лучше, чем они».

Женщины уселись на полу в два стройных ряда. Муэдзин провозгласил с минарета *азан*[17], призывая людей к молитве.

Во время молитвы Далила продолжала слышать громкий крик ребенка.

«О, Аллах, почему это дитя не может заткнуться?»

Она снова подняла глаза, пытаясь отыскать источник раздражающего шума.

---

[17] Призыв к молитве в исламе.

После молитвы Рена распрямила спину и с любовью посмотрела на своих детей. Ее глаза блуждали вокруг, пока не остановились на муже Забите, сидевшем в дальнем конце помещения рядом с другими мужчинами. От его вида сердце ее воспылало гневом.

«Зачем я вышла за него?»

Глаза Рены наполнились слезами. Она подняла взгляд, будто пытаясь увидеть небеса сквозь потолок.

«Аллах, пожалуйста, дай мне сил подать на развод. Я так хочу оставить его и начать новую жизнь».

Когда к женщинам подошел имам, Далила бесстыдно уставилась на него. То, что она увидела, заставило ее усомниться в своем здравомыслии. На мгновение вместо имама она увидела того нищего старика, которого оттолкнула у входа в мечеть. На этот раз он был скрюченным, его фурункулы разорвались и кровоточили. Он дрожал, приближаясь к ней, и, подойдя, протянул ей свои руки.

— Пожалуйста, помоги старику, сестра, во имя Аллаха.

Далила лихорадочно оглядела других женщин, пытаясь определить, видят ли они старика. Казалось, что никто не видел — все они сияли улыбками, адресованными тому, кто приблизился к ним.

Затем из ниоткуда в руках старика появился плачущий ребенок. Теперь он кричал еще громче, и звук пронзал уши Далилы, вызывая невыносимую головную боль. От этой боли у нее проступили слезы.

Нищий упал на колени, все еще держа ребенка в руках.

— Пожалуйста, пожалейте этого ребенка. Подайте нам милостыню на молоко.

Далила встала, тело ее дрожало.

— Нет! — воскликнула она. — Уходи, старый ты идиот! Я уже подала милостыню в мечеть.

С этими словами она выбежала на улицу, сердце ее готово было выпрыгнуть из груди. Рена ошарашенно смотрела на то, как убегает ее сестра, и задавалась вопросом, что на нее нашло. Взгляд Рены заметил кого-то нового у входа в мечеть — она не могла отвести глаз от старика в рваной одежде некогда белого цвета. Он дрожал и шатался из стороны в сторону, стоя в дверях. Потом Рена увидела, как он медленно опускается на землю. Не говоря ни слова, она встала и подошла к нему. Дети смотрели, как она уходит к человеку у двери, но сами они предпочли остаться на своем месте.

Сердце Рены исполнилось жалости, когда она увидела состояние его кожи и одежды. Она нежно коснулась его плеча:

— Простите, с вами все в порядке? — спросила она.

Он открыл глаза и посмотрел на нее.

— Сестра, пожалуйста, помоги мне спуститься по этим двум ступенькам, — прошептал он.

Старик схватил Рену за руку, и та помогла ему спуститься по ступенькам и выйти из мечети. Внизу лестницы она дала ему десять манатов.

— Дедушка, это вам, — сказала она и похлопала его по руке. Затем она повернулась, чтобы войти обратно в мечеть.

— Большое спасибо, Рена, — сказал он. Голос его внезапно стал молодым и сильным.

Рена остановилась, опешив, так как не ожидала услышать свое имя. Она повернулась к нему лицом.

— Откуда вы знаете мое имя? — спросила она.

На ее удивление, его тело внезапно окутал белый свет. Кровавые фурункулы исчезли, а кожа стала гладкой и молодой. За спиной появились белые крылья.

Она не могла сказать ни слова, а только молча наблюдала, как старик превращается в белого светящегося ангела. Потрясенная преображением, Рена чуть не упала. Она медленно села на ступеньки, не в силах оторвать глаз от сияющего существа.

Ангел улыбнулся Рене.

– Твой крик о помощи достиг небес. Аллах хочет, чтоб ты знала, что скоро наступят позитивные изменения в твоей жизни. Твои молитвы услышаны, – сказал он.

Свет от Ангела сиял так ярко, что Рене пришлось отвести от него взгляд. Лучи освещали белоснежную мечеть и улицу рядом с ней. Через мгновенье она подняла глаза, блестящие от слез радости.

– Поможет ли Он мне обрести финансовую независимость?

– Да. Ты будешь обеспечена материально, – сказал Ангел, не забыв предупредить, – но будь осторожна, власть и деньги могут отдалить тебя от Аллаха.

– Обещаю, что не изменюсь, – прошептала Рена.

Как только она это произнесла, Ангел исчез, унеся с собой божественное сияние.

Обрадованная, с чувством облегчения, Рена вошла в мечеть. Она огляделась и поняла, что служба закончилась, и люди идут к выходу. К ней подошел ее муж. Он неодобрительно посмотрел на нее, скривив рот.

– Я видел, ты выходила... Где ты была?

– На улице у входа, – сказала она ему. Рена не могла скрыть радости, которую испытывала.

– Как ты могла уйти, не сказав ничего мне? Только попробуй еще раз так сделать, – твердо сказал он.

Рена лишь улыбнулась.

– Идемте, дети, – сказала она и направилась к выходу.

Прошло несколько дней. В тот вечер ветер ревел, словно свирепый медведь, заставляя трескаться деревянные двери домов и сотрясая оконные стекла. Гром грохотал оглушительно, а молния время от времени раскалывала небо, освещая спальню Рены. Дождь беспрестанно стучал по окнам.

Забит сидел за компьютером и работал над отчетом, когда вдруг зазвонил телефон. Рена читала на диване. Телефон шумно звонил, но никто не спешил отвечать на звонок.

— Рена! Оторви свою ленивую задницу и ответь! Разве ты не видишь, что я здесь работаю? — кричал Забит.

Она со вздохом встала.

— Но ведь это все равно не мне звонят, — пробормотала она.

Наконец, Рена подошла к телефону и взяла трубку:

— Слушаю, — сказала она раздраженно.

— Забит дома? — это была Далила, и голос ее звучал, как обычно, грубо.

— Да, дома, — ответила Рена.

— Мне нужно с ним поговорить.

Рена положила трубку на подставку для телевизора и прокричала:

— Забит, это твоя свояченица!

Забит встал и вышел из кабинета. Он посмотрел на Рену и пробормотал:

— Глупая! Разве я не говорил тебе, что не принимаю ничьих звонков?

Рена пожала плечами. Он оттолкнул ее и взял трубку.

— Да, Далила?

— Я подумала, что должна сообщить тебе, что твоя жена не только собирается развестись с тобой, но и болтает повсюду, что ты тиран, – сказала ему Далила. – И тебе лучше бы знать об этом.

Забит раздраженно нахмурился.

– То есть ты позвонила, чтобы сказать мне этот бред?

Не дожидаясь ответа, он положил трубку и потопал наверх. Внезапно комнату осветила молния. За окном громыхал ветер, электричество отключилось, погрузив дом в темноту.

– Рена, подойди сюда! Мне нужно с тобой поговорить! – крикнул он сердито.

И вот она уже поднимается по лестнице, делая шаг за шагом в полной темноте.

– Что тебе нужно?

Он бросился к ней и схватил за руки. Его глаза прищурились, с ненавистью глядя на ее лицо.

– Я разве не предупреждал тебя, чтобы ты не распространяла сплетни обо мне? Почему ты рассказываешь своим подругам, что разведешься со мной? – требовательно спросил он.

Рена попыталась вырвать свои руки.

– У меня болят запястья! Отпусти меня!

Забит закричал на нее, брызнув слюной в лицо:

– Ты собралась разводиться? Тогда убирайся из моего дома завтра же!

Он отпустил ее руки и оттолкнул от себя.

– Принеси мне свой мобильник, – потребовал он. – Ты не только его не заслуживаешь, ты вообще не достойна что-либо иметь!

В этот момент снова включился свет. Чувствуя себя опустошенной, Рена спустилась вниз, взяла свой телефон и принесла мужу. Он вытащил из него сим-карту и вернул ей устройство.

Не произнеся ни слова, Рена спустилась вниз и устроилась на диване. Ей нестерпимо хотелось кричать, но она не могла разбудить детей. Тогда женщина начала тихо плакать и молиться:

— Аллах, я никогда не делала ничего плохого Далиле. Всегда хотела, чтобы мы были друзьями, ведь мы сестры, но она никогда не принимала меня. Она знает, что муж доставляет мне много проблем, но как ей хватило наглости позвонить ему и рассказать о том, что я делаю?

Ветер подул еще сильнее, поднимая в воздух пыль и мокрые листья. Рена беспокойно металась на диване, пока, наконец, не уснула.

Во сне она увидела себя в черном коконе. Пространство было настолько крошечным, что ей негде было развернуться. Воздух был мертвым, и она задыхалась от нехватки кислорода. Рена стучала кулаками по внутренней стенке кокона и царапала его, пытаясь прорваться наружу, но безрезультатно.

— Я не могу дышать! — кричала она. — Выпустите меня!

Внезапно кокон разлетелся на две части, и появилась пропасть. Сквозь трещину засиял белый свет.

Рена перестала кричать. Она сделала большой глоток свежего воздуха и выглянула в щель. Кокон был окружен зеленой травой и множеством белых лилий. Она встала, вышла из заключения, и, теперь спокойная и умиротворенная, посмотрела на небо. Ее глаза жадно впитывали яркий свет, исходящий сверху.

— Не отчаивайся, дитя мое. Я здесь ради тебя, — сказал голос.

Свет приблизился к Рене и окружил ее, словно пузырь.

В этот момент Рена очнулась. В течение следующего часа она лежала без сна в темноте, размышляя о значении своего сна.

Несмотря на гром и дождь за окном, Далила спала в своей уютной двуспальной кровати, не подозревая о том, как сильно шумит ветер и о том, что электричество отключили. Она тоже видела сон, но он не был похож на сон ее сестры.

Она видела себя бегущей по темному туннелю, и где-то вдалеке плакал ребенок. Она мчалась вперед, чувствуя, что кто-то преследует ее. Когда она обернулась, чтобы посмотреть, то увидела темную тень человека, которая заставила ее бежать еще быстрее.

Когда плач ребенка стал ближе вместо того, чтобы отдалиться, она увидела теперь уже знакомую фигуру скрюченного старика, держащего плачущего ребенка на руках. Ребенок смотрел на нее, и его кожа на глазах становилась морщинистой и старой. В мгновение ока он превратился в скелет и рассыпался. Кости упали на землю, а затем превратились в белый пепел и полетели к ней. Пылинки окружили Далилу, и она замахала руками, пытаясь их разогнать.

Пепел исчез, она посмотрела на старика, но не смогла поверить глазам. Он распрямился, как будто никогда и не был скрюченным, и побежал к ней.

– Почему ты не захотела мне помочь? – кричал он. Во время крика из его рта вырывался ветер. Этот ветер пошатнул Далилу, и она упала.

– Мне... мне жаль, – сказала она и разрыдалась.

Он подошел к Далиле, схватил ее за руку и потащил за собой.

– Только посмотри, к чему твоя зависть привела!

Внезапно темнота рассеялась, и она оказалась в доме своего шурина. Она видела его детей, играющих во дворе. Вдруг раздался оглушительных грохот, и она повернула голову, чтобы увидеть, как Забит бросает посуду на кухонный пол. Ее уши уловили рыдания, и она очутилась в спальне Рены. Та плакала, вытирая кровь с губ.

Рена посмотрела в окно и подняла глаза к небу.

— Аллах, прекрати мои страдания! — промолвила она сквозь рыдания.

— Рена, что случилось? — воскликнула Далила. Но ее собственный голос отозвался эхом.

Видение Рены и ее дома исчезло, и Далила снова оказалась в туннеле. Мужчина все еще держал ее за руку.

— Далила, пришло время тебе усвоить один урок, — сказал он громким голосом.

Подул сильный ветер и тело мужчины загорелось. Кожа его почернела, но он продолжал кричать ее имя:

— Далила!

Она оттолкнула его и попыталась убежать, но ее тело не слушалось. Она попыталась поднять ногу, но та не двигалась. Ее ноги стали тяжелыми как пара кувалд.

— Нет! Отпустите меня! — закричала она.

Горящий мужчина тянул руки, словно хотел обнять. Далила выставила руки перед собой, закрывая лицо.

Старик обнял ее.

— Нет! Нет! Нет! — умоляла она, судорожно вертя головой. Слезы отчаяния измочили ее лицо.

Далила проснулась от собственного крика, это был худший ее кошмар. Ее сильно трясло, а ночная рубашка пропиталась потом.

Она медленно встала с кровати.

— Слава Аллаху, что это был всего лишь сон.

Она щелкнула выключателем, но свет не загорелся.

– Буря, должно быть, вырубила электричество, – рассуждала Далила.

Женщина отправилась на кухню и выпила там стакан холодной воды. Стоя на кухне, она несколько раз слышала поскрипывание деревянных половиц, будто по ним кто-то шел. По телу ее пробежал холодный озноб, а глаза заметались в поисках постороннего. Но она никого не увидела.

– Кто здесь? – спросила она дрожащим голосом. Далила подошла к двери, прислушиваясь к необычным звукам.

Она услышала чье-то тяжелое дыхание позади себя и, к ее ужасу, на кухне раздался смех ребенка. Тут же этот смех сменился воплем, от которого затряслись окна.

– Далила, я чувствую твое сердцебиение, – прошептал знакомый голос.

Женщина бросилась к столу и схватила нож. Держа его перед собой дрожащими руками, она произнесла:

– Вам лучше уйти. У меня нож!

– Я чувствую, как твоя теплая кровь течет по твоим венам, – сказал голос.

В этот момент открылись все кухонные шкафы, и посуда попадала на пол. Осколки от тарелок и кружек разлетелись повсюду. Ящики открылись, а ножи повисли в воздухе, острыми клинками навстречу к Далиле.

Парализованные страхом, ее ноги ослабли и не могли двигаться. Далиле оставалось только смотреть на сверкающие в темноте ножи.

Вдруг они полетели прямо к ней. Ноги Далилы заработали, и она быстро отпрыгнула в сторону, едва избежав смерти. Один клинок все же скользнул по ее лицу, слегка поцарапав.

В следующий миг Далила услышала приближающиеся шаги и упала на пол, чтобы выползти из кухни. Оказавшись в коридоре, она быстро пробежала в свою комнату для молитв. Далила села на коврик и начала молиться, раскачиваясь от страха из стороны в сторону. Руками она закрыла уши, чтобы не слышать нескончаемый крик ребенка.

– Пожалуйста, хватит! – шептала она в темноте.

Внезапно загорелся свет, и тут звон разбитых тарелок и детские крики стихли. Медленно, все еще дрожа, она встала и подошла к кухне. Когда Далила попыталась открыть дверь, рука ее дрогнула. Тяжело сглотнув, она просунула голову в дверной проем и заглянула внутрь.

Там было спокойно, но в помещении остался беспорядок. На полу лежали осколки и разбитая посуда, повсюду были разбросаны ножи. Она достала метлу из шкафа и убрала беспорядок, вздрагивая от каждого звука, который слышала. В ту ночь было очень сложно снова заснуть.

На следующий день, в пятницу утром она, как обычно, приняла душ и надела длинную черную юбку с красной рубашкой. Далила села в свою машину и направилась в мечеть.

Во время поездки она никак не могла отделаться от мыслей о событиях прошлой ночи, хотя и старалась успокоиться и отвлечься. Далила включила свой CD-плеер, чтобы послушать турецкие песни, которые, казалось, всегда успокаивали ее.

Внезапно полил дождь. Он застилал лобовое стекло настолько сильно, что казалось, будто кто-то льет на машину ведра воды. Она едва видела дорогу. Далила включила дворники на максимальную скорость, и они слетали туда-сюда несколько раз, но потом остановились ровно посередине.

— Аллах, ну почему неудача преследует меня? — бормотала она, не сводя глаз с дороги. Ее становилось все труднее разглядеть, поэтому Далила сбавила скорость и поехала крадучись.

Внезапно окно в дверце принялось ходить вверх-вниз. Дождь начал заливать машину. Она нервно нажимала на кнопку, пытаясь поднять стекло, но оно все равно опускалось. Вскоре Далила вся промокла.

— О, нет! — заплакала она. Воспоминания прошлой ночи снова промелькнули у нее в голове. — Что же происходит?

Дрожа от страха, она надавила на тормоз. К ее ужасу, машина все равно продолжала ехать. Турецкие песни перестали играть, а вместо них она услышала шепот.

«*Далила, что посеешь, то и пожнешь. Твое сердце полно зависти и гордости. Когда ты сеешь зло, ты его и пожинаешь. Так скажи мне, что ты пожнешь?*»

От этого шепота Далила испытала панику.

— Хватит! — закричала она, стуча по плееру. — Что ты хочешь от меня?

Она пялилась сквозь лобовое стекло и ехала вслепую. Вдруг прямо перед лобовым стеклом появился пепел. Он начал формироваться в скелет, а затем в плачущего ребенка. Ребенок перестал плакать, повернул голову к ней и нахмурился.

—Почему ты отказалась кормить меня? — завизжал он.

Как и во сне, из его рта дунул ветер и ударился в стекло с такой силой, что оно треснуло и рассыпалось на мелкие кусочки.

Тело ребенка вновь лишилось кожи и стало скелетом. Скелет рассыпался в прах и разлетелся вместе с ветром. Ветер отбросил Далилу назад, вдавив в сиденье. Вдруг она почувствовала, что нога ее давит на педаль газа. Она попыталась оторвать ногу, но та была словно приклеена к педали. Автомобиль ускорялся, как одержимый, а Далила, словно сумасшедшая выруливала, чтобы не врезаться в другие транспортные средства на дороге.

— Я же сейчас сдохну, как собака! — закричала она.

В салоне автомобиля послышался смех, еще больше нагнав на нее ужаса.

— Далила, пришло время получить то, что тебе причитается.

Далила пыталась не паниковать, хотя и дрожала от страха. Ее сердце билось так быстро, что она едва могла дышать. Казалось, в ее легких не хватает воздуха.

Внезапно перед ней появился большой грузовик. Чтобы избежать столкновения, она выехала на тротуар, готовая врезаться в здание. Далила отчаянно жала на тормоз свободной ногой, пытаясь остановить машину, но та продолжала движение. Оставалось всего несколько футов до стены.

— Аллах, пожалуйста, помоги мне! — закричала она, продолжая топать педали тормоза.

Машина остановилась в пяти дюймах от стены магазина, но внезапная остановка толкнула Далилу вперед. Она ударилась головой о руль и потеряла сознание.

В этот момент душа Далилы вышла из тела. Она осмотрелась вокруг и увидела себя, лежащую лицом на руле, из носа и ушей у нее текла кровь. Глядя на свое тело, Далила услышала голоса, зовущие ее по имени.

— *Далила, пойдем с нами.*

Она обернулась и увидела глубокую черную дыру, вращающуюся по кругу, как волчок или торнадо. Дыра расширялась и двигалась навстречу Далиле. Из дыры показались две обожженные головы, а за ними и торсы. Они тянули руки, словно пытаясь выбраться.

– Пойдем с нами, – говорили они.

Как замороженная Далила не могла двинуться, ее переполнял страх. Обожженные головы вылезли дальше, казалось, от них шел дым. Пепел с их рук падал на землю и поднимался вокруг них, в то время как части их тел все еще продолжали гореть. Воздух, наполненный запахом дыма, заставлял Далилу кашлять.

Головы поднялись вверх и уставились на Далилу. Она покачала головой, широко раскрыв глаза.

– Нет! Этого не может быть! – слезы катились по ее лицу, а тело дрожало.

Две черные души приблизились к ней. Они схватили ее за запястья и начали тянуть в черную дыру. Далила изо всех сил пыталась освободиться. Через несколько мгновений руки ее были покрыты черным пеплом, а затем почернело и все тело. Пламя уже облизывало ее.

Пришельцы из дыры не издали ни звука. Они просто смотрели на нее и тянули за собой.

– Помогите! – закричала она, продолжая вырываться.

Огонь охватил ее тело. Наконец, она освободила руки и бросилась прочь от них, но одежда уже загорелась. Она упала на колени, а потом и полностью рухнула, превратившись в пепел.

Далила очнулась в машине. Сильная головная боль дала ей понять, что она все еще жива. Но все тело ее болело. Пожарный склонился над ней, пытаясь освободить от ремня безопасности. Но она застряла так сильно, что ему не удавалось снять ремень. Наконец, он достал большой охотничий нож и разрезал его.

– Что происходит? – застонала она.

– Вы попали в аварию, – сказал он ей. – Теперь не двигайтесь, пожалуйста, чтобы не повредить себе еще больше.

Наконец, ремень был разрезан, и к ней бросились два медбрата. Осторожно они вытащили ее из машины, положили на носилки и понесли в машину скорой помощи, где она была подключена к кислороду.

Лежа на носилках, Далила вспомнила о черных душах. У нее началась паника, и она попыталась встать. Приподнявшись на локте, Далила сняла кислородную маску.

– Что вы делаете? Ложитесь! Вам нельзя снимать маску, – сказал один из медбратьев, ехавших вместе с ней. Он подтолкнул ее вниз, удерживая за плечи. Она убрала его руки и снова попыталась сесть.

– Отпустите меня, я хочу домой.

Медбрат ввел ей релаксант.

– Пожалуйста, ложитесь, – сказал он.

Далила медленно легла, не закрывая глаз. Как только наркотик разошелся по ее телу, вместо медбратьев она начала видеть скрюченного старика. Он наклонился к ней, улыбаясь.

Далила не могла пошевелиться. Ее грудь учащенно вздымалась, и она едва могла отдышаться. Глаза ее были вытаращены от страха.

– Нет! – прошептала она. – Нет, нет, нет, нет...

– Не бойся, дитя мое, – сказал он тихим голосом.

Далила затихла, страх сменился недоверием. Удивлением и трепетом.

Лицо мужчины засветилось белым светом. Вместо фурункулов на его теле она увидела светящуюся, гладкую молодую кожу. Затем за его спиной появились два белых пернатых крыла.

Она смотрела на существо перед ней.

– О! Ты ангел! – воскликнула она. Чувство легкости и освобождения охватило ее.

Он не ответил, а только кивнул головой.

Ее облегчение тут же сменилось праведным гневом.

– Что я сделала, чтобы заслужить такое? – требовательно спросила она.

Ангел глубоко вздохнул. Он смотрел на Далилу грустными глазами.

– Так говорят большинство людей, когда встречаются с чем-то негативным в своей жизни. Те, кто ведет свою жизнь беспорядочно, не беспокоясь о влиянии своих дел на душу, всегда удивляются, сталкиваясь с темными силами. И они задаются вопросом: что они сделали? Но они сами приглашают их в свою жизнь.

Далила открыла рот, чтобы ответить, но ангел приложил палец к ее губам.

– Дитя, не говори ничего. Просто отдохни.

– Но я каждый день хожу в мечеть, молюсь и помогаю имаму, – оправдывалась Далила.

Ангел покачал головой.

– Да, ты все это делала, но ты не дала своим молитвам изменить твое сердце и разум. Ты наполнена завистью, высокомерием, гордыней. Ты была груба к беднякам и небрежно обращалась с родной сестрой – ты открыла двери темным силам. И это они пугали тебя страшными видениями!

– Это не так! Я помогаю своим друзьям, – ответила Далила.

— Тем, у кого есть деньги и власть? Они не нуждаются в помощи. Я пришел к тебе как нищий старик, но ты отказалась мне помочь, — объяснил ей ангел.

Далила закрыла глаза, чувствуя невыносимый стыд.

— Что теперь со мной будет? — прошептала она.

Ангел нежно погладил руку Далилы.

— Дитя мое, у тебя всегда будет возможность выбирать между добром и злом. И твой выбор определит твой конечный пункт назначения.

Далила открыла глаза и начала что-то говорить, но ангел исчез. Она снова закрыла глаза, благодарная за то, что еще жива и способна изменить свою жизнь.

Она решила, что станет лучше. Что касается сестры — Далила поклялась сделать все возможное, чтобы вернуться к близким отношениям, которые у них были в детстве.

Довольная, впервые за многие годы, она уснула, а скорая помощь везла ее в больницу.

Эмилия Ахмадова

АВТОБИОГРАФИЯ

Эмилия Ахмадова родилась в столице Азербайджана – городе Баку. С детства у нее развилась страсть к чтению, литературе, поэзии и иностранным языкам.

Эмилия Ахмадова имеет диплом в сфере управления бизнесом, а также степень бакалавра гуманитарных наук в области управления персоналом. Она получила международные дипломы по изучению теории и практики менеджмента, администрирования и управления бизнесом, коммуникаций, гостиничного управления, офис-менеджмента, прошла обучения профессиональному английскому языку в Кембриджском международном колледже, а также имеет сертификат по писательскому делу.

Эмилия очень любит бывать среди людей, обожает путешествовать, любит играть в футбол и помогать другим людям.

www.ingramcontent.com/pod-product-compliance
Lightning Source LLC
Chambersburg PA
CBHW031230120726

47905CB00002B/532